劉 迎
Liu Ying

坪田譲治と中国文学

「詩心・絵心・文心」の世界

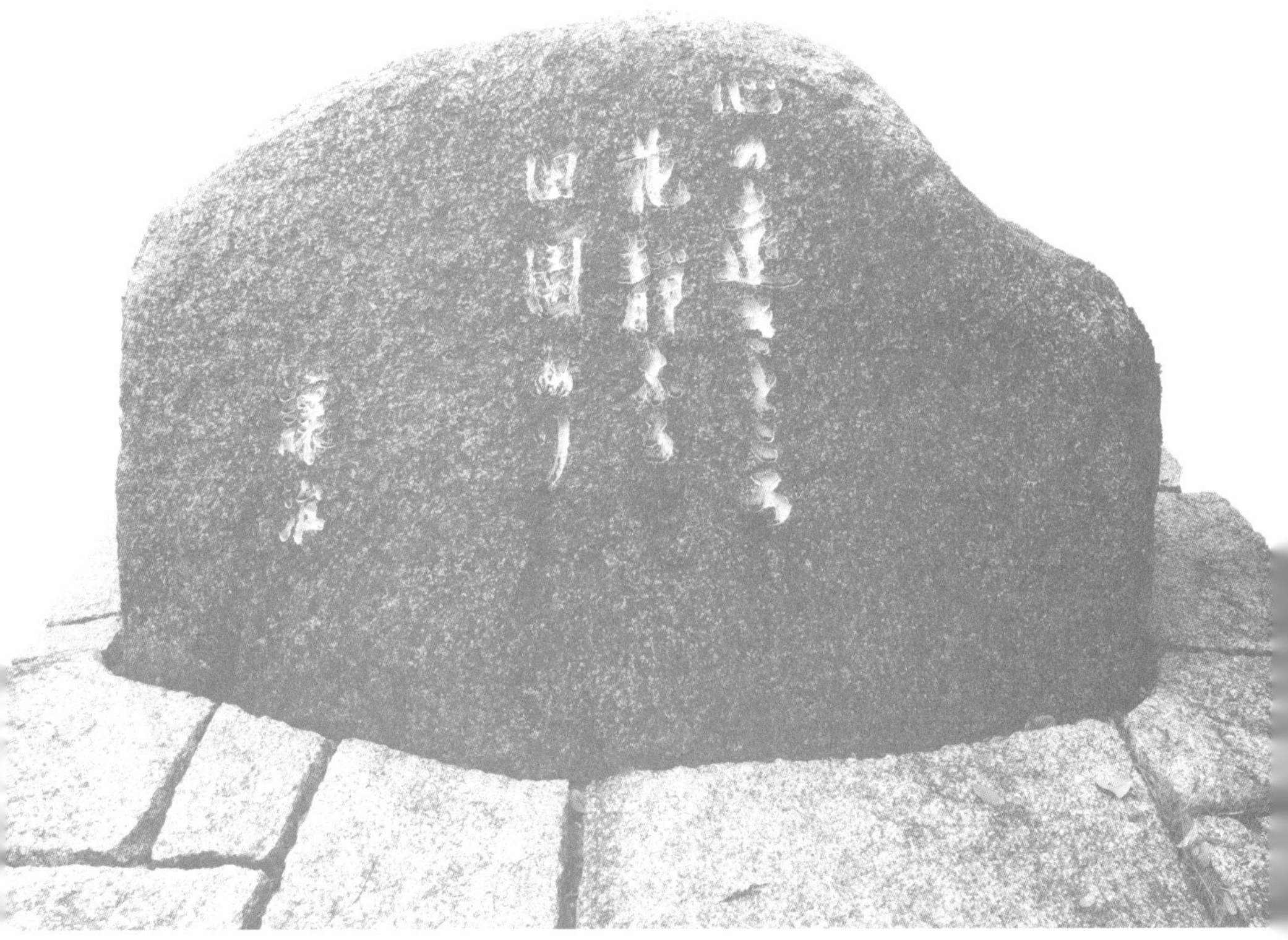

吉備人出版

坪田譲治と中国文学

「詩心・絵心・文心」の世界

劉 迎
Liu Ying

はしがき

私は、坪田文学における中国とのかかわりについて、日中戦争を境とする前期と後期に分けて考えている。そして譲治の思想を規定するものとして、二つの「中国像」が内在して、つまり中国文学に対する見識と「現実」の中国に対する偏見が共存しており、その取り扱いが区別されていることが分かった。戦時下における譲治の中国認識については、すでに一九四〇年頃までの言動を明らかにした拙著『坪田譲治と日中戦争―一九三九年の中国戦地視察を中心に―』（吉備人出版、二〇一六・七）を出版するが、引き続きその続編『坪田譲治の戦中・戦後―太平洋戦争から敗戦まで―』（仮題）で一九四〇年以降の譲治の文学的営為に対するさらなる追究を試みるつもりである。

本書は、既発表論文「坪田譲治と中国文学―漢詩文受容の諸相―」（『岡山大学大学院文化科学研究科紀要』第一二号、二〇〇一年一一月）、「坪田譲治文学の絵画性について」（『岡大国文論稿』第三〇号、二〇〇二年三月）、「坪田譲治と陶淵明―小説『蟹と遊ぶ』論―」（『岡大国文論稿』第四三号、二〇一五年三月）と「坪田譲治『樹の下の寶』論―〈夢〉というファクター―」（『岡大国文論稿』第五〇号、二〇二二年三月）を大幅に加筆修正したうえ、書き下ろし論文「坪田譲治文学、中国への飛翔―中国における坪田文学の翻訳と研究―」と「童話『王春の話』論―〈作品の中に生きる〉ということ―」を書き加えて編集したものである。なお、本書をまとめるにあたって、内容を組み立て直し、新たに章・節を加えて全体を統一した。

本書は二部構成で、論考計六章から成る。

第一部「坪田譲治文学の〈詩想〉」は、三章構成を採っており、昭和期の坪田文学に莫大なる示唆をあたえた中国の漢詩文や絵画を取り上げ、作品の中で譲治の自然観・人生観、そして美意識がどのように展開されているのかを考察していくとともに、中国における坪田文学の翻訳と研究についても歴史的に概観したものである。

第一部の第一章「坪田文学における漢詩文受容の諸相―『唐詩選』を中心として―」では、大正期における西洋文学趣向から昭和期における中国文学趣向への坪田文学の変容について、その実相や必然性を分析したうえで、譲治の中国古典文学享受の背景として、中学校時代の国漢文教師山田貞芳の存在に注目しつつ、関係資料の調査・研究を通してその影響の可能性を指摘した。また、譲治の小説・随筆・手稿・色紙などに見られる中国古典から摂取した字句を摘出して示し、その検討を通して中国古典文学に対する譲治の教養の高さを明らかにした。さらに譲治の「自然と人生」の思想的特質について具体的に考察を加え、陶淵明や王維など中国の田園自然詩の影響、及び漢詩における無常観や季節的感覚の照射が看取されることを検証するとともに、坪田文学の本質は田園自然に根ざした生命充実の源泉としての童心世界にあるとした。また、杜甫や李白の望郷詩によって導きだされた譲治独特の有形無形の「精神的故郷観」についても論じた。

第一部の第二章「坪田文学の絵画性とその深層―〈南画〉をめぐって―」では、譲治の作品世界にはキリスト教絵画（西洋絵画）、浄土絵画（仏教絵画）、南画（中国絵画）などといったさまざまな絵画的描写が見られ、絵画に通じる「映像的」世界が展開されていることを指摘し、関係諸作から具体的な場面や描写を挙げて検討を加えたうえで、特に「南画」の受容について、譲治の代表作とされる小説「甚七南畫風景」を例にとり、「南画」の捉え方およびその構成や表現が坪田文学の中でどのように扱われていたかを検証し、その基底にある「生死一如」という譲治特有の死生観を明らかにした。さらに譲治ならではの透明感のある映像的・絵画的世界として「字で描いた絵」とも言うべき童話「雪という字」「正太の海」の二作品を取り上げて考察した。以上の考察から、視覚的・絵画的な構図によって人生の淡白さ・率直さ、そして本質的な理想を鮮明かつ多彩に表現したところに坪田文学の特質が見られると結論づけた。

第一部の第三章「坪田譲治文学、中国への飛翔―中国における坪田文学の翻訳と研究―」では、坪田譲治文学の翻訳状況、解釈と評価を中国の社会情勢や文学状況と関連づけ、時代の変化に従って考察したものである。中国の時代背景、文学状況の変化と坪田文学の出版時期に基づいて、一九五〇年代～一九六〇年代（第一時期）、一九七〇年代～一九八〇年代（第二時期）、一九九〇年代～二〇〇〇年代（第三時期）の三つの時期に分けて、社会主義的政治性や思想性を重んじる新中国の文学観・芸術観のもとで、〈小さな資本主義〉や〈夢と現実そして幻想〉を土台とした坪田文学がどのように解釈、評価され、受け入れられてきたのかを、翻訳者の「前文」などを踏まえつつ検討したうえで、研究論文を見出すことが困難な現状を指摘し、研究態勢への整備を急ぐ必要があると訴えた。

第二部「坪田譲治文学の〈夢郷〉」も、同じく三章構成を採っているが、なぜ譲治の生命への願望が、これまでの「生死一如」という消極的死生観から「作品の中に生きる」という積極的な人生観へと一変して行動し、永遠なる生命へのあこがれという形で表現されているのかを、具体的な作品に即しつつ論じたものである。

第二部の第一章「小説『蟹と遊ぶ』論―陶淵明とのかかわり―」では、坪田文学における陶淵明の受容について具体的な作品に即しつつ検討するとともに、ストーリーの展開や話の進め方が「桃花源の記」を土台にしたと思われる短篇「蟹と遊ぶ」を取り上げ、陶淵明の詩想に影響を受けた譲治の田園自然への思慕（ノスタルジア）と帰還不能の故郷の自然と一体化した心態を浮き彫りにした。このように譲治の指向した「田園自然」は、幼少年時代に過ごした岡山の土俗的風土的な要素と陶淵明詩の鮮やかで清雅な風格が重なり合って合成された、いわば「観念的」な景色であるとし、これはのちに譲治に自然によく調和する「童心浄土」というべき子どもの世界へ飛び込むことを決意させる、一つの基盤となったと力説した。

第二部の第二章「童話『樹の下の寶』論―〈夢〉というファクター―」では、坪田文学のキーワードとなる「夢」をめぐって、瀬田貞二らの「夢語り」による譲治童話否定論について検討するが、坪田文学におけるリアリズムの性向を再考し、その「夢」は決して無意識の〈象徴の世界〉ではなく、そこには〈現実的な人生観〉が内包されていると主張して瀬田らの説に反論した。また短篇「樹の下の寶」を取り上げ、「童心」と「文明批判」との二つの主題を分析することによって、客観的現実と作者の主観的解釈とをたくみに組み合わせた譲治童話の特性を強調するとともに、内田百閒の「お爺さんの玩具」は「樹の下の寶」に着想を得て書かれたものだとし、その因果関係を明らかにして、譲治の考えが当時の児童文学界のみならず、一般文壇においても共有されていると結論づけた。

第二部の第三章「童話『王春の話』論―〈作品の中に生きる〉ということ―」では、「生」を底流とした坪田文学の形成過程にかかわる若干の素因を整理したうえで、消極的な人生観から積極的な人生観へとシフトされた譲治の生命への願望に大きな影響を与えた中国思想を考察し、「子孫継嗣」（生命連続の自覚）という儒学の理念を披歴した貴重な作品としてきわめて重要な位置にあると思われる短篇「王春の話」を手がかりに、昭和期の坪田文学における「永生」の思想的生成とその展開を探りつつ、こうした〈生を求める〉という意識が、譲治の作家としての職業観や倫理観にも投影されていて、自分のすがたを文章にしようとする、いわゆる「作品の中に生きる」ということに帰結したとし、それはその後の坪田文学を大きく左右するものだったと指摘した。

さらに、「附録／坪田譲治作品初出目録Ⅰ」（『「正太」の誕生―坪田譲治文学の原風景をさぐる―』所収）と「附録／坪田譲治作品初出目録Ⅱ」（『坪田譲治と日中戦争―一九三九年の中国戦地視察を中心に―』所収）の続きとして作成した「附録／坪田譲治作品初出目録Ⅲ」には、戦後直後の昭和二一年から譲治が亡くなった昭和五八年（一九四六〜一九八三）までの三七年間に、新聞や雑誌などに掲載された譲治の作品（小説・童話・随筆・翻訳・評論・再録など）の初出約二二〇〇余点を収録した。これをもって念願の「坪田譲治作品初出目録」が一応完結したこととなるが、作品の初出が掲載されている紙誌のすべてを探していないし、題名があっても発表誌の所在は未だに判明できていないものがあるなど、十分な目録とは成り得ていない。不備や遺漏をご教示していただければ幸いである。

本書は、坪田文学研究に関する基礎的なことがらについて、いくつかの問題提起を試みたつもりであるが、坪田文学の解明についても、従来の研究とは違った視点からその作業を進めたはずである。読者に本書の意図をくみとっていただければ幸いである。

二〇二二年は坪田譲治「没後四〇年」にあたる。そのような時期に本書が上梓されることは感慨なきを得ない。譲治作品の魅力が再認識され、末永く読み継がれることを願うとともに、本書で提出した諸問題が今後の坪田文学研究の進展に役立つことを、ひそかに念ずる次第である。

二〇二二年一一月

著者識す

目次

第二部　坪田譲治文学の「夢郷」

第一部

坪田譲治文学の「詩想」

第一章　坪田文学における漢詩文受容の諸相
―『唐詩選』を中心として―

一、転換期の坪田文学

昭和期に入ると、坪田譲治の意識が一変して、作風も大きな転換期を迎え、一八〇度というほど変革したのであった。人生問題について、〈心の中を流れる急なゆるやかな感情思想の色々〉（「樹の下の石」『六合雑誌』三七年七号、大六・七）を体験していた彼は、今までの自己が歩んできた道を振り返って深く反省し、〈人生を知るとは自己を知ることであり、自己を知るとは自己を見つめることである〉（「心、村へ帰る」『文藝都市』二巻四号、昭四・四）と悟るようになり、新しい生活への出発を踏み出したのである。

昭和初期の作品において漏らした言葉の端々からうかがえるように、この時期の譲治は、政治第一の社会思潮を意識的に回避し、〈その時代思想とぶつかり合うよりも、それから自己の資性を守る消極的な姿勢をえらん〉（横谷輝「作家作品論・坪田譲治論」『横谷輝児童文学論集巻三』偕成社、昭四九・八）で、単なる作家として一生を何の波瀾もなく送ろうと志したのではないかと思われる。たとえば、随筆「作品を生ましめるもの」（『帝國大學新聞』、昭一一・六・一五）の中で、譲治が「時代思潮」とか「社会主義」といったような激動した社会的風潮に対する無関心の態度を表明しているのは、彼のこの志をよく示している。

近頃文學に於て問題となるのは、作品の時代性とか、社會性とか、或はその政治性、道徳性といふやうなことである。が、然し、私は創作中未だかつて、そのやうなことを考へたことはない。私の創作は至つて自然發生的で、一つの氣分として、それこそ心中の荒野に花開くのである。時代性、社會性を求めることは出來ないのである。然し私は考へる。文學に於いては、昔ながらの美と眞とが初めにきて、その二つのものの次に社會性だの時代性だのが來るのではあるまいかと——。

（『班馬鳴く』主張社、昭一一・一〇）

かくして譲治は、文学創作にあたって、時代性または社会性に拘泥せず、「沈潜の深さ」と「表現の簡潔さ」への追求こそ芸術の真であるとし、〈創作にあたっては、一つの氣合を持ちつづけなければならないし、作中人物の心理の中にも深く沈潜しなければならない〉（同右）と強調している。また、昭和四年（一九二九）に発表した短篇「心、村へ歸る」（前掲）の主人公の松山平助が自分の人生について書き上げた一つの感想風な人生覚書の中でも、彼の目指している斬新な人生の目標を、端的に告白している。

私はやつと目がさめた。私は今迄生きる道として、人のため、社會のため、國家のため、と教えられて來た。それに從つて生きるこそ唯一の人生の目的と考えて生きて來た。だからして、道に迷うこともなく、努力一つを心掛けて來たのである。處が、今日になつて、私はやつと目がさめた。生きるといふことは、決して他人のためではなく、自分自身のものであるといふこと、従つて自分の自由のものであるといふことが解つて來たのである。それならば、私の生活が安易なものになつたかといふに、決してさうではないのである。私にとつて、唯一絶対のもの、價値あるものが自分の生涯である以上、私は自由と共に、絶大の責任を知つたのである。努力ばかりではない。生きる道に、その選擇に、私は絶大の責任を感ずるようになつたのである。

これから私は改めて「如何に生くべきや」と、自分自身の問題として考え直し、改めて新しき生活の道に立つのである。

「如何にして生くべきや」この問題について、私は三つの命題を考へる。人生と自己の欲求と、即ち「人生は斯くの如し。然るに自己は斯様なものである。そして自己の欲求はこれである。故に私は斯様に生きねばならない」これが私の生活の論理である。で、まず私の知らなくてはならないことは、人生、自己、自己の欲求、この三つである。

（『晩春懐郷』竹村書房、昭一〇・一〇）

このような心境は、そのまま当時の譲治のものだったようである。彼は確固として既成の信念を棄てて、自由の世界にあこがれ、自己の人生の道を追うものだということを示唆している。

では、そのような変化はどうして譲治に起こったのだろうか。

私の見るところでは、世界が激動の時代だった昭和初頭、既成の価値観や人生観が揺らぐ中で、譲治は自分の可能性に限界を感じ、そこには、もうすでに自分の潜在能力を引き出す環境は存在していないと直感していた。そこで新しい人生の道を探さなければならないという使命感が彼の胸の中で怒涛のように躍動し、清新な意気に燃えていた。彼の個人的自覚が国家、人、社会の重圧と対決して、人間性を深める方向に進められるにつれて、彼は自分の心の内側――「私」化する心の世界に目を向け始め、自己の変容を目指し、小説で常に自己分析によって、自分自身の人生の意味を探究し、その人生を楽しもうとしたのである。

文学創作にあたって、譲治は、〈自然発生的で、一つの気分として、心中の荒野に花開く〉（「作品を生ましめるもの」、前掲）、いわゆる「生活主義」の文学を理念とし、自己変革の機を作品発表の間に発見する目的を持って、「自分探し」や「癒し」をテーマにした身辺雑事風な小説や随筆を書くことによって、社会的風潮とはまったく無縁のところで、「個人的な精神世界」の造営に没頭していたのである。このように譲治は現実の社会を意識的に回避し、人間内部の心理の現実だけを深く見つめ、自己の欲求または個的な意識を強める一方、政治離れの傾向をますます加速させていた。とすれば、政治に参与することによって社会体制を批判しようとする思想的野望や狂熱は、彼の心からはもはや消え去ってしまったのではないかと思われる。

このことについて、戦後になって多くの批判があった。主なものとして、横谷輝は、その時代の抵抗を真に意識することがなく、時代との調和を対償としてもたらされた時代との背離というところに、坪田文学の衰弱性があった（横谷輝「作家作品論・坪田譲治論」、前掲）と指摘したし、また、小西正保は、譲治のことを、〈資質として、あるいは体質としてそうした外側の目を最初から持とうとしなかった作家だった〉（「譲治文学の〈暗い目〉について」『日本児童文学』二九巻二号、一九八三・二）という認識を示した。むろん、こうした成り行きの根底には、そのとき譲治を捉えていた思想上、文学上そして実生活上の危機感と、そこからの自己救抜への希求の切実さがあったに違いないが、然しながら、その後に起きたプロレタリア運動などに対する政府の徹底的弾圧のため、プロレタリア文化運動にたずさわった文学者たちが、身を護る一つの形態として、いっせいに時代の思想からの遊離または逃避を特徴とする身辺雑事的な私小説的文学に筆を染めはじめたという現象を考えてみると、指摘された坪田文学の「衰弱性」の中には、譲治の時局変化に対する洞察の正確さや鋭敏さの一面もまた含まれていることから、「衰弱性」というより、むしろ「敏感性」または「予見性」といったほうが適切かもしれない。

ここで注目したいのは、それを背景に、譲治の文学趣向にも大きな変容があって、社会の現実を描く西洋文学から、自己の世界を語る中国文学が中心とする東洋文学へと急速に接近することであり、ある意味では回帰したといえよう。

実は譲治は、兄の醇一に直接影響されたことで早くキリスト教に親炙し、そして明治四五年（一九一二）頃、東京の統一基督教会で洗礼を受けて入信した。明治四一年（一九〇八）四月、早稲田大学に入学、英文学を学び、ロシア文学や西欧文学などといったいわゆる西洋文化に傾倒し、さらに大正六年（一九一七）二月、英訳から重訳した翻訳書のトルストイ『コネルイー・ヴシリエフ』（一般人叢書第六篇）を洛陽堂から出した。このように、譲治は西洋文芸に造詣が深く、大正期において作られた作品はいずれも西洋文化の世界で、中国文芸との関連はほとんど見出せない。しかし、大正一五年（一九二五）五月、『文章往來』（一年五号）に発表した短篇小説「正太弓を作る」の中に、中国文芸の受容を反映する唐の詩人王維の詩句「風勁くして角弓鳴る」（「風勁角弓鳴」『觀獵』）が流入し、中国文芸の世界に関わりを持つようになる。それ以降、譲治の中国文芸趣味はいよいよ高まり、昭和四〇年（一九六五）ころにおよぶまで連綿と続いている。ここに譲治の中国文化への関心の深さを読み取ることができる。

驚くべきことに、譲治の文学趣向は、昭和の改元を境にしてはっきり二分されている。大正期には、西洋文化を大量に吸収したが、かわって昭和期には、中国文化を中心とするいわゆる東洋文化に一辺倒していったような両極化の傾向が強く見られる。つまり昭和期に入るとともに、譲治の作品には、西洋文化の意識が薄くなり、大正期のように直接見えるところは一切見られなくなる。それに対し、その対立文化としての中国文芸が大いに発揚され、坪田文学の核心をなす思想として独占的地位を獲得し隆盛をきわめた。したがって、大正期を、西洋文化へ傾倒することによって、坪田文学の準備や試練がほぼ完成された時期だとするならば、昭和期に至っては、中国文芸への心酔を通じて、坪田文学がいっそう昇華し、ようやく全面的に花を開かせたと言っても決して過言ではあるまい。

譲治のこのような大正期と昭和期の間の異様とも思えるきわめて歴然とした変貌は、日本近代文学においても異質性を放っている。しかし、この変貌は、決して偶然ではなく、彼の資性のもたらした必然の結果なのである。なぜならば、これは、彼が長い間人生問題に苦悩して、西洋の宗教的価値観に解決を求めたが得られず、そしてそれによる自己の文学の行き詰まりを感じたところに起きたことを想うとき、その転換が何よりもまず東洋的な諦観や求道的な精神主義の色彩の濃厚な中国文芸として意識化され、且つその筆端にのぼるようになったからである。ある意味では、彼の「薄志弱行」をいやす格好な特効薬とでもいうべきものは、精神文化の思想を主目的とする中国文芸にほかならないであろう。

譲治は、西洋文学と東洋文学との違いを分析してこう述べている。

東洋文學の多くはいつも何か訴へんとする形をとつてゐる。唐詩選などにしても、百三十人の詩人の作四百六十五が集められてゐて、その多く、といふよりほとんどすべてといふくらゐ作者の感慨を述べたものである。つまり主観の文學である。

（中略）

西洋の文學は客観描写の文學である。小説や劇が發達するゆえんである。精神文化と科學文化の發達が前者と後者に分擔されてゐるのも、こんな處に原因がある。と、柄にもないことをいつて、そして私が身邊雜記のやうな小説を書き、また随筆を書くことの言譯をせんとする。但し、これは大方諸賢にするのではない。家のものと、また私自身にいひ聞かせるのである。

（「雪の歳末」『報知新聞』、昭一一・一二）

以上に述べたように、譲治があえて時代に背を向けて個の苦悩を凝視することを選び、精神文化を主眼とする中国文芸に着目して、その思想に同調したのは、彼の資性によって成し得られた選択であり、彼の文学の最も好ましい有り方というべきであろう。そのかげには、譲治の新しさに対する、ひそかな確信があっただろうと思われる。

本章では、従来ほとんど取り上げられることのなかった、いわゆる東洋的思想・文学（老荘的な文化）、とくに譲治における中国漢詩文の享受について、『唐詩選』を中心に、坪田文学の活力の根源的再生産をめぐる譲治の思想的な営みに焦点を当てて検討してみたい。

二、譲治の中国文芸享受の背景

それでは、譲治の中国文芸との出会いとそれへの傾倒は、どのようになされたのか。譲治の中国文芸享受の背景または接点を、さまざまな面から捉え、総合的に考察してみよう。

譲治の生家は、岡山で代々農を業としてきたが、父平太郎は農耕の余暇を利用して、近くの三門村の漢学塾に一、二年宿泊し、漢学を修めただけあって、『論語』や『孟子』をはじめ、『史記』や『漢書』に通じ、漢詩に詳しかったし、また、書に明るく、自分でも能くし、若い頃、岡山県御野郡の三秀才と言われ、当時の郡内の名士だったという。譲治は、短篇小説「せみと蓮の花」（『新潮』四九巻一〇号、昭二七・一〇）の中で、こう述べている。

山岸商店の息子に雲石という人があつた。……その頃まだ幼かつたらしいが、名筆と言われるくらい字が上手で、主人の自慢であつた。だから店でも、商売の話ばりでなく、本や書の話が出る。本の話となれば、平太郎は得意である。百姓の生れながら、何年か、漢学塾に寄宿して、論語から史記のようなものまで習つていた。それで話して行くうちに山岸商店主人を感心させた。そういう人とは知らなかつたというところで、それから商談が始まり、取引が開けた。

（『せみと蓮の花』筑摩書房、昭三二・五）

父平太郎は、早く新時代に適応した人間であって、明治一三年（一八八一）、二五歳の時、ランプ芯の製造を始めた。販路開拓のため、東京へ出向いた平太郎は、山岸商店から相手にされていなかったが、漢文ができるというわけで、山岸商店へ出入りするようになった。販路を確保したため、ランプ芯がよく売れて事業は異常な発展を遂げていた。しかし、肺結核に患ってしまい、四二歳の若さで突然不帰の人となった。譲治が七歳の時であった。父の死について、〈私は實は父をこはいオヤジばかり感じてゐて、それ以外たいした感じなかつた。（中略）その時（平太郎の死＝劉注）から、私の人生は始まつた。—私の性格、境遇などは、ほとんどおやじの死後三、四年の間にきまつてしまつたやうに思ふ。こわがりで臆病、用心深くなつた。〉（「セミと蓮の花」、前掲）と、譲治は述べている。実は、平太郎は県会議員になるなど、世間に人望があり、人々から尊敬される一方、家では徹底した暴君で、家族に対して死ぬまで亭主関白を貫いた男であったという。さらに晩年の父は、肺結核患者になっていて、子どもたちは近づかないようと言われていた。そんなわけで、幼い譲治の記憶に残っている父親像は、やたら怒りっぽく無愛想で、たび重なる喀血のため、青白く歪んだような顔をしていた父であった。父に愛撫されたり甘やかされたりした記憶はあまりなく、むしろ父は怖い存在であった。したがって、譲治が幼年時代には、その父の感化で、中国文芸などに接近しそれへ心酔していったとは考えにくいと思われる。

譲治が本格的に中国文芸への興味を持ちはじめたのは、むしろ中学在学時代、国漢文の山田貞芳先生によって「薫化陶冶」されたことにあると考えられよう。

山田貞芳は、明治期から大正期にかけて岡山地域で活躍した歴史家であり教育家であるが、現在は地元の岡山でも知っている人はほとんどいないらしい。『岡山県歴史人物事典』（岡山県歴史人物事典編纂委員会編、山陽新聞社、一九九四・一〇）によれば、彼は、明治二年（一八六九）に岡山県上道郡網浜村（今の岡山市東区）に生まれ、本姓は内山、のち旧岡山藩士山田貞順の養子となって、山田貞芳と改名した。若い頃、同じ岡山出身の鴻儒の犬飼松窓（一八一六〜一八九三）に漢籍を学び、旧藩主池田家の家史編纂に従事するなど、郷土史の究明に力を注いだ。のちに上京し、高名な漢学者根本通明（一八二二〜一九〇六）、重野成斎（一八二七〜一九一〇）に従事し、また国語伝習所に学んだ。明治三一年（一八九八）、文検漢文科予備試験に合格。明治三三年（一九〇〇）からは、私立養忠学校（のち金川中学校）の国漢文教師となる一方、備作恵済会感化院（のち三門学園）の院長となる。また、岡山県地理歴史調査委員を兼ね、『備前軍記（土肥経平）』（吉備叢書五、小橋藻三衛、一八九八・四）などの校訂出版を行った。同四五年（一九一二）、岡山市史編纂委員長としてこれを完成した。人生六〇にはるかに満たない年で、大正九年（一九二〇）六月九日に在職中、疽のため死去した。著書に『山林家としての熊沢蕃山』（岡山県山林会、一九〇四・一）、『吉備百首』（木山巌太郎、一九二一・二）などがあり、また教育ならびに郷土史に関する文章をまとめた『山田貞芳集』（「吉備文庫」第七輯、山陽新報社印刷部、一九三二・一二）がある。

いっぽう譲治は、明治三四年（一九〇一）五月、岡山市の中心にある養忠学校に入学したのだが、二年生の時、学校は岡山県御津郡金川町（今の岡山市北区金川）へ移転し、校名も金川中学校と改名した。そのため、明治四〇年（一九〇六）三月に卒業するまでの四年間、譲治は、毎朝四十分ぐらい汽車に乗って沿線の桃源郷みたいな景色を楽しみながら通学していた。

この中鉄沿道の景色で、今も忘れられないで頭に浮ぶものは沢山あります。（中略）牧石村へ入ると、風景ががらりと変ります。誇張して云えば、桃源境です。（中略）その牟佐の渡しから、汽車は旭川に沿うてのぼって行くのですが、その頃窓の外に見える旭川の景色は、岡山金川間の一番美しいところのように思います。対岸にある山は何と云う山ですか大きいくせに、木がなく、まるで大坊主のように見える山です。然しその下にある旭川はここで、水をたっぷり湛えていて、今も、あそこには鯉や鮒が沢山にいたろうなんて考えます。それに鉄道側は松山だったでしょうか、暗いほど木の茂った山です。そして見おろす旭川岸に、一つ大きな岩があって、聳え立っていました。私が今でも考えるのは、その岩の下で一度魚を釣って見たかったと云うことです。

（「金川中学の思い出」『臥龍―創立八十周年記念誌』、岡山県立金川高等学校編、昭三八・一〇）

山田貞芳先生が養忠学校、のちの金川中学校で国漢文教師として教鞭を執っていたのは、明治三三年（一九〇〇）五月から大正九年（一九二〇）六月までの約二〇年間であるから、この中に、譲治の中学校時代がすっぽり入ってしまう。山田先生のことを、約半世紀経った昭和三八年（一九六三）に、譲治は次のように振り返っている。

山田先生は背の低い方でしたが、人格者で、感化院の院長なんかもされました。筒袖の和服に袴、それに高足駄をはかれ、

「はっはっは。」

大口をあけて笑われる姿が、今も目に残っております。

（「金川中学の思い出」、同右）

もちろん、容姿を飾らず、年中黒紋付の筒袖の羽織に袴という出立ちで、風呂敷包みを小脇に抱え

小足に登校される山田先生の姿が、印象深く譲治の目に残っていたというばかりではない。山田流ともいうべき中国古典を講ぜられた山田先生独特の名調子も、長い間忘れないで彼の耳底に残っていたであろうことは想像に難くない。ちなみに卒業後も譲治が山田先生との交流をつづけ、帰岡すると、必ずと言って良いほど山田邸を訪れてその教えを仰いでいたということは、山田先生の孫である山田貞秀氏が提供してくれた譲治の手紙や色紙などによって明らかにされている。

そもそも明治期の中学校教育課程は、何もかもすべて文部省によって制定されたいわゆる国定的なものであったことから、それによって、当時の中学校における国語および漢文科教育課程（カリキュラム）の成立・展開・内容、そして教授の方法などの凡そは知られるのである。

一九世紀末から二〇世紀初頭にかけて、日本の中学校教育課程は、着々と整備されていった。明治三二年（一八九九）二月、「中学校令」が改正され、ついで明治三四年（一九〇一）三月には、「中学校令施行規則」が制定され、さらに同じく三五年二月には、「中学校教授要目」が編纂されるに至った。

この「施行規則」第三条において、国語および漢文科の目的とするところは、〈国語及漢文ハ普通ノ言語文章ヲ了解シ正確且自由ニ思想ヲ表彰スルノ能ヲ得シメ文学上ノ趣味ヲ養ヒ兼テ智徳ノ啓発ニ資スルヲ以テ要旨トス。〉と明確に決められたし、その内容としては、〈国語及漢文ハ、現時ノ国文ヲ主トシテ講読セシメ、進ミテハ近古ノ国文ニ及ボシ、又実用簡易ナル文ヲ作ラシメ、文法ノ大要国文学史ノ一斑ヲ授ケ、又平易ナル漢文ヲ講読セシメ、且習字ヲ授クベシ。〉と決められた。毎週の授業時数は、一年から三年までは、各七時間、四、五年は、各六時間であった。そして「教授要目」においては、各学年ごとに、講読（国語・漢文）のしかたおよび材料について具体的に述べられ、文法・作文・習字についても、指導事項を中心にそれぞれ詳しく規定されていた。この「教授要目」に示された講

読における国語・漢文の比は、

第一学年　国語八　漢文二。

第二学年　国語七　漢文三　国語ハ今文二、近世文一ノ比。

第三学年　国語七　漢文三　国語ハ今文三、近世文二、近古文一ノ比、漢文ハ記事叙事文一、論説文一ノ比。

第四学年　国語六　漢文四　国語ハ今文二、近世文一、近古文一ノ比、漢文ハ我国作家ノ文一、支那作家ノ文一ノ比、詩歌ハ適宜之ヲ加へ授クベシ。

第五学年　国語六　漢文四　国語ハ今文一、近世文一、近古文一ノ比、漢文ハ我国作家ノ文一、支那作家ノ文三ノ比、詩歌ハ適宜之ヲ加へ授クベシ。

ということになっていた。また漢文の講読材料について、その範囲は、日本近世作家（叙事文、伝記、紀行文）から中国作家（散文、詩）へと次第に広げられ、一年から三年までは、日本作家の文章が中心だったのに対し、四、五年は、毎週の授業時数はやや減少したものの、中国作家の文章が顕著に増加したことは注目に値する。四、五年の教科書に採用された中国作家の文章としては、散文には清初の作家、唐宋八家文、『史記』、『蒙求』、『論語』など、特に『唐詩選』などが挙げられたのである。

当時の漢文教授は、古来より引き続く「素読主義」を中心にした文字と誦習・暗誦の方法を用いて、初学の者にはまず素読を授け、進むにつれて会読・輪読をなし、先生の講義が行われたのであった。これは、「読書百遍、義自カラ見ハル」とする中国伝統の読書法の理念を基底に置くものと考えられる。

したがって、山田先生の授業も、基本的に学問即読書という、いわば伝統的な学問教授法に則って行われたであろうが、単なる素読に始終するわけではなく、形式的な教育主義を避け、教育者と被教育者との精神的融合によって陶冶していこうという流儀であったという。特に彼の、音吐朗々と節をつけて中国の名詩名文を朗読する独特な美声に、常に聞き入る生徒たちは全く魅了されたのである。金川中学校第九回（大正元年度）卒業生の日下惣太郎は、当時のことを次のように回想している。

特に印象に残るのは、山田流ともいうべき先生独特の漢文の朗読でありました。就中、今尚我等の耳底に残るものに、頼山陽作「筑後川を下る記」や、唐の王維作「渭城の朝雨軽塵をうるおす云々」の名詩が有ります。先生は独特の抑揚を付け、音吐朗々とこれらの名詩名文を朗読せらるるのでありますが、聞き入る生徒たちはただ先生の名調子に恍惚として時の至るを知らずという有様でした。当時生徒たちは、確かに先生の漢文の時間を一つの楽しみとして居ったようにおもわれます。

（「恩師に関する思い出の記」『臥龍―創立八十周年記念誌』、前掲）

個人の感想の一節ではあるが、当時山田先生がどのように授業を実施したか、また彼の独特の教授法が聴者の生徒たちに対してどれほどの感動を与えたかは、これによって察知されよう。山田先生の満面悦をたたえて朗読される姿を見て、強い感銘を受けるとともに、漢文への興味を深めた生徒は決して少なくなかったであろう。譲治もその一人であったに違いない。彼の作品にあっては、例えば、長篇小説『家に子供あり』（昭一三・九～一二）などに見られるように、この山田流の詩吟がしばしば登場して、山田先生を彷彿とさせ連想させると同時に、作中における雰囲気や人物の性格などを具現するに欠かせない一つの材料源となっている。


老人は帯の間から大型の時計を引張りだして、

「おう、もう十時が近い。消燈の時刻だ。ハッハハハ、お暇するぞ。」

そこへお母さんがお茶にお菓子を持って出たが、お爺さんは、やあやあと言うきりで、どんどん玄関の方へ出て行った。玄関に出ると、もう口の内で微吟である。

「帰りなん、いざ田園将にあれんとす。いかで帰らざらん。」

次第に朗々といよいよ声を張り上げて、月の中を歌って行った。

(中略)

善太と三平は庭で遊んでいた。小さな木の一むら茂っている前にむしろを敷き、三平が座っていると、家の陰から善太が出て来た。彼は学帽を眼が隠れる程前よりに冠っている。鳥打帽の真似らしい。竹棒をステッキにして、勇しい詩吟をやって来るのである。お爺さんからいつも聞きなれている陶淵明帰去来の辞である。

「帰りなんいざ田園将にあれんとす。」

意味を知らないのだから、唯だ勇しいとばかり考えている。ステッキの振り方も大変なら、肩などのイカラシ方もものすごい。お爺さんの真似でもないのだろうが、甚七式の豪傑である。この豪傑が現れると、茂みの前の三平君、手を合せて、ジャージャーとやり始める。これはお経の真似なのである。お経をあげながら、彼は何度も手をすったり、頭を下げたりする。豪傑はその前にやって来ると言う。
「エッヘン」
これでお経はますます、はげしくなり、すり合わす手も忙しくなり、頭もここをせんどと下げられる。

（「家に子供あり」『坪田譲治全集巻三』〈一二巻本〉、新潮社、昭五〇・九）

意気揚揚と漢詩を吟ずる老人と、その真似で楽しく遊んでいる子どもたちの姿が活写されている。なお、発表当初にあった藤田東湖の『正気の歌』が戦後になって改変され、その代わりに陶淵明の「帰去来の辞」にすり替えられたことは見逃せない。時代の空気が変わってそれに合わせようとする譲治の思惑があったように思われる。

さらにより明確な証明と思われるものとしては、譲治が昭和二八年（一九五三）に書いた随筆「読書の思い出」の中に、次のような一節がある。

私が文学的になっていたのは中学四・五年のころからだと思います。（中略）中学四年、ちょうど日露戦争の終わったころかと思いますが、私は詩が好きになったのです。家に唐詩選の五言絶句だけの小型本があって、それを読んだのが始めかもしれません。

（『坪田譲治全集巻一二』〈一二巻本〉、新潮社、昭五三・五）

ここに示されるように、譲治が「中学四年」頃、詩が好きになり、唐詩を読んで急速に文学へ近づいていったということであるが、その時、詩作の手本として一番最初に選ばれたのは、日本の俳句・和歌でも西洋風の近代詩でもなく、中国の『唐詩選』であったところに、山田先生の影響が十分に看取されるように思われる。

以上のいくつかの事実を重ね合わせると、譲治が中学時代に、山田先生の感化に浴して、中国文芸に接近し、軟文学（恋愛・情事などを主題とした文学作品＝劉注）としての『西遊記』『水滸伝』『牡丹燈籠』などを、また、教科書としては、なかんずく『史記』『漢書』『論語』『唐詩選』などを愛読することによって、〈文学的になっていた〉（「対談Ⅰ（小田嶽夫×坪田譲治）」『坪田譲治童話全集巻一四、坪田譲治童話研究』岩崎書店、一九八六・一〇）ことは一目瞭然であり、いわば山田先生との出会いこそ、彼が生涯中国文芸に関心を深めていく契機であったと言えるであろう。

このようにして、一冊の本『唐詩選』がたちまち彼を魅了して、まもなく漢詩から漢詩境を踏まえた現代詩まで好きになったのである。特に明治の詩人土井晩翠の長編詩『星落秋風五丈原』（一八九七年）を愛誦したという。

土井晩翠の詩で一番読んだのは諸葛孔明をうたった「星は落つ秋風五丈原」の入っている『天地有情』、これくらいの小さいほんですがね。それに「丞相病篤かりき」というのが繰り返しにある。諸葛孔明が大いに何とかいう英雄を助けて、曹操のいる中原まで攻めていくのですよ、あれは支那の四川省から、大軍をひきいて攻めていくのですけれど、病気で決戦ができない。ところが中原にいたのは何だったか忘れましたけれども、それはいつも孔明が攻めてくれば逃げるのです。そして孔明が軍を引かせると攻めていくという非常に柔軟な戦法をとっているのです。それで諸葛孔明も困るのですが、そういうときでも、孔明が病篤かったというので、そのうち孔明は死ぬのですけれども、生きたようなかっこうをすれば敵のほうが逃げてしまう。そこで「死せる孔明生ける仲達を走らす」とかことわざがあるのです。

（「対談Ⅰ（小田嶽夫×坪田譲治）」、前掲）

『星落秋風五丈原』は、晩翠の第一詩集『天地有情』（博文館、明三二・五）に収載されているが、その中で、晩翠は、唐の詩人杜甫の『詠懐古跡五首』の第五首を踏まえ、中国三国時代の蜀の英雄諸葛孔明の尽忠と悲壮な運命を七五調の新体詩で歌っている。漢詩の読み下し文としての調子を、この詩形の中に盛り込んで、杜甫の詩の主題をよく掴まえるとともに、漢語の使用が生む独特の悲壮感と東洋的な無常観を実に巧みに生かしたところに、特有の新鮮さがあり、彼のもう一つの秀作である『万里長城の歌』（第二詩集『暁鐘』有千閣・佐藤書店、明三四・五）とともに、当時広く文学青年の間に愛誦されていた。

譲治が晩翠詩のなかで特に『星落秋風五丈原』を愛誦したのは、それが中国故事を舞台としたもので、〈漢文に一番近くて調子がよかった〉（「対談Ⅰ（小田嶽夫×坪田譲治）」、前掲）ためだったというのである。漢詩文の世界にあこがれ、中国の英雄人物にひとかたならぬ敬愛の情を譲治が抱いていることは、これによって知ることができる。それで、彼は土井晩翠から薄田泣菫、島崎藤村、そして国木田独歩に至るまでいろいろ読んだのであった。

金川中学校卒業後、譲治は早稲田大学予科に入学した。この時から、彼の「人生と社会への出発」が始まったのだが、思ったとおりにうまくいかず、試行錯誤を繰り返したばかりであった。大学に復学した後のことについて、彼は小説「キャラメルの祝祭」（「若草」一次一〇巻五号、昭九・五）の中で、次のように語っている。

学校へ帰ってからもまだ王維の白雲の詩を歌いつづけて居りましたが、翌年兵隊にとられ、兵隊を出ると、もうその詩も忘れて居りました。それからは白雲を思い出すこともなく、世の中の塵に埋れて、二十年の歳月が経ちました。結婚して三人の子をもうけました。
処で、昔考えた「人生の四季」ということが真実であったのでしょうか。四十を越した時、また風雪の季節がやって来ました。私は母と兄を同時に失い、まもなくまた職業も失いました。半年後に貯えもなくなってしまいました。その間に私の得たものは何だったでしょう。
「白雲つくる時なし」
また昔の考えが帰って来たのです。

（『坪田譲治全集巻一』〈一二巻本〉、新潮社、昭五三・一）

病弱の身体、社会生活の上での人間関係や金銭トラブルも含めた苦労、あるいは人生上の悩み、肉親との死別その他といったような人間的・生活的に相当の辛酸をなめていたらしいことは、彼の年譜などからもうかがい知ることができる。このように、苦悩した譲治は、西洋思想・キリスト教に解脱の方法を求めようとしたが得られず、結局、原点に立ち返り、昔考えていた〈人間でいるからこそ悩み悶えが絶えない。雲際に浮ぶ彼の白い塊りとなれば、即ち意志を有たない存在となれば、そこに何の憂いぞ。〉（「キャラメルの祝祭」、前掲）という認識に帰結したことになる。言うまでもなく、こういう認識の根底にあるものは、老荘的諦観の思想が基調となっており、彼の現実挫折による老荘への傾斜、あるいは消極的な行動と意識は、一般的には敗北の哲学を底流とする産物と考えられる。

しかし、譲治の老荘への傾斜は、それに心惹かれたというよりも、むしろ軽いタッチのようなものが伺われ、現実のみじめさから己の身を救済する方便としてのものであったように思える。それは、〈自ら哀れみ、自ら慰めんとする心持ち〉（「雪の歳末」、前掲）という自慰の念から出たものであったと判断することができるであろう。とすれば中国文芸（老荘思想）の精神を獲得することによって、譲治の文学は、自己が空想する生活と現実の生活実体とのギャップをすべて乗り越え、そして一体化して、新しい境地を開いていたとは言えないか。これは、譲治の思想と行動を反映した数多くの作品の分析によって、より明確になるだろうと思う。

三．譲治の漢詩文趣味

坪田文学の魅力を倍加したものに、作品中に挿しはさまれた漢詩文がある。漢詩文の字句は、あたかもキーワードでもあるが如く、繰りかえし出現し、当時の譲治の情調を、朗々たる調子の高い、吟味に適した漢詩文に託して鮮やかに表出していたのである。

彼の脳裏に中国の古典、故事、特に唐代の詩人、彼らの名詩のイメージが有力に潜在し、それらが意識の流れに沿い、意念としては超自然・超現実的に浮かび出始めた。今、中国古典の直接見える用例を挙げてみると、

（1）人間の世界にも四季のやうな、或は波の起伏のやうな變化がある。將來を待ち望む心持は、その起伏を、その變化を待つ心持である。さう云ふ心持を悪いとばかりは云ひきれない。たゞその時、「人事を盡して天命を待つ」と、これは誰が云つたのか知らないが、その人事を盡す必要がある。

『初学知要・中』学者之於患難、只以義處置了、而後須放下、是蓋人事而後委天命也。』

（「何を待ちつつ」昭一一）

（2）道といふものは「人の一生は重きを負うて遠き道を行くが如し」などと昔から人生の象徴に使はれて居りますが、さう使はなくてさへ、道くらい感銘の深いものはありません。

（「郷里の道」昭一〇・二）

『孔子家語・観思』子路見於孔子曰、負重涉遠、不擇地而休。』

（3）「何の顔あつて、家郷に帰らん」

何で讀んだ文句か、その時頭の中に浮かんで來た。

（「湖上の秋」昭一四・一二）

『史記・項羽本紀』縱江東父兄憐而王我、我有何面目見之。』

（4）實は私はこの六月末野尻湖に遊んで以來、山湖の幽邃、その静寂を求めて、この大沼にも來たのである。満足し難いとは言へないけれども、望蜀の感なき能はず。

（「湖畔の吟」昭一三・一〇）

『後漢書・岑彭傳』…人苦不知足、既平朧復望蜀、毎一發兵、頭髪為白。』

（5）精神一到何事かならざらんとも考へ、石に矢の立つタメシありと考へてゐた。

『朱子類語。学二』陽氣發虎、金石亦透、精神一到、何事不成。
（「深夜晩春」昭一二・五）

『史記・李将軍傳』…（李）廣出猟。見草中石、以為虎而射之、中石没鏃、視之石也。…」

（6）今から實に二十九年の昔で、私が十九歳の時である。前途に茫洋たる未來の時を望み、どんな氣持がしてゐたことであらう。今は後に茫洋たる過去の時を望み、悔恨悲愁必ずしも少からず、人生の須臾にして白駒の隙を過ぐるが如きを悲しんでゐる。
（「山中の醫生」昭一五・一二）

『荘子・知北遊』人生天地之間、若白駒之過郤、忽然而已。」

（7）……人間の世界を離れてゐる自然の世界、そこでは自然物が、童話の世界にあるやうにお祭氣分で跳ねをどつてゐる感じがしたのであります。けれども、その一方ではこの湖水を圍んで、生計をいとなんでゐる人間の世界もあります。（中略）兎に角、そこでは自然と人生とが、右のような對照をなして、

「かくて時は流れゆく。」

などと、センチな感概を抱かせました。
（「赤城大沼にて」昭一三・一〇）

『論語・子罕』子在川上曰、逝者如斯夫。不舍晝夜。」

（8）「幸福でいては、お母さんにすまない―といふことは、一應もつともな考へ方である。然し論語にある。哀而不傷。中庸之為徳、其至矣乎。即ち何事も中庸が大切ぢや。」
（「虎彦龍彦」昭一六・九～一七・一）

〔『論語・八佾第三』子曰、関雎樂而不淫、哀而不傷。
『論語。雍也第六』子曰、中庸之為徳、其至矣乎。民鮮久矣。」

など多くのものがあり、漢文の名典名文が中心である。それ以外では、短篇小説「父の記憶」（『地方』大一五・九）や「わが師・わが友」（『新潮』四三巻九号、昭二一・九）の中の「司馬温公の瓶割の話」（『宋史・列伝第九五』）、長篇小説「虎彦龍彦」（『都新聞』昭一六・九〜昭一七・一）の下敷き手稿の冒頭に置かれてある「荊軻の易水送別の話」（『史記・荊軻列伝』）など、中国の故事に関するものが多く見られる。さらに彼が残した数多くの書や色紙には、たとえば「浮雲遊子意、落日故人情。」（李白『送友人』の一句）や「老馬も千里の夢」（曹操『亀雖寿』「老驥伏櫪、志在千里」の一句）など、中国詩歌を踏襲したもの、中国文化との深いかかわりの窺えるものも少なくない。

また、大正一一年（一九二二）一〇月に出版された最初の随筆集『班馬鳴く』の題名が李白の詩『送友人』「揮手自茲去、蕭蕭班馬鳴。」（「手をふるひてここより去れば肅肅として班馬鳴く」）から取られたものであることはすでに広く知られているが、その他、大正期から昭和前期にかけて作られた彼の作品にも、漢詩文の字句からの引用が多く見られる。作品の題名だけを挙げてみると、「故園の情」（『都新聞』、昭九・四）は李白の詩『春夜洛城聞笛』「此夜曲中聞折柳、何人不起故園情。」（「此の夜曲中に折柳を聞く、何人か起こさざらん故園の情」）から、「平蕃曲」（『若草』一一巻一〇号、昭一〇・一〇）は劉長卿の詩『平蕃曲』から、「漁夫之辭」（『明朗』一巻一号、昭一一・四）は屈原の詩『漁父辭』から直接に取っているのが明らかであるし、また、「晩春懐郷」（『文藝』三巻八号、昭一〇・八）とか「湖畔吟」（『書物展望』八巻一〇号、昭一三・一〇）とか「緑蔭偶語」（『山陽新報』昭一一・五）といったのは、漢詩文の詩想を踏まえて真似したものと考えられる。

漢詩文の題は、本来その詩の成立した事情を明らかにするために付せられるものであるが、譲治は漢詩文の題をそのまま借用したのみならず、漢詩文の中のキーワードとしての字句を摘出して題名に代えたのである。こういう手法は、見事で凡手ではなかろうことを付言するに留める。このように誰しも分かるような名詩句からはもちろん、『論語』『史記』『漢書』や陶淵明（陶潜）の『始作鎮軍参軍經曲阿作』といった普通ではあまり気の付かないような所からも取っていることを考えると、譲治が並みの読書人ぐらいではなかったことがうかがわれる。

さらにより大きなものとしては、譲治の文中に引用された漢詩の数はかなり膨大な量に及んだことである。私の調べたところによると、付表に示したように、譲治の文学における中国の漢詩は、陶淵明・王維・李白・杜甫を筆頭に、漢の武帝劉徹より宋の大儒朱熹までおよそ十数人の三十幾首におよび、時代と詩人の個性によって、それぞれ異なった作風を呈し、詩形の多様性や表現の簡潔性・含蓄性などの特徴が指摘できるが、なかでも特に盛唐詩に対してはなはだしく偏向し、「格調」の高い詩だけが選ばれている傾向が見られる。このことは、明らかに中学時代に愛読した『唐詩選』からの影響であろう。

『唐詩選』は、明の詩人の李攀龍（一五一四～一五七〇）の編に係わるとされ、初唐・盛唐を中心に格調の高い四六五首の詩を集めていた。李攀龍は、明代の詩界を代表する重鎮の人物であり、王世貞（一五二六～一五九〇）とともに領袖として明代中期以後の古文辞運動（擬古主義）を主導した。その主張するところは、〈文ハ必ズ秦漢、詩ハ必ズ盛唐〉（「文必秦漢、詩必盛唐」『明史・李夢陽伝』）、つまり祖述すべき詩文の対象を、散文は前漢の司馬遷の『史記』に代表される秦漢時代の作品、詩は李白・杜甫・王維などに代表される盛唐時代の作品というように限定して、他の一切を顧みない、という極端で尖鋭な復古主義的・擬古典主義的な立場に立ったものであった。そのころ社会的実力を蓄えながら、まだ政治上には強力な発言権をもつに至らない新興の市民層を惹き付け、圧倒的な勢いで文壇に広がり、一世を風靡することになった。こうした古文辞運動とその流行に便乗して編集されたのが、『唐詩選』である。この本には、李攀龍とか王世貞とかいう一派の好みが強く出ており、詩の選択が偏っている。というのは、盛唐の時期の作品を重視し、その一方で、韓愈や白居易など中晩唐の詩をほとんど収めない『唐詩選』の過激な採録標準は、古文辞派の主張を直裁に反映するのである。

『唐詩選』が日本には古くから伝来していたものと推定されているが、江戸時代では、貝原益軒（一六五五〜一七一四）は、〈集詩者甚多、獨李攀龍之所輯唐詩選最佳…〉（「格物餘話」『益軒全集』巻之二、益軒會編纂、益軒全集刊行部、明四四・三）と『唐詩選』を推奨しているし、また、荻生徂徠（一六六六〜一七二八）が明の古文辞派を重んじ、〈有錦里夫子者出、而榑桑之詩皆唐矣。〉（「叙江若水詩」『徂徠集巻八』大阪文金堂、寛永三年）と述べ、「詩は盛唐をもって規範とすべきだ」と主張してその推奨普及を計った。さらに徂徠の高弟である服部南郭（一六八三〜一七五九）が校訂本『唐詩選』や訓点本『唐詩選国字解』を刊行することにより、『唐詩選』の普及に大きな役割を果たした。それ以来、寺子屋の子どもでも『唐詩選』を朗誦し、『論語』と並んで日本人の必読書となった。

譲治が随筆「夢を見させた『独歩集』（私の読書遍歴）」（のちに「読書の思い出」と改題）の中に、〈私が文学的になっていたのは中学四、五のころからだと思います。（中略）家には唐詩選の五言絶句だけの小型本があって、それを読んだのが初めかも知れません。〉（『日本読書新聞』昭二八・二）と書いてあるが、絶句は律詩とともに唐代の新体詩を代表するもので、たいてい五言と七言との二種類に分けられる。絶句は盛唐殊に盛行し、〈興象玲瓏、句意深婉にして、工の見るべき無く、迹の尋ぬべき無し〉（明・胡元瑞『詩藪』「興象玲瓏、句意深婉、無工可見、無跡可求」）という特有の詩風が李白・杜甫らによって見事に完成され、千古絶唱の名詩が多く生まれたのである。『唐詩選』では、詩形別に、七言古詩、五言律詩、五言排律、七言律詩、五言絶句、七言絶句という順序に配列されているが、五言絶句が七四首、七言絶句が一六五首というように、絶句が圧倒的に多く、極端な厚遇が与えられ、収録作の大半を占めている。

明治期頃に流布していた五言絶句だけの『唐詩選』としては、高田彰一郎著、葛飾北斎画『絵本唐詩五言絶句』（嵩山房、明一三）と『一讀了解唐詩選和歌意　五言絶句之部』（鐘鈴堂、明二七・五）の二冊を確認できたが、譲治はどのバージョンの『唐詩選』五言絶句を選んで読んだかは実は不明である。いずれにしても唐詩の心に学んだ譲治は、『唐詩選』の絶句を作品の中に取り入れることによって、李白の『静夜思』、杜甫の『復愁』『絶句』、劉長卿の『平蕃曲』などに見られた高華雄深の作風を、自分の生き生きとした情感とうまく調和させて、坪田文学をいっそう魅力的なものにしたのである。

要するに、譲治は『唐詩選』を読んで非常に感銘をうけ、彼の中国文学についての教養や趣味の重要な部分を形成してきた。彼は唐詩の名詩を読みながら、いつもその清澄典雅な気分に心を引かれ、中国詩人への敬愛の念は終生を通じて変わらなかった。やがて彼は『唐詩選』だけでは満足できず、ほかの詩集ものぞくようになり、結局最後は『杜詩』など個人全集をということになった。いわば昭和期の彼の文学の世界を動かすのは、唐の詩人の詩の流れであると言えよう。かくして譲治の中国文芸、とくに唐詩に対する教養の高さは、児童文学者の中でも群を抜いたと考えられる。

三、坪田文学における漢詩

坪田文学における漢詩の受容は、昭和以後、中国文芸の感情をともなって表れることが基本的に定着したと言えよう。

譲治は熱心な漢詩の愛好者である。それは、彼の文中に膨大な量の漢詩が引用されていることによって知ることができる。さらに、彼は昭和一一年（一九三六）に出版された随筆集『班馬鳴く』の中で、〈私は杜詩や唐詩選を愛讀してゐる〉（「友人にあてゝ」）といい、〈常も仕事の前に讀む唐詩選や、杜詩を擴げて見た〉（「深夜の感想」）とも述べて、中国の漢詩、特に唐詩に対する強い愛着の念を示している。かくして彼はいつも清澄典雅な気分をもつ漢詩の世界にひたっていて、東洋風の高い詩の境地を人生の指針としてめざし、さらに漢詩の世界を念頭に置いて作品の新しさを極限まで追求し表現して、異様にきらびやかな、目くるめく詩的イメージの世界を作り出したのである。その成果は驚嘆すべきものであった。前にも述べたように、譲治の作品に引用された漢詩の数は、陶淵明・王維・李白・杜甫を筆頭に十数人の三十幾首におよび、時代と個人によって、それぞれ異なった作風を呈し、詩形の多様性や表現の簡潔性・含蓄性などの特徴が指摘できるが、私の見るところによると、漢詩の詩想が坪田文学に投影され、次の二大要素が認められるまでになった。

（A）田園自然に生成化育する文学

（B）故郷に精神的回帰を求める文学

おそらく（A）の方は譲治の原点をなすものであろう。（B）はそこからの発展として考えられる。というのは、現実に失敗した譲治のなかに、孤独の苦悩に傷ついた自分をいたわる甘美な快楽への要求が、自己解放を漢詩に求めた時、自然と郷愁がテーマとして浮かびあがってくるのは当然である。それでは、この二大要素は実際の作品にどのように表れるのか、譲治はそれに何を求めようとしたのか、そこから見ていこう。

（A）田園自然に生成化育する文学

これまでの坪田文学研究では、坪田文学が「自然」と深い関係にあることをつとに皆が認め、しばしばテーマとして論及されてきたのであるが、しかし、その多くは千編一律の形式に流れてしまい、「自然」における人間の位置、「自然美」の捉え方およびその構成や表現について、坪田文学がどのようにそれを扱ってきたかはあまり論じられてこなかったように思う。これは、坪田文学研究の盲点になっているとさえ言えるのではないかとかねてから考えており、深く広く研究を進める必要のあることを私は痛感する。

それでは、譲治にとって「自然」とは、いったい何を意味するのか。彼は果たして「自然美」そのものを描こうとしていると言えるのであろうか。

譲治の描いた「自然」は、大まかにいうならば、二つの流儀に大別される。一つはキリスト教にもとづく西洋の自然観であり、一つは老荘思想を底流とする東洋のそれである。そしてこの二つの自然観が、時代によってそれぞれ異なる形で捉えられ表現されており、その区別は大正期には西洋の自然観を、昭和期には中国の自然観を取り扱った作品が集中していたという特徴が指摘できる。

譲治の作品に西洋またはキリスト教の自然観の受容が見出されることについては、拙著『〈正太〉の誕生―坪田譲治文学の原風景をさぐる―』吉備人出版、二〇一四・一二）を参照されたい。結論的に言うならば、大正五年（一九一六）三月から同八年（一九一九）七月までの間、東京統一基督教弘道会刊の雑誌『六合雑誌』に発表された作品群によっても明らかなように、「自然」は人間と同格のものではなく、独立無縁なものとして人間に対して対立的・異質的であり、人間のまったくあずかり知らぬ「外なるもの」である。人間は「自然」に対して敬虔をささげ、その威力におどろき、造化の不思議な働きにおそれを抱き、自分をその支配下にあるものと信じ、全面的に大自然に服従せねばならない、いわゆる受け身的・隷属的な存在に過ぎないのである。いわば一種の「神秘的自然観」が基礎にあったと言えよう。

もっとも典型的な例が、短篇小説「樹の下の石」（『六合雑誌』三七年七号、大七・七）である。ある生活破綻者の青年は毒薬を呑んで自殺したが、死ぬ前に彼が、〈白い欅の幹には妙な静けさが潜み、深い蒼空の底には妙な力が動いている不思議な景色〉を、じっと無心で見つめている様子は、何か高いもの、聖なるものへの憧れが滲んでくるようである。ここに「自然」は、〈人を容れない〉〈不朽なもの〉であり、雄大で崇厳であり、また極度にまで神秘である。そのなかに非常に不気味なものとしての「死」が潜んでいて、暗いペシミスチックな影に覆われている。むしろ、「自然」の美は神の神秘さと偉大さを構成する要素として描かれているといったほうが適切ではあるまいか。かくして大正期の作品がほとんどこれと同じ傾向のものであり、人間と「自然」とは越ゆべからざる差別の世界であるという宗教的な自然観を基底としたのであった。したがって、大正期の彼には積極的に「自然」の美を詠じようとする態度は認められない。

しかし、昭和期にいたって、東洋文学への回帰によって、譲治の「自然」に対する感性は大きく転回し、色彩感覚の鮮明さと流動感に象徴される中国的「自然」に結びつくようになった。その表現に

表：坪田文学における漢詩文の受容

詩人 作品	王維	陶淵明	李白	杜甫	韋応物	劉長卿	曹操	劉徹	朱熹	劉希夷	王績	白居易	許仲琳
「正太弓を作る」	「観猟」												
「町から帰った女」		「帰去来辞」											
「キャラメルの祝祭」	「送別」	「帰田園居」其一											
「班馬いななく」			「送友人」	「乾元中寓居同谷縣作歌七首」之七									
「深夜の感慨」				「義鶻行」「彭衙行」									
「家」				「復愁」									
「故園の情」			「春夜洛城聞笛」		「聞雁」								
「友人にあてて」				「乾元中寓居同谷縣作歌七首」之一、二、七									
「太田黒彦の随筆」													『封神演義』
「平蕃曲」						「平蕃曲」之二							
「川の鮒・池の鮒」								「秋風辞」					
『家に子供あり』		「帰去来辞」					「亀雖寿」						
「子供のともしび」								「秋風辞」					
「鮒釣りの記」		「始作鎮軍参軍經曲阿作」											
「金銭について」	「送別」	「帰去来辞」											
「深夜晩春」									「偶成」				
「雪の歳末」										「公子行」	「野望」		
『龍彦虎彦』		「始作鎮軍参軍經曲阿作」	「静夜思」										
「家貧しければ」			「春夜洛城聞笛」										
「野尻雑筆」		「帰去来辞」											
『山国』		「帰去来辞」											
「小説尾崎士郎」							「亀雖寿」					「長恨歌」	
「ぼけた老人とぼけぬ老人」	「送別」												

注：(1)配列について、坪田譲治の作品は発表の年代を順とし、中国詩人は登場する作品の順に従う。
　(2)作品の場合、『　』は単行本を表わす。

ついて言えることは、小説や童話の中でしばしば漢詩の詩想、いわゆる漢詩境を環境として設定した上で、自分の幼少年時代を過ごした故郷の自然や風土と結びつけたりして描き出し、新鮮な香りを発散させる坪田文学の本質のモチーフをなしているのであり、譲治の力量のすべてが結集されている感が強いのである。そういう点では中国の自然観が、譲治の思想・感情を改革し、古い文学様式に別れ、真の意味で本格的な作家生活をもたらしたと言ってもよかろう。

周知のとおり、中国人の世界観・人生観の根底をなすものは、「自然」すなわち天地造化の理法である。「自然」という語が最初に現れてくるのは道教の経典『老子』においてである。『老子』第二五章に、〈人は地に法り、地は天に法り、天は道に法り、道は自然に法る〉（「人法地、地法天、天法道、道法自然。」）とあるように、「自然」とは、自ら然るもの、即ち人為を加えず、あるがままの姿、本来的な理法、根源的な境地という意味であるから、この「自然」は無為と結びつき、「無為自然」ということになるが、中国人はその具象的な世界としては、人間社会ではなくて、草木山河のいわゆる大自然の世界を考えるのである。こうした思想の趨勢を最大限に具現させたのが、中国文学の精華といわれる漢詩であろう。

古くから中国の詩人は強い関心を「自然」に対して持っていた。『論語・雍也篇』に、「仁者は山を楽しみ、智者は水を楽しむ」（「知者樂水、仁者樂山」）といって、「自然」を楽しむ考え方がある。また日常的に人間の接する「自然」、いわば生活の場の周囲としての「自然」を描くことは最古の詩集『詩経』の昔から行われていた。「自然」の中に生き、「自然」の美しさに気づき、それを愛する中国詩人の性情は心の中から溢れ出し、漢詩の上へと注ぎ込み、素晴らしい結晶となって、漢詩に尽きることのない生命を与えていた。その意味で、「自然」は漢詩における題材やイメージとしてほとんど不可欠の要素の一つで、表現の基本（核）になっていると考えてよいであろう。

この「自然」に対する感情を漢詩の一形態――「田園詩」として初めて位置づけ成立させたのは、晋末宋初の陶淵明（三六五〜四二七）であるが、詩の中に陶淵明のすぐれた要素を取りこみ、平淡清雅で一段奥深い詩境が詠われるようになったのは、唐の王維（七〇一〜七六一）からである。その特徴は風景描写に長じ、印象派の技巧を得意としていたことであるが、単に悠久で幽邃な自然の相を描出したものでなく、〈自己の感情を自然の景物の中に投影し、自身の情感の力で自然と一体化し、この世の悲喜を共有する〉（林語堂『中国＝文化と思想』講談社学術文庫、鋤柄治郎訳、講談社、一九九九・七）ことであり、「自然」愛好の心情や大自然のなかに飄々として生きた悠々自適の生活、さらにはその情趣を、詩の中に結晶したのである。こうした道家の哲学を底流とする自然観は、のちに俗世からの逃避、山林への隠遁、田園生活に対する崇尚、修身養生、一切の俗念を捨てるといった思想と常に結びつけられるようになり、田園生活の理想、田園芸術、田園文学など、中国的な特色を最もよく備えた魅力あふれる中国文化を生み出していったのである。なお、坪田文学が陶淵明とのかかわりについては、第二部第一章で詳述するので、ここで省略する。

王維は、少年の頃すでに詩名があり、官途に恵まれ尚書右丞まで進み、宮廷詩に長じたが、晩年になると、藍田県輞川（今の西安市）の別荘に入って隠居生活を楽しみながら山水を歌詠することになり、自然詩人の一面をも示していた。隠遁生活に憧れ、自然の中に生きようとしたのであるが、王維の先人陶淵明のように途中で宮仕えを辞めたわけではない。生涯官僚生活を続け、その間隙に閑適の生活を楽しんだのである。宮廷詩人として宮仕えしつつ自然派詩人の本領を発揮する作品を作った。これが「半官半隠」と呼ばれる王維独特のライフスタイルである。実際には宮仕えにエネルギーを取られていたはずなのに、王維の作品には隠者の暮らし振りが色濃く現れている。

輞川荘での王維の生活がうかがえる詩として、『輞川集』のほかに、「輞川閒居」「積雨輞川荘作」「帰輞川作」がある。「輞川閒居」は王維が輞川荘に帰り、のんびりと暮らす様子を描いたもので、白と青の二つの色を交錯して二度使う異例の手法で、独特の色彩感覚が感じられる。また「積雨輞川荘作」は輞川荘の様子と王維の輞川荘での暮らしぶり、心境を詠じたもので、白と黄の色彩の鮮やかな対比、水田、夏木と清々しい夏の風物の取り合わせが対句で、写実の妙を極めたものと高い評価を得ている。さらに「帰輞川作」は春の夕暮れ時、輞川荘に帰る感慨を詠じた作品で、宮廷を一時離れ、別荘に安らぐホッとした気分をうたいながらも人生の悲哀をうたっている。かくして瞑想的な思索に支えられた静寂な心境が絵画的なスタイルで表現され、「自然」の美を視覚的に鮮明に映し出す彼の詩の技量は、前例を見ないと言ってもよい。

こうした田園派の自然観は漢詩を通じて深く譲治の人生や文学の中に浸透し、彼に慈悲の心を与えて、大自然に対しては無限の感情を寄せることを教え、また、この人生に対しては芸術家の目で対処することを教えた。彼はもっぱら「自然」の美および「自然」の一点景として融合した人間の生活の営みを描いた漢詩に強い関心を寄せ、中国詩人の生き方を人間の一つの典型的な存在として、しかも自分の人生の座右の銘として捉えて、〈いつも自然的、即ち自然と同化してゐる自然の中の人間生活〉(「野尻雑筆」『中外商業新報』、昭一五・六)を理想とすることにおいて、老荘の徒であり、「自然」の中に自我を置いて、大自然と自己とを一つにすることを目指している。ここに至って人間あるいは自我を「自然」の一部とみる関連性、すなわち「自然」に対峙する自我から「自然」に融解する自我への転換が成立し、「自然」の景物に人間の行為、性質、感情を賦与することによって、「自然」感情の奥深い作品が次々と作られていった。

譲治の作品において、王維に関するものはたびたび見出すことができる。そのうち彼がいちばん愛誦し引用したのは、『送別』と題する次の有名な五言古詩である。

下馬飲君酒　　馬より下して君に酒を飲ましむ
問君何所之　　君に問ふ何くに之く所ぞ。
君言不得意　　君は言ふ、意を得ず
帰臥南山陲　　南山の陲に帰臥すと。
但去莫復問　　但去れ、復問ふこと莫からん
白雲無尽時　　白雲尽くる時無し。

ここに歌われた送別は、実際に友人を送ったのであろうか、あるいは自分の心境を吐露するために、特にこういう場面を仮設したのであろうか、さまざまな議論があるが、いずれにしても、王維の志向するところを端的に表現し、彼における「自然」への共感が、一つの人生観として述べられているこ とは変わらない。この人間社会の煩わしさの中で、思うに任せぬ心のウサが「不得意」なのである。王維は田園に帰ることによってその状況を脱しようとするのである。

自然詩人としての王維に関しては、あえて一言したいことがある。それは彼の詩に、「白雲」の描写がしばしば現れることである。王維はこの「白雲」に強く心を引かれていたと私は感ずる。右はその一例であるが、ほかにも、「悠然として遠山暮れ、独り白雲に向って帰る」(「悠然遠山暮、独向白雲

帰。」『帰輞川作』)、「湖上一たび首を廻らせば、青山白雲多し」(「湖上一廻首、青山多白雲。」『欹湖』)など多くを見出すことができる。王維の詩において、「白雲」は俗塵を離れた境地―人の世の汚さに対立する清潔な白雲―として用いられるが、白雲の湧き出る山、そこには憂い疲れた人間の心に、絶えず新たなエネルギーを供給する自然の豊かな抱擁力がある。ここに、尽きることなき白雲は、「自然」に帰一する喜びの象徴であるとともに、人間の哀歓を超えた悠久の大自然の摂理を暗示するものである。

譲治は小説「キャラメルの祝祭」(『若草』一〇年五号、昭九・五)で、この詩を引用したうえ、次のように述べている。

これこそ私の慕ひあこがれる境地でありました。然し明治の時代であつたとて、白雲を友としての生活などといふものは財産なくして出來るものではありません。そこで私の考へたことは、その白雲となることです。「人間でいるからこそ悩み悶えが絶えない。雲際に浮ぶ彼の白い塊りとなれば、即ち意志を有たない存在となれば、そこに何の憂ひぞ」と考へたのであります。生命のない消極的な存在となつて自然を眺めた時、何とこの天地の美しいことでせう。

空に星、地に青葉、一つとして喜びでないものはありません。

(『お化けの世界』竹村書房、昭一〇・四)

譲治の意識する「白雲」というのは、〈意志を有たない〉〈生命のない消極的な〉存在であり、理想とする自然を象徴するものである。人間が「自然」と直接に契合し一体化する点において、明らかに道家の思想にいっそう接近するものである。譲治にとっては、「自然」こそ人生の究極の場所なのである。すなわち美しい「自然」の田野に溶け込んで楽しげであり、その完全な一点景と化することによって、人間としての本来の姿を獲得し、みずからの生命が生き生きと流動するものを作るのが彼の文学なのである。

譲治は陶淵明や王維ともその風格が似ている。三人ともただ人生の煩累からのがれて、大自然に絶大の信愛を傾けたのであるが、陶淵明は隠士の眼でとらえた田園自然、隠士の態度で接した世間を詩的に詠ったいわば「下野詩人」であり、王維は官僚生活を続け、高臥して緩々酒でも飲んで暮らすことで満足しながら、おりおりの閑適を愛し詠ったいわば「在朝詩人」であるのに対して、譲治の場合は、人生上の苦悩、生活の失意、あるいは肉親との死別などといった人間的に生活的にそして社会的に相当の辛酸をなめていたのである。彼は、陶淵明の「雲を望んで高鳥に慙ぢ、水に臨んで遊魚に愧づ」(「望雲慙高鳥、臨水愧遊魚。」『始作鎮軍参軍経曲阿作』)の高い詩境にあこがれていながらも、

然し鳥の如くに空高く飛び、魚の如くに自然の中に遊ばんにも、私如きは微力短才、一日として生活のことを忘れる譯にはゆきません。

(「鮒釣りの記」『故郷の鮒』、協力出版社、昭一五・一二)

といって厳しい生活に追われたため、結局彼は、陶淵明のように、すべてを投げ捨てて田園に帰り隠士の冷眼で世間を見ることもできなければ、王維のように、悠々自適な生活をしながら自然を楽しむこともできなかった。譲治は、「自然」と人間とあるいは理想の自分と現実の自分との間を行き来し

て生涯を送った作家のようである。それを評せば、世俗と超俗とをあわせもった小説家であるといってよかろう。

いずれにしても、譲治は田園詩人といわれる陶淵明からは飾らない率直な人生観や自然天真の作風を、自然詩人といわれる王維からは人生に対する快楽精神や自然の美を視覚的に鮮明に写し出す技量を受けていたのであった。この両者の流れを受け継ぎつつ作品の中に書きあらわし、新しい美を創造することによって、坪田文学がいっそう爛熟期を迎え、その形式・内容ともに華麗な花を咲かせたのは確かである。

さらに最も重要なことは、坪田文学の世界に「無常」という要素があることであろう。このことについて、いささか考察を加えてみたい。

「無常」という言葉は、諸行無常を意味するもので、人の世のはかないことを言う言葉である。一般的に、それは仏教の無常観から導かれたものだと考えられるが、実は中国では、仏教と関係のない遠い昔の時代において、そうした意識がすでに育まれていた。『楚辞』には「離騒」に、〈草木の零落するを惟ひ、美人の遅暮するを恐る〉（「惟草木之零落兮、恐美人之遅暮。」）とあり、「九辮三」に、〈歳は忽忽として邁尽し、余が寿の将からざるを恐る〉（「歳忽忽而遒盡兮、恐余壽之弗將。」）とあって、多少意味に軽重の差はあるが、およそ人生ははかないものであるという意味に用いている。『楚辞』についでは『荘子』がある。その「知北遊」篇に、〈人天地の間に生くる、白駒の郤を過ぐるが若く、忽然たるのみ〉（「人生天地之間、若白駒之過郤、忽然而已。」）というのは、しばしば『史記』や『漢書』などで愛用され、後世の中国文学の無常観に大きな影響を与えた。

とくに漢詩の世界では、悠遠な「自然」に対する人生のはかなさという型で展開され定着されており、人生無常的悲哀感が、異常とまでいえるほど繰り返し歌われている。例えば、建安の詩人である曹氏兄弟に、〈人生天壌の間に居る、忽たる飛鳥の枯枝に棲むが如し〉（「人生居天壌間、忽如飛鳥棲枯枝。」曹丕『大墻上蒿行』）、〈天地は終極無きも、人命は朝露の如し〉（「天地無終極、人命若朝霜。」曹植『送應氏詩』其二）とあり、陶淵明に、〈人生は幻化に似たり、終に当に空無に帰すべし〉（「人生似幻化、終当帰空無。」『帰田園居』其五）とあり、また、李白にも、〈夫れ天地は、万物の逆旅にして、光陰は百代の過客なり、而して浮生は夢の若し、歓を為すこと幾何ぞ〉（「夫天地者、万物之逆旅也。光陰者、百代之過客也。而浮生若夢、為歓幾何。」『春夜宴従弟桃花園序』）とあるのは、いずれも人生のはかなさを悟るもので無常の感慨が述べられ、中国文学の中に脈々と流れる無常のさけびであり、たくさんの多様な作品を生み出すソースになった。

この「自然」と人生に対する無常の考え方は、いつか譲治の世界観の基底となったのである。彼も「自然と人生」という課題について深く探究し思索したことがあり、「自然」と人間の調和を理想としたのであった。譲治の文学において人間の寿命の短さにただちに言及した作品は、数多く見られる。例えば、〈澄んだ濃青の深い空と茶褐の広い大地との間に、小さい自分を見いだす〉（「樹の下の石」『六合雑誌』、前掲）、〈今は後に茫洋たる過去の時を望み、悔恨悲愁必ずしも少からず、人生の須臾にして白駒の隙を過ぐるが如きを悲しんでゐる〉（「山中の醫生」『故郷の鮒』、協力出版社、昭一五・一二）などであるが、また、唐の詩人劉長卿の『平蕃曲』其二を踏まえた同名小説「平蕃曲」（『若草』一一巻一〇号、昭一〇・一〇）の中で、同じ想意を間接的に吐露したのである。

絶漠　大軍還り

平河に獨戍間なり
空しく一片の石をとどめて
萬古　燕山にあり。
（唐詩選　劉長卿）

これは唐代凱歌の曲である。即ち、沙漠を渡つて遠征した大軍、北蕃を平げて、また沙漠を越えて歸つて行つた。後には廣漠たる平野に一つの警備の砦が殘された。しかも、それが誠に平穩なる有樣である。そこでその遠征の記念に、燕山の上に一片の石をとゞめ。その思ひ出の不朽を圖つた―といふのである。

私は唐詩選を讀みながら、いつもこの詩に心をひかれる。「空しく一片の石をとゞめて」特にこの一句に心をひかれるのである。何千であるか、何万であるか解らないけれども、兎に角大軍をなす人間が生命を賭けての遠征の後、その大いなる喜劇悲劇の思ひ出に山上に空しく一片の石をとゞめて歸つたといふことが、古めかしい感慨である。けれどもこれを愛誦の句とさせた。然し、これを愛誦の句とさせるのは、そればかりでもないのである。思ひ合はされる幼年の回想もあるのである。

（中略）

ところで、その日の歸りである。私は恐らくこのやうに嬉しい日は一生の内度々あるものでないと考へ、その釣場の處に近くの山からタウナス程の石を一つ拾つて來て置いた。唐代の沙漠を越えての遠征とは違ふけれども、一片の石をとゞめて、その思ひ出を萬古にせんとしたのである。

（『班馬鳴く』主張社、昭一一・一〇）

（「絶漠大軍還、平沙獨戍閒。空留一片石、萬古在燕山。」＝劉注）

言うまでもなくその基底には、〈自然は悠久にして、人生は須臾である〉（「赤城大沼にて」『花椿』二巻一〇号、昭一三・一〇）という認識が宿されており、悠遠な「自然」に対する人生のはかなさという無常観にささえられて展開してきたのである。この「自然」と人生に対する彼の思いが、さらに昇華し深化して新たな形で表現されるまでになっている。

考へて見れば、人間の凡ての努力は生命を未來へ残さうとして居るのです。肉體の中にある生命は必然に失はれる時が來るので、それを事業と製作の中にそそぎ入れて殘さうとして、そのためには現在の生命も忘れるといふ有様です。例へば、私の小さな貧しい作品にした處で、その中に微かながらも感情や意志の生命の姿が、文字の組合せの中にひそまり包まれ、幾年か後もし讀む人があれば、その人の心に生きた力として働きかけて行きはしませんでせうか。つまり美しいもの、高いもの、良きもの、深いもの、凡て生命の姿です。生命こそ尊むべきかなです。

（「キャラメルの祝祭」、前掲）

ここにおいて、譲治の生命への願望が、これまでの「生死一如」という消極的な死生観から、「作品の中に生きる」という積極的な人生観へと一変して行動し、永遠なる生命へのあこがれという形で表現されていることが注目される。これは、譲治がその普遍的な無常観を、自己の個性に合わせて、さらに激しく迸出させたものであるかも知れない。

もう一つ指摘しておきたいのは、坪田文学における季節や色彩への関心が、広くかつ深いものであったことである。

譲治が季節的感覚として「夏」を愛用したであろうことは、多くの先人の指摘したところであるが、しかし、彼の小説を丹念に読んでいくと、それは決して言われたような〈生理的に非常に耐えられない〉真夏または炎夏（「座談会／坪田譲治―人と文学」『日本児童文学』二九巻二号、一九八三・二）ではなく、むしろ晩春から初夏まで、すなわち暦では四月上旬頃から五月中旬頃までの、明るくすがすがしい季節であったことに気づく。

中国では、夏のイメージとして、漢の司馬遷の『史記・太史公自序』に〈夫れ春に生じ、夏に長じ、秋に収め、冬に蔵するは、此れ天道の大経なり〉（「夫春生夏長、秋収冬藏、此天道之大経也。」）とあるように、エネルギーに充ちて万物が成長する。とくに初夏は爽やかにはじまり、雨の恵みを受けて緑が日ごとに濃やかになる。その風物は春のそれのような華やぎを欠くが、生命の充実からする輝きがあり、人間の営みもそれにふさわしい有り様が求められる。詩人としての営みをもっぱら日常的生活の次元で励んだ中国の詩人たちは、とりわけそうした季節の美に鋭敏であった。唐の李賀「三月楊を揺がせ河道に入る、天濃かに地濃かに柳梳掃す」（「三月揺楊入河道、天濃地濃柳梳掃。」『新夏歌』）、唐の王維「桃は紅にして宿雨を含み、柳は緑にして春風を帯ぶ」（「桃紅含宿雨、柳緑帯春風。」『田園柴七首・其六』）、宋の司馬光「四月清和雨乍ち晴れ、南山戸に当たって転た分明」（「四月清和雨乍晴、南山當戸轉分明。」『初夏』）、宋の王安石「晴日暖風麦気を生じ、緑陰幽草花時に勝る」（「晴日暖風生麥氣、緑陰幽草勝花時。」『初夏即事』）など、晩春や若夏の田園の雰囲気を巧みに表現し得た漢詩は、枚挙にいとまがない。言うならば、透明で清澄な日光、まだ暑気を感じさせない快い風、花よりも美しくなる草木の香ばしい匂いが肌に感ぜられるようである。
また、晩春初夏は緑の季節である。自然は色とりどりの花の季節から草木の緑へと変わっていき、いかにも山水画の題材となりそうな風景であり、緑（青）の色は鮮明で、生命の健やかさ、気象の雄々しさ、情感の躍動などがその中に潜み、あるいは迫ってくるような感じがする。
こうした変化に富んだ緑一面の景色は、故郷の自然へのあこがれと相まって、自然と譲治の心をかきたてたのであった。譲治の作品では、山水の緑、草木の緑などすべてのものに光と風と香りと色彩とを施し、田園の活気を加えた。譲治の作品には晩春初夏の風景を環境として設定したものが多く見られる。たとえば、

村には新緑、地と空とを覆ひ、風がそれをゆり、そよがせて、吹いてゐる。その風にのつて、ラッパの音は青に、緑に、紫に、空の彼方へも響いてゆけば、風に吹かれてゐる田圃の緑の草の上を渡つて消へても行き、さゞ波を立ててゐる淋しい小川の水の上を風と一緒に遠ざかつてもゆく。が、子供達はそんなことは考へもせず、歩いたり駈けたり、日が傾く迄、この教練に熱中する。都會に遠い、この草深い村のことである。子供達がこんなにして遊んでゐようと、誰も彼も知りはしない。素より、誰に見られ、誰に知られようとして遊んでゐる彼等ではない。彼等は唯だ遊んでゐるばかりである。やがて、傾いた金色の夕陽が彼等を照らし始めるのである。

（『村は晩春』河出書房、昭一五・六）

これは、短篇小説「村は晩春」（『文藝春秋』一五巻六号、昭一二・六）のなかの一節であるが、譲

治の故郷の自然に対するこまやかな感性と心情を読み取るとともに、意気軒揚の「晩春初夏」で遊びほうける子どもたちの描出を通じて、生命の充実の源としての童心世界に対する情熱や志向を吐露し、作品の新しさを追求し表現しようとする努力が窺われる。

さらには、譲治は、〈人間の世界にも四季のやうな、或は波のやうな変化がある。〉（「何を待ちつつ」『都新聞』、昭三・三）と言っているが、その季節的感覚の核をなすものは、〈日は暖に照り、風は柔かに吹い〉て、〈世間の眼も、世間の力も及ば〉ない〈安養の樂土〉というべき子どもの世界であり、「晴日暖風」や「緑陰幽草」など「晩春初夏」が支配する桃源郷みたいな理想の世界であったにちがいない。そこで子どもたちは、〈大人と違つて、周圍の自然に實によく調和するので、決して混乱した様子を見せ〉ず（「けしの花」『經濟往來』九巻一二号、昭九・一二）、遊び疲れることを知らない。譲治の描く子どもは、〈空想的な子供、制限を知らざる子供、自然人である子供〉（「童心馬鹿」『月刊文章』二巻二号、昭一〇・二）であって、草や木と同じ生き方をしていて、ゆたかな自然の中で成長するのである。これは、自然の原理であり、偉大な秩序の一環なのである。自然万物のように、子どもが自然人として成長する過程において生じる不安や恐怖や死亡などは、必ず起こる現象であり、避けて通れない人生の一つでもあるために不自然さがない。自然の原理から子どもの生命への連想は漢詩的で常套的であるが、それは、自然の中に生きる子どもの姿を描こうとしているもので、自然の活気と譲治の心的活気の合一から生まれたものと言えないであろうか。

ともあれ、このように中国の自然詩は、譲治の作品にイメージの拡大、連想の多様化、心情の流動化、色彩の鮮やかさといった一連の傾向をもたらし、昭和期の坪田文学の発展に新しい息吹を与えていたのである。彼がいつも漢詩の世界を念頭に置いて作品の新しさを追求し表現することは、これによって伺い知ることができる。故郷の自然に対する譲治の情熱や志向のうえに、陶淵明や王維など中国自然詩人の想意がかなり色濃く投影し、坪田文学の内在をいっそう豊富に飛躍せしめることにつながっていったのではないかと思われる。

（B）故郷に精神的回帰を求める文学

坪田文学における漢詩の受容として第二に指摘すべき点は、文中に流入した望郷の詩と感傷の詩の多さ、という明白な事実である。これは坪田文学の〈暗い目〉（小西正保「譲治文学の〈暗い目〉について」『日本児童文学／特集・坪田譲治の世界』、前掲）または〈混沌のエネルギー〉（古田足日「坪田譲治のしごと」『図書新聞』、一九五八・六・一四）の原因につながるものではないかと私は思う。

中国の文学、特に中国の詩の世界において、大きくクローズアップされる中国人の伝統的な嗜好は、「郷愁」ということである。それは、中国詩人にとって最も重要な感情生活の一つで、詩の中に頻出し、さまざまな形で詠われている。戦乱や飢饉、辺境の遠征、人口の移動、負笈遊学、商売の遠出、また生活上または政治上の失意など、すべてが郷愁の誘因であった。人間はみな故郷をさして歩いているということを、誰が言ったのか、よく分からないが、郷土に深く根ざした人間の本性を表す言葉であろう。ちなみに人生の道で挫折し、心身ともに疲れきったとき、故郷の自然や父母兄弟を懐かしむ思いはますます募り、やがてそれを精神の理想郷とするものの見方が、信念に近いものにまで昇華する。こうした故郷を思う人の万感の情は、漢詩によって平易な表現のうちに含蓄深く詠いあげられている。

それでは、中国漢詩の二大巨人である杜甫と李白の詩を中心に、坪田文学における受容のあり方について考察するとともに、こういう郷愁感がどのように表れているかをあらまし述べてみたい。

まずは杜甫（七一二～七七〇）のことを見てみよう。「杜甫、一生憂う」ということばがある。まことに五九年のその生涯は、さまざまな憂いによって充たされていたものであったが、その憂愁たるものはきわめて複雑で、国家への憂え、家族への憂え、病身への憂え、人民への憂え、生物への憂えなど、かずかずの憂えを含んでいたのである。そうした中で、郷愁への憂慮がつねに念頭を去らなかったこと、憂いつつ見据えた事象をリアルに歌いつづけたことが、後世、杜甫に「詩聖」という名を与えることとなった。杜甫は、生涯不遇で生活を求めて旅から旅をつづけ、流離漂泊する生活を送ったが、彼はそれによって挫けることなく、かえって詩への熱情を湧き立たせて、はなはだしい傑作の数々を残したのである。彼の詩は沈鬱雄渾であり、側々として聞く者の肺肝にせまるのである。

譲治が杜甫の詩を愛読したことは、前節ではすでに述べたわけであるが、また彼は、〈私は杜詩や唐詩選を愛讀してゐるのでありますが、支那の昔の詩には貶遷流浪の辛苦を歌つたものが多いのですが、つまり生活の失意の詩が多いのです。〉（「故園の情」、前掲）といい、〈杜甫の詩を開いて行くと、やはりそこには賊を免れて流浪し漂泊した詩ばかりである。〉（「深夜の感想」『中外商業新報』、昭一〇・六）といい、〈杜甫の詩千二百、と岩波文庫本の巻頭に書かれてゐるが、恐らくその大部分も彼が流浪の艱難とその傷心を訴へるやうなものであらう。〉（「雪の歳末」、前掲）などといって、杜甫に対する強い愛着や理解を示したのである。それが、譲治の文中、杜甫の詩を借用したものが多い所以である。杜甫の詩が譲治の胸中に棲んでいたことの証拠になるものは、数多くあるが、私は、短篇「家」（『精神分析』二巻三号、昭九・三）という作品に注目していきたい。

萬国、尚ほ戎馬

故園、今若何。

昔歸りしときだにも相識少なり
早く已に戰場多し。

言ふ迄もなく、これは杜甫の詩であります。杜甫には望郷の詩が多くて、これと共に「何れの日か是れ歸らん年。」と歌つたものが唐詩選に出て居ります。

ところで、私は東京に家を持てから二十年です。その間私の文學修業の困難な状態を見て、母や兄に度々郷里へ呼び戻されたのですが、一昨年以来はその郷里とも關係を斷ちました。すると、それ迄は餘り思ひ出したこともない郷里といふものが、不思議に日夜心中に徂徠し、故園今若何の思ひが深いのです。それは杜甫が絶望的に歌つたと同樣に、「何れの日か是れ歸らん年」即ち再び歸るところでない郷里のせいかも知れません。と言つても、杜甫が望郷の詩は絶望的ではあつても、「魂招けども故郷に歸り來らず」で、ひたすらに郷土にあこがれる心です。私に於てはそれは殆ど反對と言つてもよろしく、兎もすれば心から去り行かうとする懐郷の念を、今押しとゞめたい思ひなのです。

どうも少しく複雜した表現ですが、郷里を考へると、杜甫とはまた異つた意味に於て、「早く已に戰場多し」と思われてなりません。郷里岡山の地が戰場となつたといふのではなく、私の家を取り巻いて、親族の複雜多岐なる關係が骨肉相食むところの單純な言葉で表現出來るものでなく、實にそれは戰場の有樣なのです。

（『班馬鳴く』主張社、昭一一・一〇）

（「万國尚戎馬、故園今若何。昔歸相識少、蚤已戰場多。」＝劉注）

文中に引用された杜詩三首は、それぞれ『復愁十二首』其三と『絶句』の一句と『乾元中寓居同谷縣作歌七首』其五の一句であるが、いずれも杜甫が安禄山の乱のため、四七〜四八歳頃から五九歳をもって旅先で死ぬまでの一〇年ばかりの間、漂泊の旅を重ねていた有為転変の人生を顧みて悲嘆に暮れて望郷の情を詠じた心の叫びである。深く人生のあわれさを覚えたのであろう。故郷に対する認識において、譲治は杜甫とはいささか異なるものがあるものの、故郷へのあこがれや感受性、それを文学によって表現しようという心の傾きは全く変わらない。彼の作品では、その杜甫の苦悩も含んだ人生の無常性と放浪せねばならない寂しさと郷愁の思いが込められていると言えよう。

なお、杜甫の「何れの日か是れ歸らん年」に関しては、李白の五言絶句に、ほぼ同様の表現が見られ、「長安夢裏の如し、何れの日か是れ歸期ならん」（「長安如夢裏、何日是歸期。」『送陸判官往琵琶峡』）というのがある。李白（七〇一〜七六二）は、杜甫とともに中国の詩界を代表するばかりでなく、また杜甫と同じく生涯の不遇の一人であった。李白にも、人生に困窮する悲哀や望郷的心情を歌うものが多いが、譲治の作品での直接的な摂取の用例を挙げてみると、随筆「班馬いなゝく」（『班馬鳴く』主張社、昭一一・一〇）では、

青山、北郭に横はり
白水、東城をめぐる。
この地、一たび別れをなし
孤蓬、萬里に征く。

浮雲、遊子の意、
落日、故人の情。
手を揮つてこれより去れば
蕭々として班馬鳴く。

唐詩選にある李白の詩である。友人を送るといふのであるが、とつて以て、遙かに郷里の山川に送る言葉にしたい。

（中略）

然し四十年の昔に、私はこの地に別れをなし、孤蓬萬里に旅立つたのである。浮雲遊子の意、落日故人の情。現實に手を揮つてそこを去つたのは、三年前のことであつたが、故里の柿の枝には今も尚ほ鳥がとまつて居るであらうか。故里の岸のやなぎの若葉の下では、今も尚ほ魚が跳ねて居るであらうか。

（同右）

（「青山横北郭、白水繞東城。此地一為別、孤蓬萬里征。浮雲遊子意、落日故人情。揮手自茲去、蕭蕭班馬鳴。」『送友人』＝劉注）

と述べ、ここには、孤独な李白自身の姿を見、浮雲の如く、孤蓬の如き旅人の生活をつづけていた彼の不安な心を読み取ることができる。「孤蓬」「浮雲」「遊子」「落日」「班馬」などといった別れの歌にふさわしい詩語を用いて、運命に放浪される人間（自我）の姿や感情の痛切さを流動的な感覚で表現したのであった。譲治の文では、こうした詩想が強く意識され、類似の心情が込められていたが、その惜別の情は、李白のように人間（友人）に対してではなく、故郷という特定の場所に対してである。いわば李白の詩を借りて譲治の情を叙す好例の一つであろう。

同じような表現は、随筆「家貧しければ」（『意識』二巻六号、昭九・一二）にも認められる。

私のその時の齢ひ十九、志を立てゝ郷開を出て來た男子でありましたけれども、何ぶん出て來たばかりであつたので、とても懐郷の思ひのみ深く、日暮れなどにはその田圃の邊を歩き廻り、一人物悲しい聲をあげて謡ひました。

「汝が家の玉笛ぞ、暗に聲を飛ばす、散じて春風に入り、洛城に満つ。此の夜、曲中折柳を聞く、何人か、故園の情を起さざらんや。」

（『家を守る子』墨水書房、昭一六・一一）

（「誰家玉笛暗飛聲、散入春風満洛城、此夜曲中聞折柳、何人不起故園情。」『春夜洛城聞笛』＝劉注）

人間（自我）の深い寂寥感や郷愁のイメージを「春夜」「春風」「玉笛」などといった柔らかさや暖かさへの連想によって描出し、一種のロマンチックな華やかさが感じられるこの詩は、李白の離別詩の特色が集約されるものとして、しばしば引き合いに出される名作である。

要するに譲治は、この二首の詩を通しての李白の生き方を人間の一つの典型的な存在としてとらえて、その豪放不羈の性格と達観的・象徴的な詩想が深く譲治の人生観・世界観そして文学観の中で受け入れられたのである。

このように、譲治にあっては共感した漢詩や字句の自己の作品への頻繁的使用がなされていると言えよう。彼にとって杜甫や李白などは、学ぶべき人生の師であり、価値のある「他山の石」であったに違いない。

それでは、譲治にとって「故郷」は何を意味するのか。その望郷の奥底には何があるのであろうか。譲治の作品には、「故郷」を描いたものが多く、およそ半数以上を占めているが、その特徴について言えることは、次の二つがあると思う。一つは、「心のふるさと」であること。つまり譲治がその故郷と意識するものは、〈實在でない故郷、觀念の故郷、いはゆる永遠の故郷〉（「野尻雑筆」、前掲）ということである。このことについて譲治は、次のように語っている。

私などは、意識的にはいつも故郷から離れたいと考へながら、書くもの、書くものが、凡て故郷についてのことばかりである。然し私にとり、故郷とは何ぞや、いづれの處ぞ。岡山縣御野郡石井村大字島田百二十五番地―そんなものは、實は現實にも今はないのである。

（中略）

つまり私に於ては、故郷といふものは現實的なものではない。三十年も昔に失はれた幼少年時代と青春期の思出の世界であるばかりである。だから、それは再び歸ることの出來ないところで、それだけに望郷の思ひ切なるものもあるのである。

（「石井村島田」『新潮』三五巻七号、昭一三・七）

譲治が長じて人生の道で挫折し、生活の糧を得るために昭和四年から八年（一九二九〜一九三三）にかけて、東京に妻子を残したまま岡山の家業である島田製織所に勤務し、その間、同族の内紛に巻き込まれて心身とも疲れきって、また専務取締役就任、そして解雇と、実生活上での波乱が多く、かなりの辛酸を嘗めていたことは、こうした心情を生んだ直接の原因である。彼は、〈郷里の家と絶家して、生きて再び生家の門をくぐら〉ず、〈郷土を捨てゝ、初めて獨立の確信あり〉（「故園の情」、前掲）と決心して、故郷に対する「憎悪」の念を持ち始めていたのであるが、しかし、〈故郷の引張る力といふものは強いもの〉（「故郷の秋」『日本少女』二二巻七号、昭一七・一〇）であり、〈凡てものは、失はれるが故に美しいのかも知れない〉（「生死小感」『新潮』三六巻四号、昭一四・四）というふうに考え直して、結局、〈今私が愛するところのものは、前後二十数年をすごした郷里の山川ばかりである。（中略）その山川は私の心の故郷となって、書くものといふ書くものが、そこを舞台にしないと生きて來ないやうな有様〉（「故園の情」、前掲）であると言って、故郷を「憧憬」する自己の心情を示している。して見れば、彼は故郷に対して「憎悪」と「憧憬」という二つの複雑な心情をもっていると言えよう。そうすると、彼は故郷を「心の故郷」と「現実の故郷」に二分してその取り扱いを区別することになる。随筆「故園の情」（前掲）では、譲治が、

子供が學校の歸りげんげの花をとつて來ました。それが私に郷里の風景を思ひ浮ばせました。
故園渺として何れの處ぞ
歸思まさに悠なるかな
私は唐詩選の一句を微吟して見ました。故郷がいゝ處に思へて來て、その風物に就いて書いて

見たくなりました。
（中略）
思ひ出せば思ひ出すほど、私には樂しい郷里の追憶です。然し郷里と云つても、幼い頃のそれであつて、今頃のそれではありません。
（中略）
現在の郷里は、私には思ひ起こす嫌な處になりました。恐らく多くの人が郷里と云へば、幼時の時を過ごした處を、幼時の樂しい生活と共に思ひ起すのでありませう。再び達し難き樂園として思ふのでありませう。現實の郷土を捨てゝ、私には一層幼時の郷土が美しい光を持つて浮び上つて参りました。

（『班馬鳴く』主張社、昭一一・一〇）

（「故園渺何處、歸思方悠哉。淮南秋雨夜、高齋聞雁來。」韋應物『聞雁』＝劉注）

と述べているとおり、昭和前期における彼の文学は、こうした「故郷」に対する「憎悪」と「憧憬」という複雑の心情をはっきりと反映していた。このように彼はいつも本当の人間の自然、心の故郷を求めて生きる人生を描いていたのであった。

もう一つは、一種の「汎故郷観」であること。つまり所属すべき場所（故郷）を失い、裸で立たねばならなかった譲治は、喪失感の回復のため、孤独の苦悩に傷ついた自分をいたわる甘美な精神的解脱を老荘の無為思想に求めはじめ、現実の孤独と悲哀を人生無常の感慨と直結させて説明しようとする傾向があったということである。それは、たとえば小説「正太の故郷」（『地上の子』八号、大一〇・

五）といった作品に象徴的といっていいほど巧みに表現されている。

故郷がいよく〳〵彼（正太＝劉注）の眼の前から遠ざかつた。遠い處に、それは何と名のつく處か蒼い空と骨々しい柿の樹と鳥とそして蟹の住む處がある。彼の心の遠い處に、今やそれが見え出した。

「故郷とふうものは固定した一つの處にあるのでなくて、それは歳月と共に移つて行く。」彼はこんなことを考へながら、静かに移つて行く日影を眺めてゐた。

（『正太のふるさと』春陽堂、昭一六・七）

これが、忍従・抑制の感情に迎合し悲哀の芸術的反照を通して浄化された心境であるにせよ、この辛い味気ない現実を、心の故郷への希求という新たな快楽によって脱しようとしたにせよ、その背後には、自然随順の悟境、いわゆる達観の境界にふみきり、自然の玄理と自由精神とを弁証した老荘の無為に到達し、安心立命の宗教的自覚を展開していたのであった。宋の蘇軾〈是の處青山骨を埋むべし〉（「是處青山可埋骨、他年夜雨獨傷神。」『別弟轍詩』）に相通ずるおもむきがあるように思う。このように譲治にとっては、故郷性は有形無形の差別相を超越しているものである。

昭和一四年（一九三九）春、長野県上水内郡信濃町（今の信濃町）にある野尻湖や黒姫山麓を訪ねた譲治は、その素晴らしい景観、豊かな自然、醇朴な人びとに親しみを感じ、〈私はこの湖畔の村に來て、且て一度も見たこともない村に行き、そこに故郷を感じた〉というのであった。

晴れた一日、空には雲もなく、日が暑かつた。若葉の茂つてゐる一つの丘を越した。すると盆地に出た。十町歩くらゐの水田が低い丘に圍まれてゐた。丘の青葉の上には雪の妙高がまるでその盆地を覗き込むやうに頭を出してゐた。そこに、その丘のくぼみに、谷とも畑ともつかない程の處にやはり青葉の林に圍まれて、五、六軒の茅葺の家があつた。眞晝の光の中で、それらは静まり込んでゐた。一軒の家の戸口から幽かに煙が流れ出てゐるきりで、犬も啼かず鶏も鳴かず、素より人聲もしなかつた。子供の聲さへ聞かなかつた。誰だ何處か林でカツコウが鳴いてゐた。私は即座にそこが故郷のやうに思へてしまつた。

（「野尻雑筆」、前掲）

そして隠れ里の雰囲気が漂う静かで美しい山村にすっかりと魅せられた彼は、野尻湖畔の村の村はずれにある〈化物屋敷〉と呼ばれる一軒の〈小さい茅ぶきの家〉（空き家）を購入し、それを〈小さな明るい家〉（別荘）に改築して（「山湖風物記」『明日』二巻八号、昭二三・九）、戦中・戦後を通して一〇年あまりの間に、そこで執筆活動を行ったのであった。「野尻少女」（『サンデー毎日』一七巻四三号、昭一三・九）、「野尻をとめ」（『少女の友』三三巻一三号、昭一四・一一）、「山のみづうみ」（『コクミン二年生』一六巻一〇号～一二号、昭一六・一～三）、「山家の花」（『家の光』二〇巻九号～二一巻二号、昭一九・九～二〇・三）などの小説や童話のほか、「湖上の秋」（『都新聞』昭一四・一一）、「野尻雑記」（『報知新聞』昭一五・六）、「野尻雑筆」（前掲）などの随筆もそこから生まれてきているが、なかでも特に長篇小説「山国」（『高知新聞』昭一八・二・二三～三・二四。のちに単行本として昭和一八年九月に新潮社より刊行）で、譲治が野尻湖への並々ならぬ愛着を一気に放出したのである。

この作品は懐かしい野尻湖を背景とし、また、その登場人物も、野尻夫人、妙高家、飯綱のおやじ、斑尾の平治など付近の山の名を用いつつ、冬の野尻湖を見事に描いているのである。

間もなく汽車は横川を過ぎて、碓氷のトンネルへ入つた。それまで彼女（野尻夫人の内弟子の妙高貴志子＝劉注）は、窓の外に遠い山以外は微塵の雪も見なかつた。それが幾つも幾つも連續してゐる暗いトンネルを出ると、そこが白い世界であるのに驚いた。實に、違つた清浄な世界に來たやうな氣がした。いや、もう彼女はなつかしい故郷へ入つたのである。山々も森も林も、それから森や林の間々にある田や畑も、またそれらをつなぐ道も、その白い柔い綿のやうな雪に埋もれてゐた。またその山々谷々の方々にある村も、そこにある家々も、その白い柔い雪に埋もれてゐた。彼女はそれらの景色を見てゐる間に、何だか昔話や童話を聞いてゐるやうな氣がして來た。林を見れば、そこの雪の中で兎が踊つたり跳ねたりしてゐるやうに思へるし、村のはづれにある小さな家を見れば、そこで瓜子姫子がキツコパツタリコと機を織つてゐるやうに思はれた。然しこれは三年も見ないでゐたなつかしい故郷の雪景色であつたせゐかも知れない。夢寐にも忘れないといふ景色は、彼女の心の中でいつの間にか幼時の思ひ出と一緒になり、その世界と形を變へてしまつてゐたのかも知れない。とにかく空は曇つてゐたが、雪はやんでゐて、汽車は彼女に故郷の景色を次から次へ展開して見せてくれた。

（『山國』新潮社、昭一八・九）

現在、別荘の建物は残っていないが、この村のことを詠んだと思われる「心の遠きところ　花静かなる田園あり」という譲治の漢詩風の詩を刻んだ詩碑が建てられて、「心の故郷」を求めてやまない彼の魂の居場所となり、人気観光スポットとして賑わっているのである。

四．まとめ

以上により、私は坪田文学にあらわれた自然観およびそれによってもたらされた郷愁の思いが、大正期のそれとは異なることを、自然や故郷によせた感情の相違によって幾分とも示し得たかと思う。かかる自然観の相違は、要するに世界観・人生観の変化に基づくものであろうと思われる。ここに至って、譲治が衝動的に奇巧を求めるというような文学青年らしい稚気からはすでに脱却しつつあったというべきであろうが、ようやく理智に目覚めつつあったいわば成熟期の坪田文学にあっては、こうしたものが文学思想の中心となり、それらの恰好の手本として、中国文学が莫大なる示唆を与えたものであると思われる。

そして、譲治が漢詩を主流とする中国文学に感得していたはずのものをこんなふうに見たい。

1．人間と自然の葛藤を思索的に深めて、できるだけ自然に即し自然に順応し没入しようとしたこと。

2．芸術上においては高雅を追求し、生活上にあっては情理を重んじようとしたこと。

3．眼前の事物を熟視し、豊かな具体的形象をもって思考して、その真実を凝集的なことばをもって、なまなましい雰囲気を写し取ろうとしたこと。

4．現実の社会にきびしい眼を向けると同時に、「情景合一」の世界を創出することにより、個の自我を深く見つめようとしたこと。

これによって、中国文学なくしては坪田文学の深化はあり得なかったといっても決して過言ではなかろう。

参考文献
(1)「特集／坪田譲治の世界」『日本児童文学』二九巻二号、一九八三・二
(2)「特集／坪田譲治―生誕百年―」『日本児童文学』三六巻六号、一九九〇・六
(3)「特集／坪田譲治・久保喬の世界」『国文学解釈と鑑賞』六三巻四号、一九九八・四
(4)「特集／児童文学に描かれた〈自然〉」『日本児童文学』四〇巻一一号、平六・一一
(5)「特集／現代作家・風土とその故郷」『国文学　解釈と鑑賞』四〇巻六号、一九七五・五
(6)小田嶽夫『小説 坪田譲治』東都書房、昭四五・八
(7)坪田理基男『坪田譲治作品の背景―ランプ芯会社にまつわる話―』理論社、一九八四・四
(8)福田清人・吉田新一他編『キリスト教と児童文学』立教女学院短期大学公開講座、聖公会出版、一九九三・九
(9)青木正児『支那文學思想史』岩波書店、昭一八・四
(10)小尾郊一『中国文学に現れた自然と自然観―中世文学を中心として―』岩波書店、昭四七・六
(11)前野直彬・石川忠久編『漢詩の解釈と鑑賞事典』旺文社、一九七九・三
(12)鈴木虎雄『中国戦乱詩』筑摩叢書一一九、筑摩書房、一九八五・五
(13)『唐詩選』世界文学全集六、筑摩書房、一九七〇・一二
(14)唐木順三『無常』ちくま学芸文庫、筑摩書房、一九九八・八
(15)渡部英喜『自然詩人王維の世界』明治書院、二〇一〇・一二
(16)『杜甫詩選』岩波文庫、岩波書店、一九九一・二
(17)松浦友久訳『李白詩選』岩波文庫、岩波書店、一九九七・一
(18)高島俊男『李白と杜甫』講談社学術文庫、講談社、一九九七・八
(19)早川祐吉『和漢詩想の揆一』古川出版部、昭九・一一

（20）相良亨・尾藤正英・秋山虔編『講座　日本思想1―自然』東京大学出版部、一九八三・一〇
（21）鈴木修次『漢詩漢文に学ぶ人生の指針6―自然の理・天地の理―』東京書籍、二〇一一・八
（22）ピーター・L・バーガー、B・バーガー・H・ケルナー『故郷喪失者たち―近代化と日常意識―』高山真知子ほか訳、新曜社、一九七七・一〇
（23）大久保典夫『現代文学と故郷喪失』大久保典夫双書、高文堂出版社、一九九二・六
（24）日本文学風土学会編『日本文学の空間と時間―風土からのアプローチ―』勉誠出版、二〇一五・一一
（25）劉迎『「正太」の誕生―坪田譲治文学の原風景をさぐる―』吉備人出版、二〇一四・一二
（26）加藤章三編『吉備路に生きた作家たちの心のふるさと―その光と影を追って―』岡山文庫二九四、日本文教出版、二〇一五・二

第二章　坪田文学の絵画性とその深層
―「南画」をめぐって―

一．「視覚的」文学へ

従来の坪田文学研究では、坪田文学が絵画と深い関係にあることをつとに皆がみとめ、〈映像的にも美しく、時に絵画的幻想空間も造形していた〉（高橋世織『風の中の子供』論」『日本児童文学』三六巻六号、平二・六）とか、〈譲治の幻想の世界は、（中略）直接民族風土的な伝統に立っている。それは、南画的趣きのあるのびやかな、牧歌的自然描写と一体のものである。〉（関英雄「坪田譲治論」『新編児童文学論』新評論社、昭四三・一二）などといったように、たびたび触れられ言及されてきたのであるが、絵画の捉え方およびその構成や表現について、坪田文学がどのようにそれを扱ってきたかはあまり論じられてこなかったように思える。

実は譲治は強い関心を絵画に対して持っていたのである。彼にとって、絵画は余暇に楽しむ単なる趣味ではなく、絵画を愛する心が彼の文学そのものの中に深く浸透して、それを作品の構造と強く結びつけた、作品の核心とでもいうべきものとして用い、文学作品を不滅な傑作ならしめている。彼の作品の中には、さまざまな絵画的描写が登場し、絵画に通ずる視覚的世界が展開されていたのである。こうした色彩や美の感性がその作家の個性を暗示している意味で坪田文学の研究を行う場合、無視することができないであろう。

本章において、より深く坪田文学の芸術的特徴を理解するため、私は坪田文学を見えない所で支えているいくつかの絵画体験の生きた現場に戻り、表面にあらわれた絵画とのつながりの奥に潜むものをさぐるとともに、特に「南画」の受容について、小説「甚七南畫風景」を中心に検証し、「文学と絵画」から見た坪田文学研究の地平を新たに拓いてみたい。

二．譲治の絵画体験

譲治の絵画への関心は、まずは宗教と結びついて発生し発展してきたと考えられる。大正期の作品に見られるように、宗教的、特にキリスト教的内容を題材としたものが多く、宗教的感情と密接な関係をもっていたのである。

キリスト教とのかかわりを、譲治は随筆「祈りの思ひ出」（『時事新報』、昭一一・三）において、次のように述べている。

> 實は私が二十歳時代の五六年に亙るキリスト教信者の生活があるのである。私が初めてキリスト教の信仰を眼のあたりに見たのは十九歳の時でもあらうか。
>
> （『班馬鳴く』主張社、昭一一・一〇）

譲治の入信はきわめて短期間であったが、彼の精神生活や文学に与えたキリスト教の影響は大きく、そこに坪田文学成立のカギが隠されていると思われる。ここで坪田文学の成立に関する一側面―キリスト教絵画の受容についての考察を試みたい。

譲治の文学におけるキリスト教絵画と思われる主な使用例としては、洋画家の主人公が登場する「亡き兄の自画像」（『六合雑誌』三六巻三号、大五・三）、「樹の下の石」（『六合雑誌』三七巻七号、大六・七）、「正太の馬」（『地上の子』六号、大九・二）の三つの作品が挙げられる。この三つの作品は、いずれも主人公は洋画家であるが、〈熱情をそそいで描こうとしていたものは画としてはただ一つも見ることができ〉（「亡き兄の自画像」、前掲）ず、しかもカンヴスには、未完成のスケッチであり、自然風景よりむしろ心象風景の方に主眼を置くという共通の特徴が指摘できる。

例えば、「亡き兄の自画像」では、主人公の顔の表情の変化を主眼とし、画面いっぱいに謎の微笑を浮かべた「兄」が描かれ、風景は小さく、背景に遠ざけられているという構図で表現されている。冒頭にはこう書いている。


私は杖をひいて兄のうしろについて、小川の岸を歩いて行った。恰度夕日が西の空を赤く染めていた。田甫も一面に夕焼に彩どられて、遠くの村の白壁の土蔵が一層白く光っていた。その土蔵の上には風見車があった。

それが小さいけれども風にクルクル廻るのがハッキリと見えていた。二三羽の鴿がそれらの上を輪を描いて飛んでいた。私は心のなかに鴿のバタバタという翼の音を思い浮かべていると、兄が立ちどまってそれ等の美しい景色を指さした。杖がキラキラと夕日に光った。兄は黙っていたけれども、私には彼の心持は分った。それで肩にしていた画架をおろして、それから三脚を据えてやった。兄は画筆をとった。私は傍に立って何が描き出されるかとカンヴスを眺め入った。それから向うの景色を眺め、そして兄の顔に眼を向けた。兄の顔は静かな満足に輝いているように見えた。兄のこのような様子を見ると、私も亦自然に微笑が浮び出るのであった。
（『坪田譲治全集』〈一二巻本〉巻一、新潮社、昭五三・一）

ことのほか冷静で、〈静かな満足したような微笑〉と〈いつも優しい顔〉には、神を信じる人にとって、実は大きな意味と深い内容が含まれている。すなわち自分の生きているこの世界――〈さわがしさと奸計とに充ちている〉汚穢の世界から脱出する「究極的な救い」は、神を信じ祈り続けるしかないということである。キリスト者の希望は実にここにあるのではあるまいか。また、画面の色彩としては、〈深い紺青の空〉にかかっている〈崇厳な秋の日〉も、それをあびて輝いている〈清浄と平和〉なる地上の世界も、みな単一の色彩――濃青で着色されており、教会の壁にかかっている「天井画」を仰ぎ見るように感じられる。

小説「樹の下の石」もこの系譜であり、ほぼ同じ傾向が見られる。死ぬ直前の青年画家が描いたのは、のどかな田園自然の写生ではなく、〈赤土の丘〉の上に〈白い一つの墓〉があり、墓の側には〈青い花〉をつけた一本の草が風に吹かれて震えて、その上には〈蒼い空〉が広がっているという、いわば非情な自然である。着色は一見鮮やかなようであるが、すべてが上に広がっている〈無心に透明〉な〈空の濃青〉に覆われて、暗然としてその色彩を失ってしまっていることになる。いわば「亡き兄の自画像」の延長線上にある作品であるといえよう。

小説「正太の馬」になると、表現技術がやや改善され、独自の文学の完成への一歩を踏み出しているのである。主人公の小野は、〈繪を描くことの修業〉を続けているが、〈妻に逃げられ、もう幾年となくロクな繪も描かず〉、何となく小学校教師を務めている。ある日、淋しい子ども正太の心を慰籍するために、彼と正太はスケッチ板と三脚を持ち、山羊を追って丘の草原に出て行った。

彼は面白い山羊の色々の姿を鉛筆でスケッチしたが、最後に油繪を選んだのは、樹の上に乾してある芋の蔓を山羊が前足を樹に立てかけ、首を延して食べてゐる圖であつた。

（中略）

小野はしきりに筆を運んだ。

その内、フト彼方の廣い田甫の小川の中を一匹の鮒が泳いで來る有様が彼の心に浮んで來た。

（中略）

そこで彼は小川の水を飲んでゐる山羊の鼻先を泳いで行く鮒の姿を繪いて、二つの動物の不思議な邂逅を繪にしようかと考へた。然しまた思ひ直して、山羊の輪廓が出來あがつた時、その繪の周圍に模様框のやうにして、泳いでゐる幾匹かの鮒を畫き列べた。そして一寸筆を置いた。その時、立上つて繪をのぞいた正太が、

「オヤ、お父さん、それは魚ですねえ」

と喜びの聲をあげた。

「オヤ、それからそこにゐるのは山羊ですねえ」

と一層喜んで聲をあげて笑つた。

「山羊、正太とこの山羊」

尚も正太は繰返した。

（「正太の馬」『新小説』三〇年一一巻、大一四・一一）

右の一節からも分かるように、幼年時代を過ごした故郷の自然が下地となっている。父と子の日常生活の断片であるが、親子の通い合う心が淡彩で描かれていて、創作当時の譲治の感情が、直接文面に反映し、屈折せずに表現されている。ここには、キリスト教絵画の素因は一切見られない。代わって〈太陽が雲から出て、この丘の一角を暖く照した〉などと水墨画のように的確に描き切る。こうした表現技法の変化は、宗教性から生活性へ、そして凄まじい線描の駆使（キリスト教絵画）からにじみやためこみなどの墨の諧調（水墨画）へと大きく転回した、譲治の絵画趣味の消長を鮮やかに物語っている。

ここで注目したいのは、譲治が信仰において多様性を呈することである。初期の作品に見られるように、キリスト教的理念が発揚されると同時に、その中に仏教的要素がうごいている。

譲治にとって、仏教とキリスト教という二次元的な信仰は衝突するのではなくて、互いに調和し、両者が一つになった宗教的生活の実践が理想とされているのである。事実上、譲治の作品の中で、仏教の理念はキリスト教と同じように初期の坪田文学の欠かせない要素の一つとして、キリスト教と共存している。例えば、前掲の「亡き兄の自画像」において、「ノート二」と「ノート四」では、愛と永遠、安養楽土をめぐって考察し、また「老人と子供と蟹」（三六巻六号、大五・六）では、輪廻の思想について述べられているが、こうした仏教的思想の明確な表出として注目されるのは、大正五年（一九一六）四月に発表された短篇小説「西方浄土」（三六巻四号）である。

遠い西の方に理想郷のような浄土があり、この世には〈何もかも皆浄土へ行く為に生れて来る〉というお爺さんの話を聞いた幼い正太は、未来の「浄土」の世界を憧憬する。まもなくお爺さんは浄土へ旅立って（死んで）しまった。正太は、お爺さんを追憶しながら、お爺さんの言うとおりに、「罌粟の種」「栗の種」「柿の種」「銀杏の種」と、つぎつぎに種を撒いたりして、多くの春秋が過ぎ、正太も老人になった。しかし、お爺さんが必ず迎えに来ると信じて、正太の望みと喜びはいよいよ深まり、迷いもなく待ち続けているのである。

フト何処からともなく幽かな篳篥の音が起った。正太は耳をすませた。すると空気がますます澄んで来て、空も海も益々紫色を増して来た。其時空から銀杏の樹の上にチラチラと降て来る白いものがあった。それは雪の様に白い花弁であった。銀の糸が湧き出る様に後から後から無数に音もなく降りつづいた。と其中を紫や黄の小鳥がヒラヒラと飛び交い始めた。空には星が金色に銀色に輝き始めた。やがて篳篥の音も次第に高く大きく、遂には星と云う星、降る花と云う花が歌うている様であった。海の周りを五色の霞が立ちこめ始めた。と丘の下から五色の雲が沸き起った。すると丘と海とは正太を上に乗せたまま段々と空に昇り始めた。正太はやはり白い髯を日に輝かせながら銀杏の根元に座っていた。丘が空の中程に昇った時、花は降るのをやめ、小鳥も飛ぶことを止めた。而し正太の周りを三羽の鴿が舞うていた。青蛙もまた正太の側に頭を列べて彼の話に聞入っていた。海の彼方には雲の峰が輝き、魚は浪の上に跳ね躍ていた。

やがて凡ては幽かな楽音を残して西の空の紺青の雲の中へ消えてしまった。

（『坪田譲治全集巻一』〈一二巻本〉、前掲）

これはしめくくりの一節であるが、色彩の豊かな視覚的表現によって、仏画のような世界が写し出されている。これが西方極楽世界であり、欣求浄土の信仰をあおり、あわせて観想念仏の頼りとされた阿弥陀浄土の景観である。いかに美しく楽しくすばらしい理想境であるかを描こうとしている。空に音楽が聞こえ、往生人のいる所には香ばしいかおりが満ちる。そしてそれとともに、紫雲がたちのぼり、西へと流れてゆく。いうまでもなく典型的な阿弥陀来迎図の場面なのである。阿弥陀来迎図は、浄土教美術の中では最も重要な主題の一つで、人間の臨終にあたり、西方の極楽浄土に往生させるため、阿弥陀如来が下界に迎えに来るところを描き、極楽に行きたい人々の心境にぴったりと合うものである。譲治において表現手法として面白いのは、彼の描く極楽浄土の風光には、神秘的な幻覚が漂いながらも、岡山の自然を髣髴とさせる美しさがあり、〈正太の周りを三羽の鴿が舞〉い、〈青蛙もまた正大の側に頭を列べて彼の話に聞き入っていた〉。しかも〈海の彼方には雲の峰が輝き、魚は浪の上に跳ね躍で〉いる。ここでは、視点を近づけた関係もあって、構図的に故郷の穏やかな自然が取り入れられ、実感的に描写されて、想像と現実とを巧みに融合しているなどの特徴も認められる。

また色彩は、「五色の霞」「五色の雲」などといった赤・丹・橙・紫・白の濃彩が色調の中心となり、抑揚のある描線を駆使し、感情を強烈に刺激する主題に相応しい表現となっている。さらに、来迎する如来や聖衆たちは、美しい自然の色彩とまがう色どりを持ち、読者は画面のうちに楽音の中にその姿を探し求めねばならない。正しく漢詩の「空山人を見ず、但だ人語の響きを聞く」（「空山不見人、但聞人語響。」王維『鹿柴』）と同じおもむきがあるように思える。

このように、小説「西方浄土」は、極楽浄土への往生を願った当時の譲治の切なる心を偲ばせるとともに、彼の仏教的「画跡」を伝える唯一の作品として貴重な存在である。

三、「南画」とのかかわり

譲治の文学趣向は、昭和改元を境にして大きな転換期を迎えたのであった。つまり昭和期に入るとともに、譲治の作品には西洋文化への意識が薄くなり、その対立文化としての中国文芸に対する憧憬が強く現れるようになっていて、その絵画への関心も、新しい様相をあらわし始めた。それまでの濃い宗教色を持っていたキリスト教や仏教の絵画に代わって、中国絵画が登場し大いに発揚されていく。この中国絵画への傾斜は、自己を語る中国文芸への傾倒によって導き出されたものであって、必然的に彼の文学にも大きな転換をもたらしたのであった。ここでは、中国絵画の一様式である「南画」と譲治とのかかわりについていささか考察を試みたい。

「南画」という言葉は、日本における中国趣味の濃厚な絵を総称するものであり、「南宗画」の略称である。禅に南北の二宗があると同じく、絵の南北二宗は唐代に分かれ、その区別は画家の出身地によるのではなく、絵の様式の相違であるということを唱え出したのは、明の莫是龍や董其昌らである。この説によれば、「南宗画」(文人画とも言う)は唐の王維を始祖とし、宋・元を経て明には南宗画全盛の基礎ができ上がったという。その画風は、それまでの謹厳で硬直な宋朝両院体画(北画)の技巧主義に対して、意識的に粗放で柔軟な筆技を通して、単なる形似を超えてむしろ胸中の逸気を一種の理想的山水の内に表出しようとする、いわば表現主義的な水墨画で、専門画家でない文人や身分のある役人が余技として描いたというところに特徴がある。

「南画」は日本では江戸中期以降、受け入れ、日本各地に普及し、池大雅、与謝蕪村らのようなすぐれた南画家の輩出によって大成された。明治時代に、西洋文芸が怒濤のように流れ込んできて、東洋の古い文化に対する否定的気分を生んだにもかかわらず、南宗文人画は依然として衰えを見せず、専門の南画家も多かったが、学者、漢詩人のあいだにも盛行した。とくに古くから中国と深い関わりをもっていた岡山の近世・近代を通じて最も世に行われたのは、まさに南画に代表される文人画であった。明治一二年（一八八〇）四月に岡山中学の教師佐久間舜一郎の編した『岡山県人物誌』には、絵画関係の人物として四九人を数えるが、そのうち南宗文人画家が三三人で圧倒的に多かった（『岡山の美術1―近代絵画の系譜―』毎日新聞社、昭五五・三）のであった。

一方、譲治の祖父平作が坪田家に婿入りした時、〈里が絵の好きな家だったということで、何本かの軸を持って来ていた〉ため、〈私の風景好きは、その頃から始まったようであります。〉と譲治が書いている。さらに父平太郎は、漢学に詳しかったばかりでなく、また書や画にも明るく、中国風の書画を数多く収集して家中に飾って楽しんでいたというのである。

父とくると、これは向学の精神というのでしょうか、いなかの百姓の子に生まれながら、十八かの時に、近くの漢学塾に何年か通ったり泊ったりして、勉強したということです。進取の気性に富んだ明治人の典型ではないかと思うのです。

（「あとがき」『坪田譲治全集巻九』〈一二巻本〉、新潮社、昭五二・一一）

このようにして譲治の家庭に中国文芸の雰囲気が持ち込まれたのである。とくに譲治の記憶に生々しく残っているのは、牛の背中に子供が乗つて、横笛など吹いてゐる圖はよく南畫などに描かれてゐる。私など幼い時からそんな繪を見て育って來た。繪のいゝわるいは解からなかつだけれど、自分も牛に乗つて見たいと思ひく〳〵した。丁度その頃村に牛乳屋があつて、柵の中に十數匹の牛の子が放してあつた。友達を誘つて、その柵の中に入り込み、牛の子に乗つて遊んだことがあつた。

（「支那の子供 一」『家を守る子』墨水書房、昭一六・一一）

という中国風の桃源境である。その絵では、牧童が牛の背に騎って良い気持ちで横笛を吹き、ゆったりとした気持ちで家路を行く。牧童と牛との距離は極限にまで縮まり、すっかり自然と一体になっていて、自ら天地の自然に交響して、画調そのものから笛の音が聞えてくるような美しい図柄が展開されている。実は、このような「牧童図」は、いわば南宗文人画家などがよく用いる画題の一つであり、禅の悟りにいたる一〇のプロセスを説く『十牛図』（北宋の廓庵師道禅師の作といわれる）第六境位の『騎牛帰家図』「干戈已に罷み、得失還た空ず。樵子の村歌を唱え、児童の野曲を吹く。身を牛上に横たえ、目に雲霄を視る。呼喚すれども回らず、撈籠すれども住まらず。」（「干戈已罷、得失還無。唱樵子之村歌、吹児童之野曲。横身牛上、目視雲霄。呼喚不回、撈籠不住。」『十牛図・第六騎牛帰家』）を源流とするものである。

『十牛図』とは、逃げ出した牛を捜し求める牧人を喩えとして、牛、すなわち真実の自己を究明する禅の修行によって高まりゆく心境を一〇段階で示し、一〇枚の絵とコメントと詩で表現されているのである。譲治の「南画」の受容には、それほど深刻な哲学的把握は見受けられず、むしろその中に表現された、〈樵子の村歌を唱え、児童の野曲を吹く。身を牛上に横たえ、目に雲霄を視る〉という牧歌的な詩情に、心引かれたのではないかと思われる。

直接的な形ではないが、小説の中の情景描写などにその発想を偲ばせる例は枚挙にいとまがない。例えば、長編小説「子供の四季」（『都新聞』昭一三・一・一～五・一六）の冒頭「春」は、春ののどかな野原で遊ぶ三平が甚七老人と偶然に出会った場面を描いたものであるが、その中に牛乗りの遊びをする三平の姿が活写されている。

その時ふと三平は思ひついた。さうだ！牛に乗らう。牛に乗つて、ノコ〳〵歩き出したらどんなに面黒いだらう。自分ばかりでなく、みんなを牛の背中に乗せて、この河原をグル〳〵廻つて歩いたら！道をゆく成人の人も、河を高瀬舟で下つてくる船頭の人も、聲を上げて喝采するだらう。馬と競走なんか出來るかも知れない。

（中略）

三平は角に結んだ手綱を兩手に、青山號（青山牧場の牛＝劉注）の首近くに跨つた。充分跨るのはまだ少し怖ろしく、片足を土につけてゐたのである。それでも、彼を得意とするには足りた。

「やーい、牛乗り、牛乗りー。」

大聲で呼んだのである。牛が動かない様子を見ると、彼はいよ〳〵尻を牛の首筋に乗せかけ、兩足を土から離した。

「やーい。」

彼が言ひも終らない間に、牛は飛ぶやうに前身を起した。落ちさうになつた三平は思はず、牛の角に両手をかけた。二三間は必死に角をつかんでゐた。然し牛はむやみやたらに角を振り立て、背中を曲げて、後足を跳ね上げた。大變な跳躍をやつたのである。三平は鞠のやうに轉げ落ち、落ちた時グッと言つて、二間もコロ〳〵ころがつた。牛は三平など見向きもせず、その邊をなほ跳ねたり飛んだりした。…

（『子供の四季』新潮社、昭一三・八）

さながら純真で腕白な童心のあふれた絵そのものを見るような感じがあるが、さらにその魅力を倍加したものに、作品中に挿しはさまれた小穴隆一（一八九四〜一九六六）画伯の挿絵がある。作者の気分的・感覚的な世界を方寸に凝縮して端的に描出した「春」の挿絵について、後年、譲治は次のように述べている。

小穴さんのさしえは、太い力強い線で、リンカクのはっきりしたのが特色のように思えますが、この「子供の四季」の絵でも、ねそべった牛の側に子供が立って思い沈んでいるところなど、遠くから笛の音が聞えてくる思いでした。ちょうど、春のくれ方で、小説がそういう場面だったのであります。

（「あとがき」『坪田譲治全集巻三』〈八巻本〉、新潮社　昭二九・五）

この絵の成立の経緯を、小穴は随筆「子供の四季」の中でこう回想している。

坪田さんの「子供の四季」は、いまの東京新聞、もとの都新聞に、十三年の一月一日から載り、その年の八月に新潮社から出版されたのであるが、すると、坪田さんと僕が顔合せをしたのは、十二年の十二月のはじめのことであろう。坪田さんに連れられて岡山で「子供の四季」のなかにでてくる小野甚七、小野俊一などの家や一族の工場を案内してもらった。ついでに「風の中の子供」の鵜飼のおじさんの家や、母校の金川中学までまわったものであるが、津山線の汽車の窓からみえるゆるやかな丘を指して「あすこが僕の牧場をやったところ」と教えられ、岡山の市中を流れる旭川では「毎朝この川に沿って牛乳を運んできたものだった。」と聞かされていた…。

（『日本読書新聞』、昭二八・三・一六）

また、譲治は、随筆でも折にふれて「南画」に言及しており、その関心の強さや造詣の深さを如実にあらわしている。例えば、随筆「小田嶽夫氏―私小説に就て―」（『文藝首都』四巻七号、昭一一・七）の中に、こんな一節が見られる。

二三日前、私は中川一政氏の随筆集「庭の眺め」といふのを讀んで、非常に感心した。それからは文章が中川氏の書き方に似て來たくらゐである。私が考へた、これは何故だらう。中川氏の文章は恰度南畫を見るやうで、何處までも東洋風の感じがする。線は太く表現は稚拙である。それでゐて、言わんとするものが殘すところなく、しかも力強く表現されてゐる。私などなれば―比較しては禮を失するけれども―十枚にも書くところを、僅か二十行で立派な効果があげられてゐる。言はゞ、網の目は荒いのである、自然に網の糸は太いのである。ガッシリと生活をすくひ上げてある。私などは、こゝ幾年となく、文學修業として、網の目の細かいことばかりを心掛けて來た。水ももらすまいと描寫の糸目を小さくしたのである。考へて見れば、或はこれは違つた努力であつたかも知れない。然しこの網目の小さゝは西洋の客觀描寫から習ひ覺えて來たのである。三人稱小説の名作を手本として來たのである。

けれども、一方、私は考へる。中川氏の文章はあれは南畫から來てゐるものであるかも知れない。南畫の省略された線描法が、中川氏の文章表現の方法となつたのかも知れない。そして私達の習ひ覺えた文章は、これは油繪の畫面全體をぬりつぶす、あの方法に傳統を持つ、そのやり方を習ひ眞似したものであるかも解らない。

それ等の疑問はいづれにせよ。私が中川氏の文章に感心したところは、荒い網の目を以てして、作者の人間が、その生活が、殘りなく生き寫されているといふことである。

（『班馬鳴く』主張社、昭一一・一〇）

長い引用ではあるが、これは、譲治が中川一政（一八九三〜一九九一）の南画描法に感心を持ち、発見している。「南画」の主観性を一種の表現主義芸術と捉えて、それまでの西洋文化だけに目を向けていた自分の姿を深く反省し、強い調子で東洋の文化に回帰しようとする決意を表明したものとみるべきであろう。

中川は東京出身の洋画家で、一九三二年から渡仏し、ゴッホやセザンヌの影響を受けた後期印象主義的な作風から始まるが、のちに南画から学んだ、デフォルメされた形態把握が特徴の自由かつ独自の画風へと到達した。すなわち、彼は古今東西のあらゆる美しく優れたものを吸収し、自らの価値観に照らし合わせ選び取っていく。その結果として独自の詩情を称えた自由闊達な絵画を生み出していった。中川はどれほど譲治と付き合っていたのかは不明ではあるが、譲治の評に応えるべく、その六年後の一九四二年に、彼はコッソリと譲治の「虎彦龍彦」(『都新聞』昭一六・九・一六〜昭一七・一・二九)のために四枚の挿絵を描いたのである(『美しい季節』さくらゐ書店、昭一七・一〇)。しかし、いずれも『虎彦龍彦』に収録されておらず、幻のままとなっている。ちなみに『虎彦龍彦』初版本の装幀と挿絵(新聞連載・単行本とも)を描いたのは、やはり小穴隆一であった。

さらに、譲治は、真正面から西洋絵画と東洋絵画を論じ、

私には畫といふものは解らない。それに就て言ふことは想像に等しいものであるけれども、西洋の繪は對象を描く客觀的なもので、東洋の繪は、特に南畫のやうなものは、作者の内なる世界即ちその人自身を出す。言はば主觀的なものといふことが出來るのではあるまいか。但しこの主觀客觀の用法は適當ではない。

西洋の繪は對象を主として、その中に自分の藝術を託し、東洋の繪は對象を徒(従の誤り＝劉注)として自分の藝術を主としてゐるとでも言つたらいゝであらうか。

(同右)

というように、両者に対する認識の違いを鮮明にしている。むろん主観とか客観という捉え方にはやや異論を挟みたい部分もあるが、その取り扱いをはっきりと区別させたことは、西洋から東洋へ回帰する彼の姿勢を明確に示しているもので、きわめて重要な事柄であると私は考えている。そして、こ

うした南画に対する考え方は、直接にその文学の表現に連なってくるものである。

ところで、私の言わんとするところは、私小説が東洋の民族的傳統に根を持つてゐるといふことである。西洋の民族的傳統は、前述の意味に於て、客觀描寫にすぐれ、東洋のそれは自己を語るにすぐれて居る。昔から、繪の技術よりも、人間の鍛錬が言われたことも、西洋よりも東洋に於て然りであつたのではあるまいか。そこでまた、狭い吾國の文壇の席次に、私小説の存在も許されたい――と言ふのである。

（同右）

これは、譲治における「南画」ないし中国文芸のありようを端的に示していると言えよう。技術の修練よりもむしろ精神の鍛錬の方が重要だという主張は、昭和期の坪田文学の指針として一貫している。このようにして彼は、「自分探し」や「癒し」をテーマにした東洋文学（中国文学）風の私小説を書くことによって、自分の内部の心理の現実だけを深く見つめつつ、自分自身の人生の意味を考え、新しい人生と文学を獲得していったのではないかと思われる。

四．小説「甚七南畫風景」の語るもの

ところで、譲治の文学における「南画」の影響を考える上で、かなり重要な要素が、昭和初期以後の文学作品の中にしばしば登場してくるが、なんといっても「南画」と深いかかわりをもつ譲治らし

い作品は、小説「甚七南畫風景」であろう。

この作品は昭和一三年（一九三八）五月、『文藝春秋』一六巻七号に発表されているもので、のちに『風の中の子供』（昭和名作選集五、新潮社、昭一四・五）、『甚七と正太』（三島文庫一二、三島書房、昭二二・五）と新潮文庫『風の中の子供』（新潮社、昭二四・五）に収録されるなど、いわゆる「甚七老人もの」の典型となるのである。おなじ系列の作品としては、「甚七乗馬日誌」（『ダイヤモンド』一巻三号、昭一三・七）、「胡蝶と鯉」（『中央公論』五三巻八月、昭一三・八）なども挙げられる。

この中で、譲治は、〈過去の自分が経てきた生活のなかから宝を取り出〉（「対談Ⅱ（菅忠道・坪田譲治）」『坪田譲治童話全集巻一四・坪田譲治童話研究』、岩崎書店、一九八六・一〇）し、〈こんな老人になつて、こんな生活をして見たい〉（「作品の思出」『風の中の子供』昭和名作選集五、新潮社、昭一四・五）という気持ちで、主人公甚七老人の童心的生活を通して、自分の幼少年期の豊かな体験を、素朴でのびやかな南面的趣きのある文体で再現している。その冒頭にはこう書いている。


甚七老人は歳八十で、今は別にしたいこともなかつた。食事を樂しむくらゐのものであつた。それも近年は二度で、その二度にも、あれこれと注文して、おかずを造らせて見るものゝ、食べて見ると、期待したほどの味もなかつた。腹をすかせて、温い飯にヤキノリで食べるのが、まづ一番であつた。その他の樂しみは方々を見物して廻ることであつた。方々と言つても、遠い處ではない。八十年の生涯に記憶に殘る近くの石橋であるとか。村端れの一本の柳の木であるとか。——あれはどうなつてゐたかな—そんなことを思出しては、杖をつきく訪ねてゆくのであつた。死ぬる前に、この世の一木一草にも名殘りを惜しまうとするのであらうか。尤も、彼に、意識的にはそれ程の氣持はなかつた。何とはなしに、見ることと、それに依つて、昔を思ひ出すこととが樂しまれたのである。

（『風の中の子供』昭和名作選集五、前掲）

死期も近づいて懐かしの風景に出会いたくなる「甚七」老人は、見るべきものも楽しむべきものも、今まで生きて見聞きしてきたものが懐かしくて、婆さんに怒られようと、思い出す限りの追憶に別れを告げていきたいと思うのであった。年老いて子どもの如き心情にかえった彼の心は常に自然の方へ向き、野や川や魚や虫を相手に生の喜びを感じつつ、「鯰捕り」「放鳥」「コダマ」「小鳥の巣」など心の奥底にひそめていた至福の幼少年時代の記憶が次から次へとよみがえってくるのである。そこで彼は小娘の歌った子守唄に心がひかれる。

老人は杖を引きずつて、暖い日の照つてゐる村道をやつて來た。ある家の側、そこには大きな柿の木があり、その下に瓦でつくつた小さな祠がある。後は長い築地、その築地の屋根には一匹の猫が眠つてゐた。そこで一人の小娘が赤ん坊をおぶつて、身體をゆすり〳〵あちこちしてゐた。そして子守唄を唄つてゐた。その子守唄に老人は耳をとめた。久しく聞いたことのない唄である。いや〳〵、聞いても今迄は耳にとまらなかつた。然し、氣がついて見ると、これも聞いとかなければならない唄である。

「ねんねん、ころりよう、おころりよう。
ねんねの守りは、どこへいたあ。」

昔ながらの唄である。然し昔ながらのものだけに尚ほ老人は聞いておきたかつた。（中略）心持が唄と共に、遠い〳〵蒼茫の彼方、七十年も昔の幼年の頃に引張つてゆかれる。ブーン、ブーンといふ音が聞えるやうな氣がする。それは老人の母が廻した糸車の音である。その頃は綿から糸をつむぎ出した。その有様が眼に浮んだ。いゝことを思い出したと、老人の氣持は樂しく満足した。

（同右）

八十歳の老人を主人公にしたものであるが、「童心」の欲動が主として扱われており、明るい老人の世界は実に無邪気で、そこににじみ出ている「童心」には掬すべきものがある。「善太三平」を、〈日本ではじめて社會的存在としての兒童〉（波多野完治「解説」『風の中の子供』新潮文庫、新潮社、昭二四・五）などとして捉えてきたのと同じように、「童心」そのものともいうべき「甚七」老人が登場したことも日本文学には前例はないといっても過言ではあるまい。

「甚七」老人は譲治の本家の祖父「甚七郎」と実家の祖父「平作」をモデルにしたものとよく言われているが、しかし、それは譲治が脳裏に描いてきたある種の理想像であり、世間から見ればぼやけたこの「甚七」老人に、譲治は輝かしい感懐を託し、その感懐が、童話的に設定されたこの人物を不思議に生き上がらせているのである。

翌朝のことである。老人は床の上に起きて座つて、昨夜の夢を思ひ出した。そして不思議な氣持がした。その不思議といふのは、自分が死んでるのに、後に殘つたこの世が少しも變らないことを不思議がるのではなかつた。死後、この世が變るやうに、夢の中でも考へたことを不思議に思ふのであつた。變る筈がない——今はさう思へるのである。例へば、何日か學校を缺席すると、その間に學校が變つてしまふやうに思はれる。然し實際は何の變化もないのである。けれども、人はみな考へる。缺席して居りながら學校の有樣が解るやうに、死んで居りながら、この世の有樣が解つた！老人の夢はそんなものでゞもあつたらうか。

「ハ、ハ。」

老人はさう考へて、一人で笑ひ棄てた。つまり死ぬるといふことは、この世の中を缺席するやうなものだ。いや、退校か、それとも卒業か。この世の中から消えて無くなることである。さう思ふと、永い生涯に考へてゐたやうに大變なものとは思はれない。が、然し、さう考へると、何とまた、この世の中の美しく思へて來ることであらう。あれもこれもと、見たいものが次々頭に浮んで來た。

（同右）

「死」はただこの世の中を、「缺席」するだけのことだと、「甚七」老人のこうした楽観的な死生観には、自然から生まれ、死んだ後また自然へ復帰するという譲治特有の「生死一如」の人生哲学がそのまま反映されているのである。小田嶽夫との対談の中で、譲治は〈人生というのは生きている間だけが人生ではなく、死ぬということがあってこそ人生というものがあ〉る（「対談Ⅰ（小田嶽夫・坪田譲治）」『坪田譲治童話全集巻一四・坪田譲治童話研究』、前掲）といったように、彼の作品において、死は避けて通れない「基本的人生」の一つであり、〈草の葉が散り、木の葉が枯れるやうに〉（「童心馬鹿」『月刊文章』二巻二号、昭一〇・二）、ふたたび自然に帰ることであり、ただ精神的・象徴的なものだけなのである。

むろん、その基底にあるのは、道教の基本理念としての「道」による「無」の精神にほかならないと思う。老荘思想では、万物の根源を「道」とし、「道」が「一」であり、また結局は「無」なのである。老荘の死生観を表した「出でて生き入りて死す」（「出生入死」『老子』第五〇章）という言葉があるように、「人生とは、道を出て道に還る旅である」という死生観を持つと、いたずらに死を恐れたり、生きる気力が萎えることがなくなり、人生という旅を存分に味わい、たくさんの「土産話」（記憶）を携えて故郷（自然）に帰ろうという気持ちが芽生えるのである。こうした無邪気で明るい老人の「童心」だからこそ、甚七老人が「生」と「死」の境界を超越し、人生を達観して悠々と生きてこられたのではないかと、私はそう思う。したがって、この作品は老人の「死」を扱っているものの、不思議な明るさに満ちあふれていて心にしみるのである。譲治の発想力と表現力はすぐれて、凡手の業ではない。

眠りの中で、老人は夢を見てゐた。縁の前の庭で獅子が舞つてゐる。側で太鼓や横笛が鳴らされてゐる。横笛の音は老人が好きなだけに、リユウリャウたる音である。何處から飛んで來るのか、花びらがチラリ〳〵と、舞ふ獅子の上に落ちて來る。

眼がさめたら、老人、きつと獅子舞ひを見たいといふに違ひない。然し彼は中々眼をさまさなかつた。

（同右）

最後は「甚七」老人が疲れて縁側に横になって、夢を見ながらいびきをかいて眠りはじめ、そしてそのままあの世に行ってしまい、人生を全うしたのである。作品全体を通して、私は老人の世界に放射する童心の真実と美しさがもっとも印象深い。譲治が独特な絵心を駆使して見事にそれを一幅の水墨画のように切り取って見せてくれるのである。淡々とした描写で、いわば墨のつけ具合は多くなく、いずれにしても華麗な色彩を展開しているとは言えず、多くは白地に線描を主とし、これにわずかに色彩（淡彩）を加えているが、伝わってくる意味はすぐれて深いものである。

五．「字で描いた絵」の芸術

文学作品の中に画家とか名画が登場する例は決して少なくないが、譲治において独特なのは、その絵画体験を通して積み重ねてきた知識や経験を生かして、彼ならではの〈澄んだ美しさ〉と〈透明感〉（前川康男「ある日の電話で」『坪田譲治童話全集巻一四・坪田譲治童話研究』、前掲）のある映像的・絵画的な世界―「字で描いた絵」を作り出している点である。

譲治の童話を例に挙げてみると、「正太の海」（『子供之友』、大一四・九）、「雪といふ字」（『東京朝日新聞』昭二・一二）、「ビハの實」（『赤い鳥』復刊一〇巻五号、昭一〇・一一）、「きつねとぶどう」（『日本童話集　桃の實』東西社、昭二二・一二）、「虹とカニ」（『ガマのげいとう』海住書店、昭二四・五）、「がまのげいとう」（『セウガク四年生』、昭二三・五）など、こういうたぐいのものは数え切れないほどあるが、いずれも彼が子どもたちの頭の中に明確な絵画的イメージを結晶させようとして、〈こういう美しい夢でもみたらと、絵をかく気持ちで画いた〉（「解説＝作家と作品について」『幼年文学名作選二四・キツネとブドウ』、岩崎書店、一九八九・三）作品である。ここでその特色を、「雪といふ字」と「正太の海」の二つの作品にしぼって考えてみよう。

「雪といふ字」は、少年の善太の純真な気持ちを描いたもので、原文は二〇〇〇字ぐらいの短篇であるが、その内にさまざまな色と形が凝縮している。冒頭はこう始まっている。

　岡にも畑にも、一面に雪が降つてゐた。通る人もなくて、ドンヨリ曇つた空が雪の原の上に垂れ下つてゐた。その原の上を一羽のからすが飛んでゐた。疲れてゐるのか、低い空を飛んでは雪の上に下り、低い空を飛んでは下りしてゐた。

　その原の一方に岡の上に雪を冠つて二階の家が立つてゐた。その二階の窓を開けて、一人の子供が顔をのぞけ、久しく外の景色を眺めてゐた。煙が土煙のやうな雲間をもれて、その時夕陽がかすかに子供の顔を照した。子供は善太といつた。

（『坪田譲治童話全集巻三』岩崎書店、一九八六・一〇）

雪が降り止んだあとのようなシーンと静まり返った「透明な美しさ」は、譲治童話の独特の特徴であり、その情景描写の絵画的写実性に真骨頂があるように思われる。雪の降り積もった日、少年善太が二階から雪景色を見ていて、雪の上に「雪」という字らしいものを見つける話である。善太はまだ小学校に上がっていないので、漢字が書けるわけはないが、兄に言われて紙に書こうとして困っている。でも彼はたしかに見たのである。それは、善太にだけしか見えなかった神秘の字であり、紙には書けない心の中の字である。ふんわりと積もった新しい雪の潔白さに照り映える澄み切った可愛らしい少年善太の心が、豊かな視覚的表現で見事に描き出された傑作と言えよう。

もう一つの「正太の海」は、さらに短篇であり、原稿用紙でわずか二枚程度の小品である。ここには正太の眼を通して不思議な世界が展開してくる。

山にかこまれた、ひろいひろい海、
青い波、白い波が立っております。
大きなお魚が、汽車のようにつながって、海のあっちを泳いで行きます。
あたまの大きなたこが、水のそこで、追っかけっこをしてあそんでいます。
お家のような、大きなくじらが、波を立てっこして、大きな口をあけて、
「はっは、はっは。」
と笑っています。
白い海、青い海。何しろ、ひろい海でした。

（『坪田譲治全集巻八』〈一二巻本〉、新潮社、昭五三・二）

今この一節を読むと、譲治童話の素晴らしさが紙面に躍動するのをおぼえるのである。現実とも空想ともつかない、「自然と人間」が完全に融合して一体になった牧歌的な世界である。ここに描かれた少年の「夢」は、作品の空間構成にも参与し、その絵画的表現を通じて、作品の枠を超えてさらに彼方の、より広大な空間へと読者の視線を導いてくれる。水藤春夫氏が、〈思いきって枝葉をうちおとし、

最も簡明なかたちで人間の真髄にふれるもの〉（「解説」『坪田譲治童話全集巻九』岩崎書店、一九八六・一〇）と指摘したように、この作品は、独特の絵巻をなしており、その描写の克明さに、読者も一緒に一歩一歩、歩を進めていくような錯覚にとらわれるのである。

以上は、譲治が東西の絵画を愛し、とりわけ中国の絵画に強く惹かれていたことなどについての追究を、具体的な作品の分析を通じて試みてきたのである。これによって、彼が一貫して詩趣や画境の豊かな文学を追求していたことは明らかになってくることがわかる。

人間の心の中にある美しさを小説や童話において目に見えるように表現するということは、譲治の資質が多分ロマン的・ファンタジー的であることを示しているが、それは、ただ神秘的な幻想世界を描いたものではなく、〈どんな空想的な話をしても、人生の眞實を語れる〉（「與へる藝術」『兒童文學論』日月書院、昭一三・九）、〈詩的で快活な童心を描きながら、決してその眞實からはずれてゐない〉（「兒童文學の早春」『都新聞』、昭一一・一〇）という大前提のもとで展開していたことが注目される。つまり坪田文学は、現実と夢ないし空想とのかかわり、あるいは現実と想像とのかかわりを基盤として成り立っており、波多野完治の言葉を借りて言うならば、〈リアルな生活と、ロマンチックな空想と、この二つが共に描かれている〉（「解説」『坪田譲治童話集』新潮文庫、前掲）というものである。その核となっているものは、言うまでもなく、子どもに〈人生のエキス〉である真実を語り、〈與へる藝術〉（「與へる藝術」、前掲）を作ることであり、子どもの現実生活の種々相を描かなければならないことにある。ちなみに、譲治が求めていたのは、〈人生の味とか氣分とか心持ちとか〉（「作者の言葉」『魔法』健文社、昭一〇・七）というようなものであり、いわば人生派の文学であったように私は思う。

こうして考えてみると、譲治は、絵画そのものを追求したのではなく、むしろ視覚的・絵画的な構図によって、人生の淡白さ、率直さ、そして本質的な理想をより鮮明かつ多彩に表現しようとしたのであろう。

参考文献

（1）「特集／坪田譲治の世界」『日本児童文学』二九巻二号、昭五八・二
（2）「坪田譲治生誕百年記念号」『季刊びわの実学校』一四号、一九九〇・一
（3）「特集／郷土文学・作家と作品」『日本児童文学』二八巻一〇号、昭五七・一〇
（4）「創作特集／地域風土を描く」『日本児童文学』三五巻一〇号、平一・一〇
（5）「特集／文学と絵画」『国文学解釈と鑑賞』六三巻八号、一九九八・八
（6）坪田理基男『坪田譲治作品の背景―ランプ芯会社にまつわる話―』理論社、一九八四・四
（7）小田嶽夫『「善太と三平」をつくった坪田譲治』児童文学をつくった人たち四、ゆまに書房、一九九八・四
（8）有賀祥隆『仏画の鑑賞基礎知識』至文堂、一九九一・四
（9）千足伸行『すぐわかるキリスト教絵画の見かた』東京美術、二〇〇五・九
（10）梅澤精一『日本南畫史』南陽堂、大八・三
（11）小室翠雲『南畫讀本』岬書房、昭一二・八
（12）北村佳逸『老子解説』立命館出版部、昭八・一一
（13）御堂龍児『現代を生き抜く「タオ」の教え―中国道教の仙人への心の旅―』講談社、二〇〇五・九
（14）上田閑照・柳田聖山『十牛図―自己の現象学―』筑摩書房、一九八二・三
（15）中川一政『美しい季節』さくらゐ書房、昭一七・一〇
（16）中川一政『中川一政文選』ちくま文庫、筑摩書房、一九九八・八
（17）笠原仲二『中国人の自然観と美意識』創文社、昭五七・二
（18）ハルオ・シラネ編『越境する日本文学研究―カノン形成・ジェンダー・メディア―』勉誠出版、二〇〇九・五
（19）リチャード・E・ニスベット『木を見る西洋人 森を見る東洋人―思考の違いはいかにして生まれるか―』ダイ

ヤモンド社、二〇〇四・六
(20) 近藤寿人編『芸術と脳─絵画と文学、時間と空間の脳科学─』阪大リーブル、大学出版部協会、二〇一三・三
(21) 福田清人・鳥越信・滑川道夫『児童文学概論』牧書店、昭四〇・五
(22) 小西正保『児童文学の伝統と創造』ハッピーオウル社、二〇〇五・一一

第三章　坪田譲治文学、中国への飛翔
―中国における坪田文学の翻訳と研究―

一．はじめに

現在、中国において実に日本児童文学作家の作品が数多く翻訳紹介されている。その出版点数が英米児童文学とは比べものにはならないものの、二〇二〇年に限ってみても、コロナ・ウイルスが猛威を振るっていたにも関わらず、その勢いは衰えることなく、一二〇点も超えるなど確実に増え続けている。また、ジャンルにおいても、小説・童話のみならず、ＹＡやライトノベル、絵本などが多様化してきているし、既成作家はもちろんのこと、近年になって頭角を現し始めた若手作家の作品も多く見られている。既成作家の中でも特に宮沢賢治と新美南吉の翻訳が抜きん出て多いが、小川未明や浜田広介などの作品も僅かながらも刊行されている中、なぜか坪田譲治だけが閑却されてしまい、その作品に対する中国での認知度が低いままでいるのが現状である。

そもそも坪田譲治の名が初めて中国で知られたのは、昭和一〇年（一九三五）頃だったと思われる。その時、文壇を席巻した坪田文学ブームは日本国内に留まることなく、海外の日本人社会にも知れ渡っていて大きな反響を呼んでその作品がよく読まれていた。大連で少女時代を過ごした作家の松原一枝は、当時のことをこう回想している。

先生の作品「風の中の子供」「子供の四季」は、植民地大連、満洲でも広く愛読され、先生の文名は轟き渡っていました。（中略）先生の作品に、自然の風物、山と川、鳥、魚、獣などが、ふんだんに出てくるのは、たんに、先生が育った環境をなつかしがられ、郷里に取材されているから、ということ以上に、私はもっと深い意味を見い出します。自然は、吾吾の誕生の源、そこに原始を見るから、先生は、描かずにはいられないのではないでしょうか。

（「坪田さんのこと」『坪田譲治全集巻九・月報』、新潮社、昭五二・一一）

坪田文学に深い感銘を覚えた彼女は、その後、中村地平の紹介で譲治を訪問して念願の弟子入りを果たした。さらに戦後、譲治主宰の「びわの実学校」には、あまんきみこ、赤木由子、乙骨淑子、吉田比砂子、庄野英二、前川康男、今西祐行など満洲や戦時下の中国に関わりのあった人たちが数多く集まったことからもその影響の深遠さがうかがい知ることができる。むろん、これはあくまで中国人とはまったく関係のないところで行われたことではあるが、それによって一躍文名を挙げた譲治は、昭和一四年（一九三九）五月から七月にかけて朝日新聞の特派員として中国戦線を駆けまわったり、また昭和一七年（一九四一）一月から二月まで満鉄に招かれて満洲視察をしたりして日本の中国侵略に加担したことになる。坪田文学が本格的に中国へ翻訳・紹介されたのは、実は一九五〇年代になってからのことである。

本章では、坪田譲治文学の翻訳状況、解釈と評価を中国の社会情勢や文学状況と関連づけ、時代の変化に従って考察してみたい。中国の時代背景、文学状況の変化と坪田文学の出版時期に基づいて、一九五〇年代～一九六〇年代（第一時期）、一九七〇年代～一九八〇年代（第二時期）、一九九〇年代～

二〇〇〇年代（第三時期）の三つの時期に分けて、社会主義的政治性や思想性を重んじる新中国の文学観・芸術観のもとで、〈小さな資本主義〉（坪田理基男著『坪田譲治作品の背景—ランプ芯会社にまつわる話—』理論社、一九八四・四）や〈與へる藝術〉（「童話と文學」『改訂兒童文學論』、西部圖書、昭二二・三）、また、〈現実と夢ないし幻想〉（横谷輝「坪田文学における夢と現実」『坪田譲治童話全集巻一四・坪田譲治童話研究』、岩崎書店、一九八六・一〇）を土台とした坪田文学がどのように解釈、評価され、受け入れられてきたのかを、翻訳者の序文や解説などを踏まえつつ検討してみることとする。

二、一九五〇年代〜一九六〇年代（第一時期）

新中国成立後（一九四九年一〇月）から文化大革命運動終息（一九七八年）までの約三十年間、中国の文化政策は、毛沢東の『文芸講話』を指針としていた。一九四二年五月に延安で開催された延安整風運動の座談会で、毛沢東が中国の文学と芸術の役割についてのスピーチを行い、すべての芸術は労働者階級の生活を反映し、彼らを聴衆と見なすべきであり、芸術は政治、特に社会主義の進歩に役立つべきであるという文芸政策を提出した（『毛沢東選集巻三』人民出版社、一九九一・六）。それは後に『延安における文芸座談会での講話』（『文芸講話』と略す）にまとめられ、一九四三年一〇月一九日付の『解放日報』に公表された。それ以降、延安など抗日辺区のみならず、新中国の文芸運動と知識人の思想改造運動の基本文献となった。

この指針のもとで、一九五一年と一九五四年には全国的翻訳工作会議が開催され、翻訳の計画性、制度化、組織化、翻訳の質の問題に関する基準や規定が定められ、人民文学出版社などいくつかの国営出版社を外国文学作品の主な翻訳機関と指定して、翻訳作品の選択、刊行から流通、販売までが国家の管理下に置かれるようになる。とくに一九五四年の会議では、今後は「封建階級とブルジョアの作品」を含む外国のすべての優れた文化遺産を紹介すべきだと指摘されたが、しかし、実際には政治的イデオロギーの影響で、一九七〇年代末までは主に社会主義国圏をはじめ被圧迫国家の「革命的」「進歩的」もしくは「社会主義的現実主義」の文学作品が多く翻訳された。日本文学の翻訳では、小林多喜二、宮本百合子や壺井栄などプロレタリア系作家の作品が複数の大手出版社により刊行されていた。

こうした中で、一九五七年七月に聶長振訳の『風波里的孩子』（『風の中の子供』）が少年児童出版社から刊行された。校正が周維権、装幀が陳力萍で、B六判、八四頁。扉には、一九五五年の新潮版を底本にしたと書かれている。

「訳者的話（訳者の言葉）」において、〈私の翻訳はあまり上手ではないので、校正の方から多くの貴重な意見をいただいたうえで、具体的な修正を行った。ここで記して感謝を申し上げる〉と断ったうえで、〈この小説の著者坪田譲治は、一八九〇年に日本岡山県御野郡に生まれ、現在は六十七歳である。日本の有名な児童文学作家であり、昨年の冬、日本児童文学者協会の会長に選ばれた。年配の方で、とても忙しいにもかかわらず、新しい作品を次々と作り出している。その作品には、日本少年の世界が生き生きと描かれ、子どもの想像が溢れている。素朴な郷土性があり、ユーモアで明るい雰囲気を醸し出しているのである。〉と作者とその文学を高く評価した。さらにこの作品について次のように述べている。

『風の中の子供』は、一九三五年六月から九月にかけて日本の新聞紙『朝日新聞』夕刊に連載されたもので、多くの読者から暖かく迎えられた。特に日本の子どもたちに喜ばれるということで、一九五五年頃まではすでに一四版も重なった。作中に描かれる二人兄弟、兄は善太、弟は三平である。父親が濡れ衣を着せられて警察に連行されたため、二人は大人の過酷な世界の「風」に飛ばされる。父親が無事に解放されるまで苦境を乗り越えて精いっぱいで生きる子どもの姿が描かれている。ろくな筋などなくても、子どもの動きや表情がとてもリアルなので、ぜひ一読してください。

内容的に見ても、翻訳者個人の見解はなく、日本での評価をそのまま敷衍したかのようになっているし、また、家業であるランプ芯工場をめぐる肉親間の争いを土台にした、この作品を読み解くには欠かせないとされる創作の背景については一言も触れていない。それでも、中国語訳された譲治の唯一の児童小説として珍重されるべきであろう。一九六四年一月に増刷を果たし、印刷部数は合わせて七一〇〇冊となる。

三、一九七〇年代~一九八〇年代（第二時期）

一九七八年末の改革開放政策によりさまざまな領域において変化が起こり始めた。ちょうど文化大革命以降の思想解放と急速な市場経済の導入によって中国の文学観念が大きな変化を遂げていた。一九八四年一二月末の中国作家協会第一四回会員大会では、今後は「百花斉放、百家争鳴」の方針を守り、「創作の自由」を保障するとの提案があった。改革開放の一環として文化の開放が求められ、翻訳文学を通してすぐれた外来文化を輸入しようとした。英米文学の紹介がブームとなり、翻訳文学の主流を占めるが、日中経済の連携が緊密化するに伴って、日本の文化、文学への理解を深めようとする意欲が刺激された。一九七〇年末からは日本文学も古典から現代の大衆文学まで幅広く翻訳されていた。

この時期に坪田譲治作品の翻訳が三冊あったが、いずれも昔話集であった。

一九七九年九月に、陳志泉訳『日本民間故事』が人民文学出版社より刊行された。B六判で一五五頁。初版五〇〇〇〇部。一九七六年の偕成社版『日本のむかし話』（全五冊）に収録された一五〇編の中から三一篇を選んで訳出したものである。「鶴の恩返し」、「クラゲ骨なし」、「天狗のかくれみの」、「桃太郎」、「米良の上ウルシ」など坪田昔話の代表作をほぼ網羅した。「まえがき」において、翻訳者は〈坪田譲治は現代日本を代表する小説家であり児童文学作家である。一八九〇年に岡山県の田舎に生まれた。彼は青少年時代を故郷に過ごし、労働を通して自然に接触し創作の源を獲得した。児童心理への理解と自然への愛が彼を有名な童話作家に成らしめたのである〉と書き、〈坪田は半生をかけて日本で言い伝えられてきた昔話を収集し整理したうえ、それに芸術的加工を施し、素朴にして清新な言葉で一五〇編もの昔話を書きあげた。（中略）この本を通じて、中国の子どもたちが日本人の風俗習慣を知り、何らかの有益なヒントを与えてくれるよう望んでいる。また、作中の主人公の経験したことが小さな読者の心を鼓舞し、これによって幼い頃から善と悪、美と醜さ、誠実さと凶暴さを識別することができると信じる〉というように、編集方針としての教化目的を強調した。

一九八〇年一一月に、内蒙古（内モンゴル）人民出版社が出版した『日本民間故事　猫和老鼠』（『日

本昔ばなし　ネコとネズミ』）の翻訳者も陳志泉で、同じく偕成社版『日本のむかし話』（一九七五年）を底本とした。B六判で一六二頁。初版五六〇〇部。収録作品は、「ネズミの国」、「鬼六のはなし」、「龍宮と花売り」、「馬になった男の話」など計三〇編。原本は手元にないので、「まえがき」の詳細は確認できないが、同じ翻訳者だから、前作と変わらない評価を書いたのではないかと推測される。

さらに、一九八一年一月に、季穎が訳出した『田螺少年』（『タニシ長者』）は、民間文学小叢書の一冊として中国民間文学出版社より刊行された。装幀・挿絵は秦龍。B六判で一六二頁。初版三五〇〇〇部。新潮社版『新百選日本むかしばなし』を底本とし、「桃太郎」、「沼神の手紙」、「山姥と小僧」、「海の水はなぜからい」など三二編を選んで翻訳したものであることが「訳者後記」により明らかにされている。「訳者後記」では、翻訳者は譲治の昔話の特徴についてこう説明している。

これらの物語から、私たちは日本民族の心と知恵を読み取ることができる。勤勉で、素朴で親切な日本人が、これらの物語の主人公であり、労働を賛美し、善良で欲のない生活態度を讃えることが、これらの物語の主題である。物語の終わりは、ほとんどすべて良い結末を取っているが、これは、貧しい生活に耐え、夢に託す人々の気持ちを現わしているし、また、誠実な人が幸せになれるようと切実な願いが込められている。（中略）しかし、中にも、良いことをすれば、良い報いが得られるとか、富を築いて社会的地位を変えるといった物語もある。これは、単純で狭い農民の意識の表象であり、長期にわたる封建社会によって引き起こされた必然的な限界でもある。また、日本の民話に仏教の影響が投影したことも、読者の関心を喚起すべきである。

この評価は、『新百選日本むかしばなし』の巻末に付した大川悦生の解説「民族の心と知恵」を参考にして書いたものと思われるが、しかし、その理解を深めるためには、大川が指摘したように、〈これは本来少年少女を読者対象として書かれました。（中略）香り高い童話風な表現で文字にうつされた日本昔話の集大成であり、その新しい記念碑であるということができます。〉（『新百選日本むかしばなし』新潮社、昭三二・八）という譲治昔話の基本的スタンスを忘れてはならない。

四．一九九〇年代～二〇〇〇年代（第三時期）

一九九〇年代から「社会主義市場経済」が提起されたことによって、経済の市場化に伴い、社会、文化、さらには日常生活などさまざまな領域に変化がもたらされた。市場経済の確立は文学の市場化、商業化を促し、文学が消費財と見なされるようになる。日本文学も、二〇〇〇年以降は出版業界の市場化のもとで経済的利益を求めて、川端康成、芥川龍之介、大江健三郎、村上春樹などの作品がシリーズとして出版されるほか、文壇に活躍されている若手作家、たとえば、吉本ばなな、宮部みゆき、角田光代などのベストセラー作品も続々と翻訳された。児童文学の場合、宮沢賢治、新美南吉をはじめ、小川未明、浜田広介など近代児童文学を代表する老大家の作品が数多く出版されたが、森絵都、上橋菜穂子、荻原規子など若手作家の作品は子どもを中心に迎えられ、大きな反響を呼んだ。ジャンルにおいても、小説・童話から、ＹＡやライトノベル、絵本などまでが多様化してきている。

こうした翻訳文学の盛況の中で行われた譲治作品の中国語訳は四冊として結晶されているが、そのうち三冊は昔話集であった。

郭恩沢・謝又栄が編集した『世界優秀童話宝庫―日本童話巻』（『世界の優れた童話宝庫―日本童話の巻』）には、〈二十世紀以降の日本童話の精髄〉（「本巻内容提要（本書内容フィード）」）と言われる童話五六編を収めて、小川未明、坪田譲治、浜田広介、新美南吉をはじめ、松谷みよ子、あまんきみこ、前川康男ら「びわの実学校」同人のほか、志賀直哉、島崎藤村、林芙美子などいわゆる非童話作家の作品も収録されている。一九九一年一二月に、吉林省長春市にある東北師範大学出版社より刊行された。装幀が郭兵、B六判、二七九頁。初版一五〇〇〇冊。

譲治の作品数は一三編で、全体の約三分の一を占めている。以前に翻訳された作品「クラゲ骨なし」、「天狗のかくれみの」など一二編（陳志泉訳）が再び掲載されるほか、「キツネとブドウ」一編（崔紅葉訳）は初めて中国語に翻訳された。巻頭に掲げた「本巻内容提要」において、小川未明・秋田雨雀・坪田譲治・浜田広介についての短い作者評が書かれているが、譲治に関しては、〈坪田譲治は現代日本を代表する小説家であり児童文学作家である。彼は青少年時代を故郷に過ごし、労働を通して自然に接触し創作の源を獲得した。一九三五年に童話集『魔法』と『狐狩り』を出版する。また、半生をかけて日本で古くから伝承してきた物語を収集し整理して、それに芸術的加工を施し、一五〇編もの昔話を書きあげた。〉と、陳志泉の手によると思われる短評がある。

二〇〇六年七月に、世界児童共有の名作叢書として上海人民美術出版社が刊行した『白色日本童話―冬季童話』（『白い色の日本童話―冬の童話』）も、坪田譲治、小川未明、宮沢賢治らの合集で、計二八編の作品が収録された。編集が王泉根、書き換えが柳月華、装幀が付莉萍、挿絵が暗熙・屋頂である。A五判で二三二頁。初版二〇〇〇〇冊。作品数から見ると、小川未明が七編で最も多く、続いて坪田譲治・新美南吉・浜田広介・宮沢賢治がそれぞれ三編、その他の作家たちが一編ずつといった構成を成している。譲治の三編は、「キツネの茶釜」と「桃太郎」と「キツネとブドウ」である。

この作品集には王泉根による「白色的精霊撥動童話的心絃（白い妖精がおとぎ話の琴線を動かした）」という「前文」がある。直接に作者評はないものの、なぜ日本童話は白い童話なのか、その理由について、〈日本人の白い色へのコンプレックス（複合感情）はおとぎ話によく表れており、日本民族が、純粋さ、優しさ、思いやり、強さ、その他の美しい資質への追求を示している。おとぎ話には、白い雪、白い白鳥、白い蝶、オレンジの白い花など、多くのものがある。これらのおとぎ話を読むと、純粋で透明な感じがするのである。〉と説明している。ちなみにこのシリーズでは、フランス童話が緑色に、アメリカ童話が青色に、ドイツ童話がオレンジ色になっている。

そして二〇一三年一月に、陳志泉ら訳の『世界経典童話 日本童話』が湖北少年児童出版社により出版された。装幀が紐霊、挿絵が猫饅頭。B六判。三二二頁。収録された八九編の中に譲治作品が一四編確認できるが、「キツネとブドウ」を除く一三編はすべて昔話であった。この作品集にも王泉根による「白色的精霊撥動童話的心絃」という同じ「前文」が掲載されている。

こうした昔話を中心とした譲治作品の中国語訳に新しい風を吹き込んだのは、二〇〇三年八月に出版された劉迎訳『坪田譲治童話』（陝西師範大学出版社）であろう。装幀が王烈、挿絵が関藤英子である。B五判で一八八頁。初版一〇〇〇〇冊。岩崎書店版『坪田譲治童話全集』（全一四巻、一九八六・一〇）から、〈中国の子どもにも深い感動を与える作品〉四五編を選んで訳出した。

この翻訳集は、これまでに取り上げられなかった「創作童話」と「児童小説」を主体とする譲治文学の各時期の代表作（長篇を除く）をほとんど網羅して、坪田文学の全貌を鳥瞰しつつその本質に迫ろうとしたものである。善太・三平ものと呼ばれる「魔法」、「樹の下の寶」、「ハチの女王」、おとぎ話風の「雪という字」、「びわの実」、「狐狩り」など「創作童話」三六編、少年のいわれなき不安と恐怖の心理の交錯を描いた「正太樹をめぐる」、「枝にかかった金輪」、「よるの夢ひるの夢」など「児童小説」六編、そして「昔話」一編といった構成で、いずれもはじめて中国に翻訳紹介された作品だということから、〈中国の子供にもほのぼのした坪田作品を紹介した。〉(『読売新聞』、二〇〇三・一一・一七)とか〈坪田作品が海外へ紹介されるのはおそらく初めて。顕彰の力強い応援になる〉(『山陽新聞』、二〇〇三・一一・五)とか〈彼(譲治)の作品は子どもたちに無限の感動と勇気を与え、子どもたちに愛読されるだけでなく、大人にも広く読まれている。〉(『南方都市報』、二〇〇三・九・二四)などと、日中の新聞紙にこぞって報道されて話題になった。

また、譲治の出身地である岡山市の萩原誠司市長(当時)から「序文」が寄せられ、〈(譲治は)家族を抱えて窮地に追い込まれる事態に陥っても挫折することなく、亡き母の優しい面影、田園環境の中で魚や蟹を捕った懐かしい幼年時代、大人たちの醜い争いの中で成長していく子供の姿を描き、日本を代表する児童文学作家となりました。〉と書いて故郷の風土に根ざした坪田文学の郷土性を強調した。翻訳者による「前言(はしがき)」においては、坪田文学の特徴は、〈愛と勇気が原点であり、自然あふれる風土を背景に子どもたちの生き生きとした姿をリアルに描いているし、息づかいの伝わる会話、リズムのある文体、たくまざるユーモアの表現技術を持って、子どもたちに人生を愛する心と生き抜く力の大切さを教えている〉とまとめた。この翻訳集をきっかけに、翻訳者は坪田文学の研究に力を入れ、『〈正太〉の誕生—坪田譲治文学の原風景をさぐる—』(二〇一四年)と『坪田譲治と日中戦争—一九三九年の中国戦地視察を中心に—』(二〇一六年)との二冊の研究書を出版した。

そもそも翻訳とは、単なるある言語で表現されている文を他の言語に直して表現するだけのことではない。翻訳は、正確で、達意の名文で成されていれば完全に近いということであるが、それは芸術の再創作として、作家の意図やテーマの追求はもちろんのこと、かなりの語学力が必要である一方、作中人物の立場と主張に共鳴し、豊かな言語表現で品の良い芸術味や文学的感動を醸し出さなければならない。特に児童文学は大人文学と違って、〈おとなが、子ども（児童）のためにということを意識して創造した文学〉（国分一太郎『生活記録・児童文学』、未来社、一九五七・四）であり、「児童性」・「趣味性」・「教育性」の三つが必要の条件とされることから、翻訳をあつかう場合、児童の成長段階に応じて、その内容を取捨選択し、児童の目線に立ってそれを伝達するための手段—表現方法を考慮するなど、十分な配慮を払わなければならない。さらに、譲治は自分の作品を〈與へる藝術〉（「童話と文學」、前掲）と考え、〈童話が子供に対する愛情によつて書かれる。〉〈子供には端的に人生の光の部分を示し、常に輝く希望を持たせることが童話作家の常々心得ておかなければならぬことである。〉（「私の童話観」『改訂兒童文學論』、前掲）と主張している。こうした譲治の童話観を心に銘じつつ丁寧に翻訳作業を進めていかなければならないと思う。

以上のように、譲治作品の中国語訳を全体で見ると、昔話への偏重をした結果、「木を見て森を見ず」というように、「創作童話」と「児童小説」を主体とした坪田文学の本質とその価値を過小評価させてしまったのである。また、訳文の質もばらつきで、良心的なものがある一方、翻訳者の実力不足や作品への理解を怠ったため、一部の訳文は質が低くて読みづらいし、文学性も乏しいということが指摘できる。

五. 研究の現状と限界

一九五〇年代から二〇〇〇年代までの中国における坪田文学の翻訳状況と解釈、評価を分析し、その発展と変化の脈絡を鮮明化したが、そこから浮かび上がってきたのは研究者の不足という切実な問題である。

中国における坪田文学の評価と研究の状況は、他の日本児童文学作家と比べてみると、あまりにも貧相であり、研究書はもちろん、論文もほとんど皆無に近いというのが現状である。

一九九〇年代までは、翻訳者による「前文」程度のものがほとんどで、簡単な作者紹介にとどまっており、作家や作品に関する情報が非常に不足している。そもそも文学作品は作者とその生きた時代と環境によって生み出され、作られていくものである。その背景にあるものを考え、言葉を丁寧に読み解き、物事の本質を突き詰めていくことこそが、文学作品を理解するカギとなるのである。したがって翻訳者の原作や原作者に対する理解や解釈が読者の読書意向とその理解度を左右するような影響力を持っているため、どのような基準で作品選択をして、その作品や作家のどの点、どんな面を強調するのかを説明すべきだと思う。あいまいで退屈な情報では正確かつ公正な理解（評価）を生み出すことができなかった。

一九九〇年代後半から現在に至るまで、政治的環境がある程度開放的になっているため、翻訳作品が多様化するとともに、個別作家の研究も活発化するようになった。その流れの中で、坪田文学も一部の研究者から注目されはじめ、研究論文数は宮沢賢治や新美南吉と比べものにはならないが、一定の成果が得られた。

二〇〇三年八月に刊行された翻訳集『坪田譲治童話』(劉迎訳、陝西師範大学出版社)に収めた翻訳者による「前言(まえがき)」は最初の収穫であろう。「前言」といっても、作家論と作品論を兼ね備えた八〇〇〇字数もの長文で、構成的には研究論文そのものである。坪田文学の特徴は、〈譲治の思想・精神の形成にキリスト教が大きな役割を持った。それが必然的に文学にも投影され、「愛の理論」と「死の観念」という二大要素が見られるまでになった。「愛の理論」が譲治の原点であって、「死の観念」はそこから派生し発展したもの〉と規定し、童話では〈キリスト教の説いた「人間愛」に基づいた自然愛、親子愛、兄弟愛とさまざまであるが、譲治の言う「愛」は、自分と他人とが結合していることを意味するもので、子ども(他人)に愛を与えることによって、他人との結合を求めようとする〉とし、小説では〈「死」もまた避けて通れない「基本的人生」である。子どもが死ぬということは人生の一つであり、子どもの死を描くことによって子どもを愛惜し、死の描写を通して子どもの可愛さを強調している。〉とまとめ、具体的な作品を取り上げ、こうした譲治特有の神秘的な「生死一如」という永生思想を検討した。例えば、童話「正太と蜂」は母と子の日常のスケッチを描きながらその通い合う心が淡彩で表現されている作品であり、童話「善太と汽車」は物を愛する心を表現し、子どもの欲望と、その欲望から投出しプロジェクトされた「行動」を見事に描き出している。いっぽう小説「正太樹をめぐる」、「枝にかかった金輪」などは突然この世から姿を消した愛児の正太が残していった生活の匂いをいとおしむ母の姿を描いていて、母子の愛の絆と不思議な魂の交流が醸し出されている。

続いて朱自強は「坪田譲治―生就的児童文学作家(坪田譲治―生まれながらの児童文学作家)」(『日本児童文学導論(日本児童文学序論)』世界児童文学研究叢書、湖南少年児童出版社、二〇一五・三)

で、同一モチーフを用いた譲治の「童話」と「小説」の比較を試みた西田良子の「坪田譲治論」（『日本の児童文学作家I』講座日本児童文学、猪熊葉子他編、明治書房、一九七三・九）を敷衍しつつ、坪田文学の特徴は、「童話」の「生」と「小説」の「死」というような結び方を取っていると説明した。さらに、劉迎の「北京での坪田譲治―戦時下における日本児童文学の一側面―」（『日本学研究』二六号、二〇一六・一〇）では、譲治の戦時下の中国での戦地視察に着目し、「北京育成學校」「周作人会見の記」と「〝親日〟の子供」の三つのセクションを設けて北京における譲治の行動を確認したうえで、「親日」教育に対する彼の発言や姿勢を詳細に追究したし、呉函哲の「坪田譲治文学中的童心主義（坪田譲治文学における童心主義）」（『名家名作』二〇二一・九）では、〈坪田譲治は、「回想スタイル」の創作風格を通して生活感たっぷりの作品を作り上げ、また、リアリズムの手法を用いて「善太」や「三平」など現実を生きる子どもの姿を描き出した。彼の作品は子どもに現実の世界を見せると同時に人生の光の部分を示した。〉と書いて評価したが、しかし、譲治の求める「童心」はもっと深いものがあるように思う。というのはつまり、譲治は〈眞實の童心〉を〈與へる藝術〉と規定し、そこには、①子どもへの愛、②子どもの感覚、③人生の真実、④子どもの社会意識などが内包されているということを指摘しておきたい。

ほかには、直接的な坪田文学論ではないが、生活童話としての坪田文学に言及した朱自強の「二十世紀日本少年小説縦論（二十世紀における日本少年小説概説）」（『浙江大学学報・社会科学版』一九九四・六）や昔話を児童文学に高めた譲治の先駆け的な役割を強調した陶子の「大樹風姿、森林気派―日本民間故事談（大樹の風姿、森林の気迫―日本昔話について）」（『杭州師範学院学報』一九九八・七）、そして昔話「天狗のかくれみの」に現れた「天狗」を歴史的・文化的に考察した卜小恬の「浅談日本的妖怪文化与児童文学（日本の妖怪文化と児童文学についての一考察）」（『斉斉哈爾（チチハル）大学学報・社会科学版』二〇一五・一）などの雑誌掲載論文が挙げられる。

六、結語

以上に述べたように、中国での坪田文学の翻訳と研究は、翻訳者の恣意性や研究者の不足のため、作品翻訳の体系性はなく、研究の基盤もまだ弱くて、基礎固めの視野が欠けているという問題が存在している。翻訳者は同時に研究者でなければならないと、筆者のかねてよりの持論なのであるが、翻訳のレベルをアップさせるためにも、坪田文学そのものの研究を深めていく必要があろう。したがって、今後の課題として主要なものを三つ挙げたい。

その一つは、中国における坪田文学の受容があまり芳ばしくない原因の一つは、昔話への偏重と翻訳作品数の少なさだというのであるが、今後は童話や小説などを含む全作品の翻訳を通しての坪田文学の全貌を把握する必要があると考える。

二つ目は、坪田文学の翻訳は中国児童文学の発展に資する手段としても作用されるという観点から、既存の翻訳書を検討し、原文や作者の思想をどれだけ正確に理解し適切に翻訳したかという「忠実性」と、翻訳が中国語でどれだけうまく駆使されているかという「可読性」について翻訳の評価と研究を行うことに努めたい。

そして最後は、以上を遂行するための研究態勢の確立であるが、日本文学史並びに児童文学史における坪田文学の位置づけを再確認したうえで、中国人の視点に立った坪田文学の研究を構築していくと同時に、中国での日本文学教育カリキュラムへ譲治作品を導入する可能性を模索する。

翻訳テキスト

（1）聶長振訳『風波里的孩子』少年児童出版社、一九五七・七。一九六四・一再刷
（2）陳志泉訳『日本民間故事』人民文学出版社、一九七九・九
（3）陳志泉訳『日本民間故事　猫和老鼠』内蒙古人民出版社、一九八〇・一一
（4）季穎訳『田螺少年』民間文学小叢書、中国民間文学出版社、一九八一・一
（5）郭恩沢・謝又栄編『世界優秀童話宝庫―日本童話巻』東北師範大学出版社、一九九一・一二
（6）王泉根編『白色日本童話―冬季童話』世界児童共享名著叢書、上海人民美術出版社、二〇〇六・七
（7）劉迎訳『坪田譲治童話』陝西師範大学出版社、二〇〇三・八
（8）陳志泉ら訳『世界経典童話 日本童話』湖北少年児童出版社、二〇一三・一

参考文献

（1）中国版本図書館編『翻訳出版外国文学著作目録和提要―1949～1979』江蘇人民出版社、一九八六・七
（2）中国版本図書館編『翻訳出版外国文学著作目録和提要―1980～1986』重慶出版社、一九八九・二
（3）賈植芳ら編『中国現代文学総書目―翻訳文学巻』中国文学史資料全編、知識産権出版社、二〇一〇・三
（4）王向遠『二十世紀中国的日本翻訳文学史』北京師範大学出版社、二〇〇一・三
（5）孟昭毅・李載道編『中国翻訳文学史』北京大学出版社、二〇〇五・七
（6）趙稀方『二十世紀中国翻訳文学史（新時期巻）』百花文芸出版社、二〇〇九・一一
（7）坪田譲治『新百選日本むかしばなし』新潮社、昭三二・八
（8）坪田譲治『坪田譲治童話全集』全一四巻、岩崎書店、一九八六・一〇
（9）児童文学評論研究会編『児童文学批評・事始め』てらいんく、二〇〇二・一〇
（10）趙楽甡編『中日文学比較研究』吉林大学出版社、一九九〇・八
（11）孟慶栄・王玉明『中日文学翻訳研究―基於大学翻訳課程的実践教学成果―』吉林大学出版社、二〇一五・一〇

(12) 村上春樹・柴田元幸『翻訳夜話』文春新書、文藝春秋、二〇〇〇・一〇
(13) 山岡洋一『翻訳とは何か—職業としての翻訳—』日外アソシエーツ、二〇〇一・八
(14) 白井史人・小松加奈編『越境する翻訳・翻案・異文化交流』文部科学省、二〇一七・二
(15) 「特集／児童文学の翻訳を考える」『日本児童文学』四七巻六号、平一三・一二
(16) 「特集／世界における日本語文学研究の現状と展望」『跨境／日本語文学研究』五号、二〇一八・四

第二部

坪田譲治文学の「夢郷」

第一章　小説「蟹と遊ぶ」論
――陶淵明とのかかわり――

一．陶淵明の受容について

第一部第一章では、坪田文学における中国漢詩文の受容について、『唐詩選』を中心に検討してきたのだが、そんな盛唐の詩人たちが人生の先達として、また詩作の手本として仰いだのが東晋の詩人陶淵明であり、彼は詩聖として慕われ、中国の詩歌史上において偉大な詩人の一人として尊敬されていた。王維は、陶淵明を再評価し、唐代以前におけるもっとも偉大な詩人として位置づけ、〈傾倒して彊ひて行き行き、酣歌して五柳に帰る。〉（「傾倒彊行行、酣歌歸五柳。」『偶然作其四』）と歌って陶淵明の生き方を理想としたのである。酒仙と称された李白は、酒の風雅を愛する者の先輩格である陶淵明を念頭においた詩を作っており、陶淵明の桃源郷を意識して作ったものと思われる〈桃花流水杳然として去る、別に天地の人間に非ざる有り。〉（「桃花流水杳然去、別有天地非人間。」『山中問答』）の一句には、李白の恬淡とした生きざまが凝縮されている。また、宋の詩人蘇軾（蘇東坡）は、陶淵明を称揚して、〈吾、詩人において好むところなし、しかして独り淵明の詩を好む。淵明詩を作ること多からず、然れども質にして實は綺。癯せて實は腴ゆ、曹劉鮑謝李杜の諸人より皆及ぶことなきなり。〉（「吾於詩人無所甚好、獨好淵明之詩。淵明作詩不多、然其詩質而實綺、癯而實腴。自曹、劉、鮑、謝、李、杜諸人、皆莫及也。」『東坡續集巻三・和陶詩一百二十首』）と言うが、晩年にいたっていよいよ陶淵明に傾倒し、そのすべての詩に和することを試みるとともに、自身の挫折を陶淵明の不遇に重ねて、そこから生きる力を汲み取ったのである。かくして唐宋以降に輩出したほとんどすべての詩人は、陶淵明に倣うとか、陶淵明を慕うとかいった詩題のもとに、陶淵明の作風を意識しながら詩作したといって過言ではあるまい。

日本における陶淵明の受容については、伝来の時期は定かではないが、奈良時代以前にすでに舶来しており、平安時代になると、淡海真人福良満の「早春田園」や菅原道真の「残菊詩」などのように、漢詩集には明らかに陶淵明の詩をふまえた表現がみられるのである。陶淵明の作品が飛躍的に多く読まれたのは江戸時代であり、藤原惺窩・林羅山・荻生徂徠・太宰春台をはじめ多くの儒者、詩人、文人が陶淵明の詩文に深い関心や興味を抱き、俳諧の世界でも、芭蕉・蕪村・一茶の句に陶淵明の詩を俳題にしたり、俳諧化したりしたものがある。明治期以降は盛んに西欧の文学が移入されるようになり、次第に漢文学の素養を必要とする度合いが減少していくが、陶淵明の詩への関心が依然として衰えることなく、その痕跡が多くの作品にうかがえる。例えば、宮崎湖処子は、散文詩『歸省』（垣田純朗出版、明二三・六）で全九章からなる各章の冒頭に、陶淵明の詩を置いてから自らの半生を述べているし、国木田独歩は、陶淵明の作に題名やヒントを取った『歸去來』（春陽堂、明三四・五）を著し、田園生活や風景の価値の再発見による真の自由を追求しようとしたのである。また、夏目漱石は、『草枕』（春陽堂、明三九・九）の中で淵明の詩「飲酒」を引用して、西洋の文学芸術が人間社会を中心とするのと対照的に、東洋の詩歌は社会をはなれ自然と一体となっていて、〈採菊東籬下、悠然見南山。…超然と出世間的に利害損得の汗を流し去つた心持ちになれる。〉（『漱石全集巻二　草枕』岩波書店、一九七九・一）と書いている。

一方、譲治は早くから陶淵明に深く傾倒し、その風流隠逸なる生き方と詩風に並々ならぬ共感を寄せていたのである。彼は陶淵明と同じように田園の生活をこよなく愛し、また故郷の田園風景を好んで描いたのである。譲治には陶淵明の詩をそのまま引用したりして、そこからヒントを得て作ったと思われる作品が多くあるが、いずれも陶淵明の「田園自然」の世界が通底しており、その上に譲治ならではの創意を生かした新しい趣向のものである。

本章では、坪田文学における陶淵明の受容について具体的な作品に即して検討するとともに、譲治の田園自然への思慕《ノスタルジア》およびそれによる坪田文学の変容を浮き彫りにしてみたい。

二、「田園自然」に託した思い

陶淵明（三六五～四二七）は陶潜とも呼ばれ、紀元四世紀の東晋時代の詩人で、田園詩の創始者である。没落した貴族の家庭に生まれ、生活のために不本意な地方官の職に就いたり、いくつかの軍閥の属僚を経験したりした。四一歳でまた政府の役人として郷里潯陽とは程遠からぬ彭沢県の県令となったが、若い上役が視察に来るから礼服で出迎えよと言われたのに対して、〈我五斗米の為に腰を折りて郷里の小人に向かう能わず〉（「吾不能為五斗米折腰、拳拳事郷里小人邪。」『晋書・陶潜伝』巻九三）と言ってさっさと職を投げ出し、故郷に引き揚げてしまった。それから彼は二度と政府の役人になろうとはせず、かねてからの願望であった郷里の田園に帰居して自ら鋤をとって農耕生活を営み、貧苦に苦しみながらも六三歳で悟りの境地に達したように、その生涯を閉じた。

陶淵明は生涯貧しい生活に甘んじ、自らを厳しく追及した。四一歳から六三歳までの約二二年間（四〇五～四二七）におよぶ隠居生活の期間は創作がもっとも豊かに行われた時期で、多くの田園詩が作られた。その中で田舎の暮らしや田園の風景などが初めて詩の重要な対象となり、詩に歌われている。すこぶる平淡のようであるが、その平淡はみな自然より入り、そして深く基づくところがある。田園生活は陶淵明によって純粋なもの、美的なものとされ、苦痛の多い現実からの「避難所」となったものの、その精神においては高遠なる理想にあこがれると同時に、現実の世界を直視し、東晋の重鎮でありながらついには簒奪者となった劉裕を痛烈に批判した『述酒』のように当時の政治や社会を風刺する詠懐詩も数多く創作するなど、俗世間を忘れる（超越する）ことはなかったのである。

後世に伝えられてきた陶淵明の詩文は百余首、散文十数編であるが、中国の文学史上で非常に大きい地位を占めている。陶淵明の生きた東晋時代は形式主義が盛んであり、多くの人々は華麗な言葉や形式ばかりにこだわっていたが、陶淵明は田園詩という新しい題材による詩の世界を切り開き、古代の素朴な風格を引き継いでおり、しかも活気にあふれ、素朴で流暢な言葉を駆使することで、詩の創作のレベルを新たな高さまで引き上げたのである。こうした自然を崇拝し、誇り高くて、素朴で率直な人柄は中国の歴代の文人によって高く評価されている。

陶淵明の詩の重要なテーマは、田園生活へのあこがれである。彼は自然の風物を自然のままに歌い、自然と一体になる生活のなかにこそ、「真」の人生の喜びがあると主張し、その作品に描かれる自然は田園生活に密着し、自らの日常生活の体験に根ざした具体的な内実を持ったものとして描かれており、鮮やかで温かい人間味や枯淡の風があふれている。〈此の中に眞意あり、辯ぜんと欲して已に言を忘る。〉（「此中有眞意、欲辯已忘言。」『飲酒　其(五)』）は、透明な夕暮れの空気の中を山のねぐらへと帰る飛鳥を見ての感慨であって、彼は人生の真諦を悟り切ったのである。これは、のちに自然に真（道）

があり美があり、その自然と渾然一体となった境地を求め、田園に帰るという中国文学の自然観を代表する言葉となっている。

陶淵明の詩文において「自然」という言葉の登場は四カ所あり、それぞれ〈神自然を釋く〉（「神辨自然以釋之」『形影神三首・序』）、〈質性は自然〉（「質性自然」『歸去來兮辭』）、〈復た自然に返るを得たり〉（「復得返自然」『歸田園居五首・第二』）と〈漸く自然に近し〉（「漸近自然」『晋故征西大將軍長史孟府君傳』）であるが、いずれも「自然は人間と世界が共存する理想の状態である」という老荘思想に基づき、前の二つは本質の根源という意味合いを、後の二つは価値の回帰すべき方向という意味合いを有するもので、陶淵明がその生の道程全体をもっぱら「本真への回帰」、「自然への回帰」の体現として捉えていることがうかがえるのである。このことについて、中国文学思想学者の徐復観は、〈老荘思想、とりわけ荘子の自然思想の文學の面における成果と収穫として、第一に推すべきものは陶淵明の田園詩をおいてほかにない。〉（『中国藝術精神』學生書局、一九六六・一）と高く評価している。

陶淵明の詩に大きな感銘を受けた讓治は、「自然」への把握はそれほど哲学的で深いものではないものの、同じく自然を友とする「自然と人生」という摂理にもとづき、自然を人生と結び付けて考えている。彼は自然の中に自我を置いて、大自然と自己とを一つにするような、〈いつも自然的、即ち自然と同化してゐる自然の中の人間生活〉（「野尻雑筆」『中外商業新報』、昭一五・六）を理想とし、自然との交流、自然の賛美と憧憬、自然への回帰そして一体化などを求め続けていたのである。むろんその基底には、〈自然は悠久にして、人生は須臾である。〉（「赤城大沼にて」『花椿』二巻一〇号、昭一三・一〇）という認識が宿されており、悠遠なる自然に対する人生のはかなさという無常観に支えられて展開されている。彼の性格の中心を占めたのはやはり自適と自然を愛するものであったが、〈然し鳥の如くに空高く飛び、魚の如くに自然の中に遊ばんにも、私如きは微力短才、一日として生活のことを忘れる譯にはゆきません。〉（「鮒釣りの記」『文藝首都』四巻一二号、昭一一・一二）と、彼は陶淵明のように田園に帰って悠々自適で自然を楽しむことができなかった。そして家業をめぐる親族間の骨肉相食む争いのため、「早く巳に戰場」となった故郷は、彼にとって苦痛以外の何物でもなかったが、しかし、〈私などは、意識的にはいつも故郷を離れたいと考へながら、書くもの、書くものが、凡て故郷についてのことばかりであ〉（「石井村島田」『新潮』三五巻七号、昭一三・七）るといったように、その心をささえる精神的支柱となり、大きな原動力となるのである。

私の心中の故里は…昔ながらの岡山縣御野郡石井村大字島田のそれである。田圃の中の小さな村である。家數二十にみたず、殆ど藁葺で、柿の木がどこの家でも枝や幹を曲りくねらせ、寒山拾得の姿で立つてゐた。夏はその幹に蟬なきしきり、秋はその枝に熟柿が下つてゐた。が、そんなことより、私に忘れ難いのはその村を流れる四條の川である。二つは村の北と南を流れ、二つは村の眞中を流れてゐた。川岸には今頃になれば水楊生ひ茂り、その若葉は水の半分を隱してゐるくらゐである。川の水は昔は飲水に使つてゐたのであるから、清冽と云へなくとも、決して濁つたものではなかつた。藻が川底をゆらゆらとゆれてゐて、その間を色々な魚が泳いでゐた。

（中略）

兩岸は何處までも田圃つゞきで、その田圃はその頃菜の花の黄一色。處々にげんげの花の盛り上つて咲いてる田圃があつた。そんな處へ來ると、流れにまかせてゐた船をとめて、そこに子供達は花の上で相撲をとつた。川は幾つかの橋の下をくゞり、幾つかの村の中を通り、そして末は大きな池の中へ流れ込む。そこには菱が一面に浮いてゐる。…そこで私達は船をゆすつて日の暮れかゝる迄遊び戯れ、夕もやが池の上にかゝる頃になつて、俄に河童や狐が恐ろしくなり、大急ぎで船を引いて歸つて來る。歸る途中、北のほうの山の中腹にある寺から、鐘の音がオーン、オーンと聞えたものである。

（「班馬いなゝく」『班馬鳴く』主張社、昭一一・一〇）

讓治の描く自然は、彼自身の生活に密着した故郷にあり、いわゆる〈手で触れるような〉（佐藤さとる「坪田童話の秘密」『坪田讓治童話全集巻一四・坪田讓治童話研究』岩崎書店、一九八六・一〇）実在感のある田園のそれである。幼少年時代を過ごした岡山の自然が彼の脳裏に深く滲み込み、その時の自然に対する印象が、彼の作品の上に現れている故郷の自然なのである。彼は故郷の素朴な自然の中に息づく人間（子どもを含む）のいとなみの喜怒哀楽を詩情ゆたかにうたいあげ、読者にしみじみと自然と人生を考えさせるのである。

三、帰還不能の田園

讓治が好んで詠んだ陶淵明の詩の一つに〈帰りなん、いざ、田園まさに蕪れなんとす〉というのがある。これは陶淵明が四一歳ですべてを投げ打って故郷の廬山の麓に帰ってきたときの詠嘆をつづったかの有名な『帰去来の辞』の冒頭に置かれるもので、官を辞して帰郷し、自然を友とする田園生活に生きようとする決意を述べたのである。

歸去來兮　　　　歸りなん　いざ
田園將蕪胡不歸　田園　將に蕪れなんとす 胡ぞ歸らざる
既自以心爲形役　既に自ら心を以て形の役と爲す
奚惆悵而獨悲　　奚ぞ惆悵して獨り悲しむ
悟已往之不諫　　已往の諫めざるを悟り
知來者之可追　　來者の追ふ可きを知る
實迷途其未遠　　實に途に迷ふこと　其れ未だ遠からずして
覺今是而昨非　　覺る　今は是にして　昨は非なるを
舟遙遙以輕　　　舟は遙遙として　以て輕し
風飄飄而吹衣　　風は飄飄として　衣を吹く
問征夫以前路　　征夫に問ふに　前路を以ってし
恨晨光之熹微　　晨光の熹微なるを恨む

以下大意を記せば、さあ帰ろう、田園が荒れようとしている。いままで生活のために心を犠牲にしてきたが、くよくよと悲しんでいても仕方がない。今までは間違っていたのだ。過去のことは今さらとり返しがつかない、これからは自分のために未来を生きよう。道に迷っても決して改めるに遅くはない。今の考えの正しいことを知るにつけても、過去の非をますます痛感する。

陶淵明の心の中の田園は、何時となく彼の心そのものとなっていた。田園に帰るということは、自分の性情の自然に返ることを意味するといってよいであろう。その意味で、『帰去来の辞』の一篇は、従来陶淵明がしばしば詠ってきた詩境の総決算であり、自然を友とするという人生哲学の確立であった。彼は生涯この詩境を守って、繰り返し同じことを詠いつづけた。その詩境は年とともに深まりこそすれ、いささかの動揺もなかった。一度確立された詩人の世界というものは、もはや何物をもってしても動かせないものである。したがって、陶淵明にとって、『帰去来の辞』はその生涯を決定する画期的な作品であるといっても決して過言ではあるまい。

譲治の作品における陶淵明『帰去来の辞』の引用例が確認されたのは、短篇「町から歸つた女」や随筆「野尻雑筆」など四つの作品であるが、いずれも譲治が陶淵明的自然の感情をともなって故郷の田園風景を描いたものである。短篇小説「町から歸つた女」は、昭和五年（一九三〇）三月八日付の『東京朝日新聞』に掲載された作品であるが、原題は「町から歸つた」となっている。

村の娘青山雪子が大阪に出て産婆の修業を終えるが、〈代りに美しかったため〉、彼女はダンサーになり、またダンサー場のスターとなって、とうとう妊娠してしまった。村に帰ってきた彼女は、〈監禁同然〉に伯父さんのところに預けられ、村人から「淫蕩の婦」と軽蔑されて、〈毎日子守歌を歌ひながら、遙大阪の空を望みながら、その子の父をしのばねばならない〉ことになったという話である。この不憫な娘を賛美し同情する村の若者たちと、伝統な風習を固く守ろうとする保守的な村人たちとの意見の対立や心の葛藤を的確に捉え、田園風景は変わらないものの、新時代、新文化がもたらされた村人の意識的変化を巧みに表現している。中にはこんな一節が見られる。

昔を懐へば！

さうだ。明治年間のことである。岡山市の町はづれ、一つの踏切を越すと、幕を張つたやうなあを空の下に、遠く打ち續く一面の青麥の田畝。その端つこに小さく遠い私の村。一本の高い松がそびえ、その下に南畫風の枝をさし交してゐる青葉の柿の樹。七八つしか見えないわら屋根と、その間に光る白壁の土藏。その頃私はその村をさして、麥の間を、かはやなぎの茂つてゐる小川の岸を、―歸りなん、いざ、田園將にあれんとす。いかで歸らざらんや―と歸つて來たものである。

その頃、その川にはコヒやナマヅが住んでをり、深い所には河童さへゐたのである。田畝にも長く末を引いた農夫の歌が聞え、寺の朝夕の鐘の音は村や田畝の末々までゆるやかに響き渡つた。その鐘の音を聞きながら、幼い私がキツネにばかされはしまいかと心配しながら、麥の中を走つたことはたびくである。キツネも實際その頃は人をばかした。

（※罫線劉、以下同様）

（『晩春懐郷』竹村書房、昭一〇・一〇）

短い文章であるが、すこぶる構成的脚色的で、これを例えば故郷の初夏などと題する一枚の風景画に仕立てることも不可能ではない。このように少年時代を懐かしむ心が彼の意識下にあって、時代の波にさらされて変わろうとする故郷の自然を案じつつ、彼はむかしの長閑な田園の風物を切なる思いで描いたのである。

実は譲治の文学を丹念に読んでいくと、多くの場面でこのような「田園風景」が登場し、特に家業の島田製織所に専務取締役として勤めていたが、突然解任されたため、「現実の故郷」を失い、生活の糧もなく裸に立たされた昭和一〇年（一九三五）前後の作品では、執拗なまでに繰り返し描かれている。彼の感情や志向がすべて「田園風景」に集約されていることが感じられる。この「田園風景」について譲治は、随筆「野尻雑筆」（前掲）の中で次のように述べている。

故郷といふものは多く思ひ出の中に、過去の中にある。私の故郷などは卅五年以前のもので、その昔美しく静かであつた。山川草木が今は凡て場末の町となり故郷などとは言ふことも出來ない。そこで日本人の故郷といふ觀念は凡そ田園といふ言葉で表現さるべき姿のものであると言つたら如何であらう。歸りなんいざ。田園まさに荒れんとす。——これである。陶淵明が千數百年前に言つてのけたそれである。その後この故郷田園の姿も時代と共に變つたであらう。

（随筆集『息子かへる』青雅社、昭三二・一〇）

この引用に示されたように、彼のいう「故郷田園」は明らかに陶淵明に代表される中国の自然観を基盤とするものであり、おのれに絡みついてくる社会の絆をふりほどき、人間本来の姿に立ち返り得る世界であった。つまり譲治がその故郷田園の風景と意識するものは、幼少年時代に過ごした岡山の土俗的風土的な要素と陶淵明詩の鮮やかで清雅な風格が重なり合って合成された、いわば「観念的」な景色であった。同じ特徴は、彼のほとんどの作品にも認められ、宛然として陶淵明らしい風格で展開され、中国的自然を意識した造りとなっていることが指摘できる。

私は心の内に一つの世界があるのを覺える。そこは時のない永遠の國の様である。眼をつぶれば、その世界が心の内に展げて行く。そこには七つの時、十の時、二十の時、色々の時の自分がゐる。また祖父が居り、父母が居り、兄弟が居る。また親しかつた、或は今も親しい自分の凡ての友人が居る。彼等の中には今は此世にゐないもの、またゐても行くのに二ケ月もかゝる南米の果てに住んでゐるものもある。けれども彼等は凡て此心の國の中に生きてゐる。静かに落付いて、何の憂ひもなく。それのみでなく私にはその國も空も空氣も蒼く静かに澄んでゐる様に思はれる。そしてその國には充ちてゐる解らない一つの力がある。私の祈祷は、その國を思浮かべて、その力に人々のまた自分の静かな幸福を祈ることであるのみならず、私の創作は凡て此心の國から生れる。

（「編集室より」『科學と文藝』三年二号、大六・三）

しかし、故郷は彼にとって、〈再び歸ることの出來ないところ〉（「石井村島田」、前掲）であり、〈再び達し難き樂園〉（「故園の情」『都新聞』、昭九・四）であって、いわば帰還不能の田園なのである。彼は「現実の故郷」を捨てて、「心の故郷」を求め続けることに決心したのである。

四．「蟹と遊ぶ」のふしぎ

こうした「心の故郷」への思慕《ノスタルジア》を具象化した作品が、小説「蟹と遊ぶ」である。それは陶淵明の「桃花源の記」を踏まえて作ったと思われる。

「帰去来の辞」が陶淵明の「田園詩人」「隠逸詩人」としての代表的側面が描かれた作品だとするなら、「桃花源の記」は東洋のユートピア・理想郷の表現である桃源郷の語源となった作品として名高い。

陶淵明は晩年に有名な散文「桃花源の記」を書き、長い間その胸中に温め、慕い、そして希求しつづけた真実の人間の生活のある社会を、簡潔で抑制のきいた筆致で描いて、ユートピア社会を表現したのである。あらすじはこうである。

晋の太元のころ、武陵源の漁夫が川に舟を浮かべてすすむうち、突然、桃の花の咲きそろう林に出た。両岸に桃の花が咲き誇り、花びらがはらはら舞っている。林は水源で尽き、一つの山とほら穴があった。くぐり抜けるとからりと開けた土地があり、美しい田や池がひろがっている。村人は戦乱のことも時代の移り変わりも知らず、平和に暮らしていた。漁夫は歓待され、数日逗留して帰り、太守にかくかくしかじかと話した。太守は漁夫に人をつけてそこへ行かせようとした。しかしもはやその道を見つけることができず、その後もその地を訪れるものはなかった。

この散文は道教の仙人思想と結びついている。つまり、桃源郷は仙人の住む場所で、美しい想像の世界であり、情勢が激動する時代に人々が安定した社会へ憧れる気持ちを表すものである。桃源郷の物語として、あるいは別世界物語の香り高い嚆矢としても、世界の文学史上で最も早い到達を示している。

陶淵明の描いた「桃源郷」は、桃の花咲く水源の奥の密かな土地であり、この世とは別の世界ではなく、この世に対しては入り口を開いているが、そこへの再訪は不可能であり、また目的を持って追求したのでは到達できない、いわば地上の楽園だということである。再訪できないのは、それがこの世に存在しない架空の土地とされるトマス・モアのユートピアとは違って、日常生活を基底とするものので、すでに知っているものであるため地上のどこかではなく、心魂の奥底に存在しているからである。

譲治の短篇小説「蟹と遊ぶ」（『文科』第四輯、昭七・三）には、「桃花源の記」と同じような展開が見られる。

兄弟のいない三平は、兄さんがほしくてたまらなかった。秋の初めに、彼は不思議な夢を見て、兄さんと出会ったことを夢想した。

　三平は釣棹を荷いで、魚の籠を腰にぶら提げて、川岸を昇つて行きました。折々籠の中の魚がバタツバタツと跳ねるので、後向きになつて、草をのけて籠の中の魚を覗きました。魚は何だかものを云ひたさうな顔をしてゐました。そんなにも生き生きとしてゐるのです。三平は話しかけたら返事をしたかも知れません。

　その内段々四邊の景色が不思議に思ひ出しました。見たこともない處です。空が不思議な位蒼いのです。晝だといふのに、その蒼い空に星がキラキラ光つてゐるのです。草の色がまた不思議な程青い色をしてゐるのです。繪に描いたやうに濃い青色です。川も段々浅くなりました。川底の砂がまるで黄色なやうな色をして居ります。その上を水がチヨロチヨロ流れてゐるのです。そこをまた岩魚のやうな、香魚のやうな長細い魚が泳いで居ります。いいえ、そればかりか見れば遠くに低い丘があつて、丘の中腹に朱塗の塔が立つて居ります。塔は五重の塔で、塔の後の空に美しい虹が見えます。虹は丘から丘へクツキリと、丁度塔の飾りのやうにかゝつて居ります。何だか是は不思議な處だ。支那といふ處ではないかしらん―。と斯う三平は考へました。

（中略）

　丘の下に大きな一枚の岩があるのです。その下から水が流れ出て居ります。それがこの川の源です。その側に桃の花が咲いて居ります。とても美しい、目のさめるやうな桃の花です。その側に水車が廻つて居ります。水車の側の棒の上に、それは美しい一羽の黄色な鳥がとまつて居ります。それはいつ迄も動かず、ぢつと水車の廻るのを見て居ります。

（『村は晩春』河出書房、昭一五・六）

やや長い引用であるが、明るい野のひろがり、漁夫の格好をする三平は一人で野歩きに浮き浮きした気分。川を遡っていくと、道はしだいに奥へ奥へと入り込む。丘に五重の塔や水車があって、桃ばかりの林に出会う。そして、桃の枝から枝へ行き交う黄色の鳥。ここには、〈蒼い空〉〈月色の草〉〈黄色い鸚哥〉〈赤い五重塔〉〈桃の花〉そしてその背後に立っている〈七色の虹〉などふだん見かけた風景から、あたかも別世界が開けたようである。

この作品は素朴かつ新鮮で、さらに〈支那といふ處ではないかしらん〉などとあるように、構造的にも手法的にも「桃花源の記」に通うものであり、陶淵明の作品を意識して作ったことが明らかであろう。むろん、これは譲治が心の底で清逸超越的な桃源郷を憧憬していたもので、これから迷いのない生活を送ろうと自分に言い聞かせ、無為自然に身をまかせて生きることへの願望があったに相違ない。

三平は、そこで〈黒い服に黒いズボン、靴まで小さな黒い靴〉をしている一人の「支那」の子どもが手品をやっているのを見た。彼は三平の存在には気づいていないようで、〈いつ迄もいつ迄も茶碗を開けたり伏せたり〉して素早く稽古をするが、その側に〈眞黒の支那服を著た大きな支那人〉が恐ろしい様子でじっと見ていた。〈その子供が三平の兄さんなのです。兄さんは幼い時に支那の手品師につれて行かれて、あんなに支那手品師になつてしまつてゐるのです。…可哀想な兄さんー。〉と三平はそう思った時、夢がさめたのである。全身黒一色の「支那」の子どもに真黒の「支那人」と、中国人の子どもと中国人が不気味に仕立てられて、中国に対する差別的な意識が働く一方、「黒一色」の背景色は人間に内在する不安定な心のありようの象徴的表現と受け止められ、厳しい現実の中で歪められた子どもの心理を反映するのである。

春の初めのある日、三平は釣竿をもって鯰を釣りに出かけた。一つの橋の上で彼は夢で見たのとそっくりの景色を目にした。

行けば行く程見たことのある景色です。次第次第に一層面白くなりました。一番終りまで行つたら、どんなに面白い處へ出るでせう。とても樂しいことが待つてゐるやうです。

（中略）

處が、おや、これはどうでせう。彼方に丘があります。丘の上に五重の塔が立つて居ります。そして丘の下には一つの大きな岩があつて、岩の側では水車が廻つて居ります。さうです。水車が廻つて居ります。そして岩の上にはとても綺麗な桃の花が咲いて居ります。桃の枝には、目白でせうか、鸚哥でせうか、黄ろい鳥がとまつて居ります。美しい黄ろい鳥が繪に描いたやうにぢつと静かにとまつて居ります。…あの時は何だか氣味の悪いやうな不思議な景色でしたが、今は眞晝間、不思議なことも、氣味の悪いこともありません。何となく美しい樂しい處です。

（同右）

三平は夢の兄さんが「支那」手品を稽古していたところへ行ってみたが、そこにはそんな跡さえなく、砂の上に一つ穴が開いていて、一匹の蟹がブツブツ泡を吹いていた。三平は蟹に触って遊ぶのに夢中になり、もう兄さんのことなどを忘れたのである。締めくくりはこう結ばれる。

處が、翌日から三平は病氣して何日も遊びに出られませんでした。その内いつの間にか三平はそこを忘れて居て、夏の初め頃、ふとそこのことを思ひ出して、三平はまた釣棹を荷いで家を出ました。然し、どうしたことでせう。村のどの方へ歩いて行つて見ても、もうそこへ行く道が解らなくなつて居りました。

（同右）

空想といえば空想であったが、久しい前から譲治の心の地に描かれた田園というものが、自然にそういう形を取って現れてきたものと言ってよかろう。これはいうまでもなく彼の田園に対する深い愛情が描きださせた夢であった。

一篇の想意は、たしかに故郷岡山の風土自然に根ざした作者の心象スケッチを、秋・春そして夏の明るい自然の中に描いてみせながら、陶淵明風の情緒や色調の感じを出したもので、精神の高い境地をめざして描いたものであろう。自然の中に人生の価値が存在することに、譲治は気がついた。この作品はのちに譲治に自然によく調和する「童心浄土」というべき子どもの世界へ飛び込むことを決意させる、一つの基盤となったと思われる。

五．自然と一体化した主題

以上に述べたとおり、譲治は陶淵明の詩想を吸収し、それを思わせるような作品を次々と書き上げたのである。しかし、それは単なる模写ではなかった。「蟹と遊ぶ」についていえば、確かにストーリーの展開や話の進めかたが「桃花源の記」を土台にしているものの、その指向する桃源郷のイメージは大きく異なっている。「桃花源の記」の漁師が目にした桃源郷のイメージは「普通の世界と断絶して自若として平和に暮らす人々の様子」、すなわち老子が主張した理想社会の在り方である「小国寡民」といったものであるのに対し、「蟹と遊ぶ」の場合はそんな哲学的把握はなく、登場人物は三平一人しかおらず、自然以外は何も描かれていない。これは自然を友とする譲治の心のあらわれであろう。しかもそこに描かれた田園風景は、どこの田舎にでも見られるように、ごく平凡なものである。こうした怡然として屈託ない自然の中に生きていくことこそが、当時切迫した生活に苦しめられている譲治にとっては望ましい理想世界のあり方だったのではないかと思われる。譲治の芸術特徴として第一に挙げられるのは何気なく日常の自然をそのまま描いていることであるが、大切なのは自然と一体化した心態で自然を描写しているということである。

ともあれ、譲治の主題としたものは日常のものであり、日常の自然や生活をそのまま作品にした。そのため言葉も平易であり、誰にでも理解できるものとなった。そして平易ではあるが、その中に深い哲理を込めたのである。このような形式は譲治以前の児童文学にはあまり見られなかったことである。

参考文献

（1）「特集／坪田譲治生誕百年記念号」『季刊・びわの実学校』一四号、一九九〇・一
（2）「特集／坪田譲治・久保喬の世界」『国文学 解釈と鑑賞』六三巻四号、平一〇・四
（3）「特集／児童文学に描かれた〈自然〉」『日本児童文学』四〇巻一一号、平六・一一
（4）小田嶽夫『「善太と三平」をつくった坪田譲治』児童文学をつくった人たち四、ゆまに書房、一九九八・四
（5）中谷孝雄『陶淵明』新選詩人叢書、南風書房、昭二三・六
（6）釜谷武志『陶淵明―「距離」の発見―』岩波書店、二〇一二・九
（7）トマス・モア『ユートピア』岩波文庫、平井正穂訳、岩波書店、一九五七・一〇
（8）日本トマス・モア協会編『ユートピアと権力と死―トマス・モア没後450年記念―』荒竹出版、一九八七・一
（9）中西一弘編『児童文学［物語編］―資料と研究―』関書院新社、昭四六・五
（10）上笙一郎『日本児童文学の思想』国土社、一九七六・一一
（11）山室静『童話とその周辺』朝日選書、朝日新聞社、一九八〇・六
（12）西田良子『現代日本児童文学論―研究と提言―』桜楓社、昭五五・一〇
（13）西本鶏介『文学の中の子ども―有名作家が描いた子どもの姿―』小学館創造選書、小学館、一九八四・一二
（14）日本児童文学学会編『児童文学の思想史・社会史』叢書・研究＝日本の児童文学五、東京書籍、一九九七・四
（15）河原和枝『子ども観の近代―「赤い鳥」と「童心」の理想―』中公新書一四〇三、中央公論社、一九九八・二
（16）高橋理喜男『絵本の中の都市と自然』東方出版、二〇〇一・五
（17）笠原仲二『中国人の自然観と美意識』創文社、昭五七・二
（18）下川耿史編『近代子ども史年表―昭和・平成編』河出書房新社、二〇〇二・四
（19）北本正章・高田賢一・神宮輝夫『子どもの世紀―表現された子どもと家族像―』ミネルヴァ書房、二〇一三・七・一五
（20）宮澤康人編『社会史のなかの子ども―アリエス以降の〈家族と学校の近代〉―』新曜社、一九八八・二
（21）森山茂樹・中江和恵『日本子ども史』平凡社、二〇〇二・五
（22）劉迎『「正太」の誕生―坪田譲治文学の原風景をさぐる―』吉備人出版、二〇一四・一二

（23）善太と三平の会編『坪田譲治の世界』岡山文庫一五〇、日本文教出版、平三・三
（24）関英雄『新編児童文学論』新評論、一九六八・七

第二章　童話「樹の下の寶」論

―「夢」というファクター―

一．はじめに

一九五〇年代前半における児童文学の慢性的不況を打破しようとして、鳥越信らによる「『少年文学』の旗の下に！」（『少年文学』一九号、昭二八・九）を皮切りに、小川未明や浜田広介に代表される近代の童話伝統を否定し、創作児童文学に新しい道を開こうとした、いわゆる「童話伝統批判」の機運が高まっていた。こうした若者たちの異議申し立てに対し、譲治は、『論争よ起れ　上下』（『東京新聞夕刊』昭二九・七・二二～二三）という一文を書き、一定の理解を示したのだが、やがて彼自身も攻撃の標的にさらされてしまい、気鋭の若手たちからの厳しい批判を浴びるようになった。

戦後の坪田譲治論を大きく左右したのが、『子どもと文学』（石井桃子ほか著、中央公論社、一九六〇・四）に収めた瀬田貞二の「坪田譲治論」であろう。そこで瀬田は、戦後に出版された譲治の代表的童話集『サバクの虹』（岩波幼年文庫、岩波書店、昭三三・六）を取り上げ、その作品を、（1）大人のための小説、（2）子供のための小説、（3）昔語り、（4）夢語りとの四つに分類して、それぞれの間に〈実のところはっきりした筋目が立〉たないと指摘したうえで、いずれも子どもにはふさわしくないものと断定し、〈坪田譲治の作品には童話はない〉と結論づけたのである。

むろん瀬田の論は英米の児童文学理論に準ずるもので、リリアン・H・スミスの『児童文学論』（石井桃子ほか訳、岩波書店、一九六四・四）を下敷きにしたと思われることから、〈日本の児童文学に、子どもの主体をとらえたリアリズムの最初の重石を置いた〉（「坪田譲治論」『新編児童文学論』関英雄著、新評論、一九六八・七）という譲治文学の歴史的役割と、日本人の伝統的な生活感情の根源に根ざした譲治文学の特性を無視したものであった。
　本章では、（4）「夢語り」にしぼっての検討を試みるが、その源流たる童話「樹の下の寶」を例に、譲治文学における「夢」の本質およびその先鋭性を探ってみたい。

二、譲治の「夢」観

「夢語り」という言葉は瀬田の造語で、小説と方法がちがう物語形式の一つとして捉えられている。瀬田は、〈夢語りとは夢をそのままを、あるいは幻想の実感だけを書いた作品〉だと規定し、譲治の「ゆめ」（『銀河』三巻二号、昭二三・二）、「夜」（『銀河』三巻六号、昭二三・六）、「岩」（『赤い鳥』復刊一〇巻六号、昭一〇・六）、「サバクの虹」（『少國民世界』二巻一号、昭二二・一）、「よるの夢ひるの夢」（『時事新報』、昭二三・月日不詳）などを「夢語り」という項目に入れて、こう述べている。

　随筆というよりも、もっととりとめのないものに、夢語りがあります。譲治の夢語りというものは、じつにふしぎな性質のもので、ほかにまったくその例を見ることができません。短篇「夜」「夢」「よるの夢ひるの夢」などは、作者が実際に見ただろうと思われる、きれぎれな夢のつづきをそのままに書き残したものですし、「岩」「サバクの虹」などは、脈絡のない幻想風景にすこし筋をつけただけのものです。

（「坪田譲治論」『子どもと文学』、前掲）

瀬田は譲治童話否定の一因として、その作品が〈夢そのものだけをあつか〉い、〈文学的な訴えは感じられ〉なく、〈ファンタジーと反対の、重苦しい描写主義の産物〉だという点をあげて、それを〈痛覚ともつかず、不気味な皮膚感触だけを残して、それだけでは消える文学〉（「坪田譲治論」『子どもと文学』、前掲）と痛烈に批判している。これは明らかにリリアン・H・スミスのファンタジー解釈、つまり、〈ファンタジーは、独創的な想像力から生まれるものであって、ファンタジー作家は、抽象の世界から、命を創り出す、あの力なのである。それは、見えざるものの奥底まで入り込み、凡人にはのぞき得ない、神秘な場所に隠されているものを、光のさすとこにとりだし、凡人たちにもはっきり―あるいはある程度―理解できるように見せてくれるものである。〉（『児童文学論』石井桃子ほか訳、前掲）というのを踏まえた発言ではあるが、しかし、譲治童話における現実を生きる子どもの「日常性」や日本人の伝統的な生活感情に根ざした「庶民性」なども、日本近代児童文学の持つスリラー的要素と考えあわさなければ、解明できないことであろう。

こうした瀬田の「夢語り」論に対する児童文学界の評価は、じつに賛否両論である。同じく英米児童文学の立場に立つ猪熊葉子は、〈現実の環境の中に描かれていないため、童話には子どもの一般的心理とその行動だけが描かれ、具体的な個性をもった子どもが造型され得なかった。（中略）坪田譲治は子どもの生活をリアルに写す、筋のない生活童話とよばれるようになった童話の元祖となった〉（「坪田譲治論」『児童文学概論』、福田清人ほか編、牧書店、一九六三・一）と、瀬田の考えを敷衍したかのような発言をしているし、また、古田足日も、瀬田命名の「夢語り」に同調し、さらに形の上からそれを「夢」という枠を持っているもの（「ゆめ」「ひるの夢よるの夢」）と「夢」という枠を持たないもの（「ビワの実」「岩」「サバクの虹」）との二つに分けて、〈「夢語り」とは深層にひそむものの浮上、解放、また深層レベルでの統制であり、それは「夢」的とでもいうほかないイメージと展開を持つ〉と定義するが、「サバクの虹」での〈砂漠という新しいイメージと生命の生成、衰滅の展開〉は、〈夢は夢でも、これは「大きな夢」、神話的な夢である〉（「ふたたび『サバクの虹』を読む」『日本児童文学』二九巻二号、一九八三・二）と述べてその異質性を認めている。

　これに対し、鳥越信は、『サバクの虹』の解説で、「夢」「魔法」は〈豊かな空想〉であり、〈人間がだれでももっている、こうありたいという気持ち、こうあったらという気持ち、あるいは何かにつけてふっと感じる世の中や人間関係のふしぎさやおもしろさ、またとくに昔話などのおおらかなさなどが、一体にまじりあって〉結晶されたものであったから、〈「岩」のもつ手品のようなふしぎさ、「魔法」で見てきた善太の魔法を信じる気持ちと三平の好奇心、「サバクの虹」に描かれた空漠としたぶきみさ、「カッパの話」、「甚七おとぎばなし」、「お馬」、「キツネ狩り」など一連の昔話をとり入れた童話のもつ、なかば原始的ななかば開化した時代の神秘的なふんい気、「よるの夢ひるの夢」での浮浪児のあこがれ、いずれも坪田文学独特の境地といえる〉（岩波幼年文庫、岩波書店、前掲）と高く評価し、また、横谷輝は、坪田文学を〈現実と夢ないし幻想とのかかわり、あるいは事実と想像力のかかわりを基盤として成り立っている〉としつつ、〈こうした現実と夢のかかわりは、坪田譲治の個性がうみだしたものであるとともに、日本的な風土、あるいは東洋的な思惟と結びついている〉（「坪田文学における夢と現実」『坪田譲治童話全集巻一四・坪田譲治童話研究』岩崎書店、一九八〇・一〇）と指摘している。なお、関英雄の〈自然の神秘感そのものを描いた童話〉（「坪田譲治論」、前掲）や滑川道夫の〈夢も幻想も、深層心理を掘り起して描かれる〉（「善太三平論」『坪田譲治童話全集巻一四・坪田譲治童話研究』、前掲）などの論評も、瀬田命名の「夢語り」という系列を捉え直している。

では、なぜ譲治はかくも「夢」にこだわり続けていたのか。そしてそこに込めた狙いはどんなものだっただろうか。

譲治は「夢」を直接に論じたり定義したりしたことはないが、「夢」を「空想」と同義のように考えているのである。その作品に現れた「夢」は、「河童の話」（『赤い鳥』一八巻六号、昭二・六）、「ビワの實」（『赤い鳥』復刊一〇巻五号、昭一〇・一二）、「白い鳥黒い鳥」（『改造』一八巻一号、昭一一・一二）などセンチメンタルなものがあるものの、その多くが、〈豊かな空想〉や〈心性の描写〉（鳥越信「解説」『サバクの虹』、前掲）を基底にしたものであり、〈いっさいの子どもらしい好奇心〉（関英雄「坪田譲治論―初期作品を主として―」『坪田譲治童話全集巻一四・坪田譲治童話研究』、前掲）をそなえているのである。しかし、それは決して無意識の〈象徴の世界〉ではなく、〈その時代の世界観道徳観に對し緊密な関係を持つ〉（「兒童文學現状」『改訂児童文学論』西部圖書、昭二二・三）ものとして、そこには「現実的な人生観」が内包されているということである。

明治以來吾國童話の一番の特徴は、その内包するところのものが象徴の世界といふことである。童話の中には殆ど現實がなかつた。夢ばかりであつた。尤も童話の起源は神話や傳説から發達し來たものであらうからしてそれが象徴的であることはやむを得ないことではあるけれども、神話の時代、或は傳説の時代には、それぞれが話される時代に於て、その時代の世界觀道徳觀に對し緊密な関係を持つてゐた。だからして、例へ話は象徴的であらうとも、内包してゐる人生観は現實的なものであつた。自然まづその時代の成人を肯首させると共に、子供の心に少しの疑問もなく浸透して行つたのである。殊にそれが子供の讀みものとしてでなく、成人からおとぎばなしとして聞かせる場合に於ては、時代時代で自然にその時代的修正が加へられて、一層子供の耳に心に自然に入つて行つたに違ひない。

（「兒童文學現状」『改訂児童文学論』、前掲）

譲治はまた、〈現代童話の内容のどのやうな處が、時代離れがしてゐるか。言つて見れば、餘りに兒童の世界を尊重し過ぎる。（中略）餘り美し過ぎ、餘りに單純過ぎ、餘りに物事が容易に行はれ過ぎ、從つて餘りに弱過ぎる。結局、餘りに子供の心を迎へ過ぎるといふのではあるまいか。〉と書き、〈そのやうに童話を讀んだ子供が、みな不生産的なものになる〉（「兒童文學現状」、前掲）と批判して、子どもたちに現実を見せることの大切さを次のように強調している。

童話に於て美しい空想の世界を描いて見せることは素より結構なことであるが、また一面に於ては艱難の多い、この荒波を描いて見せることも、つまり現實の世界を、ある程度まで描いて見せることも必要でないかと考へる。空想的過ぎるものは今迄にあつたけれども、現實的過ぎるといふ童話の傑作はまだ世に現れない。現代日本の童話が餘り現實的で、空想的貧困を来してゐるとは小川未明氏がある雜誌で言はれてゐるところのものであるが、私は童話のもつと現實の深みに進んだものが現れていゝし、現れなければならないと考へる。

（「親父ごゝろ」『班馬鳴く』主張社、昭一一・一〇）

こうして考えると、機械文明を批判した「樹の下の寶」（『赤い鳥』二〇巻六号、昭三・六）に端を発した譲治の社会への「夢」意識が、のちに「包頭の少女」（『令女界』一八巻一一号、昭一四・一一）など戦争協力系列の作品を経て、空襲で焼け野原となった東京を描いた「サバクの虹」（『少國民世界』、前掲）、敗戦による厳しい生活を余儀なくされた戦災浮浪児問題を取り上げた「ひるの夢よるの夢」（『時事新報』、前掲）や「一人の子供」（『新女苑』一一巻二号、昭二二・二）、そして混沌とした戦後社会におけるある不良児の改心をあつかった「春の夢秋の夢」（『春の夢秋の夢』新潮社、昭二四・二）へと続き、その書かれた「夢」が、社会的状況の変化によって、抱えていたものを少しずつ言語化していくのである。

三．〝青い鳥〟から『赤い鳥』へ

譲治の初期の文学的活動は、小川未明および「青鳥會」の影響のもとで行われていたと言っても過言ではあるまい。

明治四一年（一九〇八）三月、自然主義陣営から〈空想過剰〉とか〈情緒主義〉と非難され、逆境に追い詰められた未明は、新ロマンチシズム文学の最後の砦ともいえる文学研究団体「青鳥會」を起こした。会名はメーテルリンクの小説『青い鳥』にちなんで未明が命名したのであるが、譲治はこの命名を〈革命〉と言って、〈新時代の到来を表している〉（「『黒煙』の思い出」『黒煙　復刻版別冊』近代文学資料保存会、昭三八・三）としているのである。会の設立の目的について、未明は後年こう回想している。

私は、人間の空想などを排除して、ありのままの現實を描寫するといふ自然主義とは相容れず、どこまでも眞實を正しく見ながらも空想的にゆきたいと思つて、新ロマンチシズムの文學を研究するために〝青鳥會〟といふものを起しました。

（「童話を作つて五十年」『文藝春秋』二九巻二号、一九五一・二）

早大入学当初（明治四〇年）から未明に師事しその心を学んできた譲治は、未明を先輩作家と仰ぐ生田蝶介、新井紀一、浜田広介ら早大出身の作家たちとともに、「青鳥會」に参加し、文学を論じたり作品の創作合評会を開いたりして盛り上がった。また、譲治は二回目の例会で幹事となって活躍したし、さらに機関誌『黒煙』（三号まで）の編集という重責も一任されていた。

『黒煙』は、藤井真澄と私と二人で三号くらいまでお金を出し合ったのです。未明先生は金は出さないけれども原稿は書いてやるといわれて、三人で三号くらいまでやりました。それが私の三十ぐらいのときだから関東震災の四、五年か五、六年前です。私が関係したのは最初の三号だけですから、童話特集号はその中の一冊ですよ。「白い石」とか何とかいう題の童話を書きました。

（「対談Ⅱ（菅忠道×坪田譲治）」『坪田譲治童話全集巻一四　坪田譲治童話研究』岩崎書店、一九八六・一〇）

譲治は、『黒煙』誌上に計三篇の作品を発表している。都会生活における閉塞の意識を、故郷の田園の中で開け放ち、静かにおのれをとり戻す「小説　森の中へ」(一巻一号、大七・三)、夏の真昼における村の少年のいわれなき不安や恐怖の心理をリアルに描いた「小説　白い石」(一巻二号、大七・四)と都会にいても故郷の夢を見つづける正太の望郷的な思いをうまく汲み上げた「童話小説　村に歸るこゝろ」(一巻三号「童話特集号」、大七・五)は、いずれも白昼夢のようなものであり、唯心的でペシミスチックであるが、日常の風景、日常の生活の奥にあるものを探り出そうとする譲治の心象世界を反映して、人生問題について精一杯考え込んだ青年譲治の姿がふっと思い浮んでくるのである。

ところで、大正八年(一九一九)四月に、譲治は母や兄の催促により急遽岡山に帰ったため、青鳥會から離れるようになった。資金提供をなくした『黒煙』は、第二巻第二号を出した後、財政困窮のため大正九年(一九二〇)に廃刊した。いっぽう「青鳥會」は、のちに反資本主義的・民衆芸術的傾向への転換を果たして、労働文学者を世に送り、プロレタリア文学盛行への道を開く歴史的使命を終えて昭和八年(一九三三)二月ごろに解散した。

大正一二年(一九二三)、文壇復帰後の譲治は、しばらく未明の影響になる作品の意欲的な創作があった。「カナリヤ」(『原始』一巻八号、大一四・八)』、「子供の憂鬱」(『潮流』、大一四・九)、「正太樹をめぐる」(『新小説』三一年八巻、大一五・八)、「枝にかゝつた金輪」(『新小説』三一年九巻、大一五・九)、「虹」(『大阪毎日新聞』、昭二・四)などといった一連の作品に見られるように、敬愛なる未明の傷心を慰籍するため、あっけなく逝ってしまった愛児をしのぶ親の心を描いた作品のほか、「三輪車」(『新小説』三一年一一巻、大一五・一一)、「正太弓を作る」(『文章往來』一年五号、大一五・五)、

「正太の夢」（『サンデー毎日』六年一七号、昭二・四）などでは、構図において「夢」を設定したうえで、さらに郷土の穏やかな田園、多様な動植物、鮮やかな光と色、子どもの遊び、老人と子ども、不安と恐怖などの材料を取り入れ、それと直結させて実感的に自然そのものを描き出しているのである。

　こうした多愁善感な坪田文学に大きな転機をもたらしたのが鈴木三重吉との出会いであった。

　私に『赤い鳥』に童話を書いてみないか、とすすめてくれた人は難波卓爾氏です。（中略）難波氏が当時『赤い鳥』にさしえを描いていた深沢省三さんと親しかったので、深沢さんを紹介してくれました。その深沢さんが「河童の話」を鈴木先生のところへ持って行ってくださったというわけであります。しかし、この作品はあまり先生の注意をひかなかったと記憶しています。鈴木先生という方は、文学上のリアリストであったようで、幻想的な作品よりは、どうもリアリスティックな作品を気に入ったり、ほめたりされたようです。「河童の話」が事実上の私の童話の処女作というべきものかと思いますが、つづいて載った「善太と汽車」以来、鈴木先生がなくなられるまでの十年間に、私は『赤い鳥』に四十篇もの作品を載せてもらいました。

（「あとがき」『坪田譲治全集巻七』新潮社、昭五二・八）

　明治以来の教訓的なお伽噺にかわる新たな童話の創作を目指す三重吉は、大正七年（一九一八）七月に、〈現文壇の主要なる作家であり又文章家としても現代一流の名手として権威ある多数名家の賛同を得〉（「赤い鳥の標榜語」『赤い鳥』創刊号、大七・七）て、月刊雑誌『赤い鳥』を主宰発行することになり、芸術的に価値のある童謡・童話を子どもたちに提供しようという画期的な運動をスタートさせた。文壇の作家が子どもを対象とした作品を書くこと自体珍しかった時代にありながら、創刊当時の『赤い鳥』へは芥川龍之介、有島武郎、島崎藤村など有名作家たちからオリジナルの童話が寄稿され、いまに伝わる数多くの名作が誕生したのである。

昭和二年（一九二七）、譲治は短篇「河童の話」（一八巻六号、昭二・六）をもって『赤い鳥』に初登場した。彼が三七歳の時であった。〈事実上の私の童話の処女作〉ともいうべきこの作品は、祖父が自身の子どもの頃に出会った「河童の話」を孫たちに語るという話であるが、幻想的な要素はあっても、構成力において新味はなく類型的な傾向が見られるし、話を聞く子どもたちよりも、話を語るお爺さんのほうにウエイトが置かれることから、子どもの世界が「子どもの神経ないし感覚」で描かれているという坪田文学の特色は、この作品においてはまだ充分に果たされていないと言ってよいであろう。

周知のとおり、大正期になると、デモクラシーの波に乗って、児童文学は大きな変化を見せたのである。子どもに子どもの世界があるという新しいモットーである「児童の個性尊重」や「童心の解放」に基づく近代的な子ども観が浸透し、それまでの「子ども向けだからそれなりに」という考えから「子ども向けだからこそ質の高いものを」との発想の転換があった。この機運から『赤い鳥』が創刊されるようになり、〈一大區劃的運動の先驅〉（「赤い鳥の標榜語」、前掲）を成し遂げたのである。三重吉が『赤い鳥』で目指したのは、〈子供の純性を保全開發するために〉、〈藝術として眞價ある純麗な童話と童謡を創作する〉ことであり、芸術的な児童文学として読まれる〈質の高い作品〉（「赤い鳥の標榜語」、前掲）を目標としたのであった。〈子供の純正〉という言葉に、「子ども」を純粋無垢なものとして理想化する大正期の子ども観がよく表れている。また、創作においても、三重吉は、〈經驗してゐないことを子どもに書かせる創作は人工的で虚飾に満ちた文章を生む〉（「作文募集要項」『赤い鳥』一巻一号、大七・七）と痛烈に批判して、子どもの生活感情を十分に尊重すべきだと強調したうえで、『赤い鳥』の投稿方針を、〈子供の心理又は子供を中心とした日常の事實を描いた現實的な作品〉（「童話と童謡を創作する最初の文學的運動」『赤い鳥』六巻一号、大一〇・一）と決めたのであった。つまり、関英雄に言わせれば、譲治が『赤い鳥』に登場した昭和二年（一九二七）頃の児童文学界の状況は、〈ロマンチシズムの時代は峠を下り、リアリズムの息吹がきこえてきた〉（「譲治童話の児童文学史的位置」『坪田譲治全集』月報三、新潮社、昭二九・一〇）というのである。

この影響を受けて、デビュー作「河童の話」で期待どおりに成果が上がらなかった譲治は、方向転換をせざるを得なくなった。この時期を境に、譲治の作風は、「神秘的思想をきわめたセンチメンタルな感傷文学（ネオ・ロマンチシズム）」から「子どもの実生活に立脚した豊富な空想を主体とする現実的生活主義文学（リアリズム）」に変わっていく。それに応えるべく、リアルな子どもの日常生活を描きながら、大人の知らない子どもの夢と生きがいが語られる第二作「善太と汽車」（『赤い鳥』一九巻四号、昭二・一〇）はみごとに功を奏し、三重吉から、〈あゝいふヒューメインな味のある上品なユーモアは、赤い鳥十年間の緒家の作中、まだ一度も出て來ませんでした〉（坪田譲治「鈴木先生書簡より」『児童文学論』、月日書院、昭一三・九）と高い評価を得ている。この書簡に感激を覚えた譲治は、その後、三重吉の意に沿うような現実性の要素を強めた作品を書きつづけ、『赤い鳥』に四〇篇も投稿したのであった。

しかしながら、譲治は本質的にはロマンチシズムの作家であり、ロマンチックな性向および象徴主義的な表現をすてたどころか、それ以後の作品を見て分かるように、写実的な表現だけでは表せない深い象徴性と抒情性を主観的な表現によって深化することで、客観的現実と作者の主観的解釈とをたくみに組み合わせたのである。この点を明確に示した作品が短篇「樹の下の寶」であろう。

昭和三年（一九二八）六月号に発表された「樹の下の寶」（二〇巻六号）は、譲治の『赤い鳥』掲載作品の五作目となる。ちなみにこの作品が掲載されてまもない昭和四年（一九二九）に、『赤い鳥』は経営難の危機に陥り、経済的基盤の弱さから三月号をもって第一期の発行を終える。

短篇「樹の下の寶」の内容の梗概を記せば次のようである。

縁側にすわって居眠りをしているお爺さんは、夢の中で一人の少年がカシの木の下でものを埋めたり掘り出したりして遊んでいたのを見た。それが少年時分の自分の姿であった。すると、昔の日々を懐かしむお爺さんは孫の正太をつれて四十年ぶりに故郷へ帰ったが、家やカシの木や田んぼなどが何もかも無くなってしまい、代わりに大きなコンクリート作りの工場や黒雲のような恐ろしい煙を吐き出す大煙突が建てられたという話である。

「樹の下の寶」は、お爺さんが子どもに夢の中のふしぎな出来事をユーモラスに語るという作品構成の基本的な骨組みにおいて、「河童の話」を引き継いでいる。しかし、両者の違う点は、一方がただ大人（お爺さん）の子どもへの愛情の表出だけであるのに対し、他方は子どもを通して大人の世界を批判しているということである。こうした社会性の獲得によって、坪田文学における物語アーカイヴスの拡大や表現の密度の具象化がいっそう充実していくのである。

四．「樹の下の寶」の主題

以上、短篇「樹の下の寶」の成立に関わる諸素因をめぐって考察してきたが、次はこの作品の主題について考えてみよう。

この作品における主題は、おもに次の二点があるように思う。

一つは、人生の源としての「童心」の真実である。このことについて、関英雄の以下の意見に的確に示されているであろう。

この童話は人生の推移を語り、「人移りて山河あり」という感を抱かせるが、主題は祖父から子へ、孫へと、承けつがれてほろびることのない童心の真実である。「木の下の宝」とは、いわば子宝のことともいえよう。

（「坪田譲治論—初期作品を主として—」『新編児童文学論』、新評論、昭四三・七）

『赤い鳥』の「子ども観」の影響で、この時期の譲治は「童心主義」に強い関心を抱き、創作において積極的に取り入れていったのである。譲治は、〈童心におぼれた童話〉は〈眞實の童心〉ではなく、〈センチメンタルな愛情である〉とし、汚れを知らない〈童児キリストの心〉とか、大人の理想化した〈永遠の兒童〉などといった童心論者の立場を批判した（「兒童文學の早春」『都新聞』、昭一一・三・一五〜一八）ものの、彼にあっても、子どもは大人の理想の存在であることに変わりなく、子どもを素朴で素直で美しく穢れないものとして捉え、その作品からは、彼の子どもへの強烈なあこがれを感じとることができるのである。

譲治の主張した〈眞實の童心〉には、子どもへの愛、子どもの感覚、子どもの社会意識などの要素が内包されていて、その中核をなすのは、紛れもなく「童心」で表される「人生」そのものである。彼は童話を〈與へる藝術〉と規定し、次のように述べている。

童話といふものは、小説などゝ違つて、訴へる藝術ではない。與へる藝術である。こんな心づかひがなければならない。然しホントウに、子供を喜ばせるためには、どんな心づかひが要るだらうか。何より眞實を語らなければならない。眞實といふことは、子供にとつて、成人よりも大問題である。人生の出發に於て、眞偽に無關心であるやうなことをさせてはならない。それこそ、無貞操を教へるやうなものである。

（中略）

眞實といふものは、人生のエキスである。「開いては萬朶の櫻となり、凝つては百錬の鐵となる。」といふ精神のやうなものである。これあつてこそ、精神文化に力があるのである。言はゞ、生命のやうなものでゞもあらうか。

（「與へる藝術」『兒童文學論』日月書院、昭一三・九）

この作品には、「童心」が「昔の子ども」（幼少時のお爺さん）と「今の子ども」（正太）との両方に並置されていて、その成り方は逆の方向に向いているのである。「昔の子ども」は夢という構造を取っているが、五日間続きの夢は、いずれも夜ではなく、〈日のよく当たる〉昼の縁側で見た、いわゆる白昼夢である。その中で昔の子どもが、金輪、竹トンボ、弓や矢、そして竹馬などを持って次から次へと登場し大いに活躍する。しかし、〈金輪を廻し〉たり、〈竹トンボを空へ飛ばし〉たり、〈竹馬に乗つ〉たりするなど故郷の自然で遊びほうける子どもらしい動作の描出があっても、子どもの言葉は一言も書かれていないし、表情も気持ちも一切見られない、ただ子どもだった当時の記憶が強く刻印された非現実的な子どもの姿にすぎない。一方、〈お爺さんはどうも不思議でなりません〉とか〈お爺さんはまだニコ〳〵してをりました〉とか〈さめてもお爺さんは、「なるほど、さうだつたのか」とさも感心したやうに言つてゐました〉などとあるように、話はお爺さんの言動を中心に展開されていて、お爺さんが自身の記憶をもとに夢の中で子ども時代を再構築したのである。これがまさしく未明の言う大人にも通じる〈永遠の童心〉(「私が童話を書く時の心持」『早稲田文學』一八七号、大一〇・六)なのである。言い換えれば、子ども時代の原体験として作者譲治の心に深く刻まれているものがそのまま再現されているということであろう。こうした大人が少年時代に失われた至福の世界をもう一度取り返そうとする「永遠の童心」が、話のそこかしこに流れている。

これに対し、「今の子ども」(正太)に現れた「童心の純粋さ」は、譲治特有のリアルな口語体による直接話法の会話文によって生み出されているのである。

「ほんとう、お爺さん、ほんとうに出て來るの。」

「いゝや、それが夢なんだ。夢なんだが、ほんとうなんだ。お爺さんの國の家にも、丁度あの通りの古い樫の樹があつたんだ。その樹の下に、お爺さんは小さい頃、大きな穴を掘つた。そしてその穴の中に色々のものを埋めたんだ。大きくなつて掘り出さうと思つてね。ところがそれからもう五十年も時がたつた。今までお爺さんは忘れてゐたんだよ。今頃になつて、その穴から色々のものが出て來るんだ。この縁側でコクリ〳〵とやつてると。」

「ほんとに出てくるの。」

「ほんとにさ。」

「あの樹のところに。」

「うん。さうだよ。」

「それぢあやつてごらん、コクリくを。正太が見てゐるから。」

「いゝや、それはお爺さんにだけ見えるんだ。正太になど見えやしないよ。」

「なあんだ。」

つまらなさうに正太が言ひました。


（『坪田譲治童話集　魔法』健文社、昭一〇・七）

内容は素朴で直截簡潔ではあるが、話す大人と聴く／聞く子どもが共有する親密な時空間がうまく会話の中に織り込まれて、この場面からは、大人の語りの言葉に熱心に聞き入る子どものイメージが浮かび上がってくるのである。正太のことばには、生き生きとしたナマのものをそのまま持って来ている。直観的な言葉、感性的な表出、そして美しいボキャプラリーによって、正太という子どもの性格がはっきりと表現されていて、そこには感傷的に、あるいは観念的にとらえられた子どもでもなく、教育の対象としてとらえられた子どもでもない、ありのままの子どもの姿がある。大人に対して目と耳が開かれた子ども、子どもの好奇心の対象としての大人という「子ども―大人」関係や、そこから引き出し得る「聞く／聴く子ども」のイメージは、譲治の子どもの頃の実体験に根ざしている点で興味深い。

二つの「童心」は溶け合い、一体となって大人も子どもも共有できる世界をつくり上げるのが坪田文学の特質だと言われているが、譲治の初期の作品に限って言うならば、安藤美紀夫の〈坪田譲治にとって、いわゆる白昼夢的な作品というのが、やっぱり大人と子どもの接点のような気がする〉（「座談会／坪田譲治―人と文学」『日本児童文学』二九巻二号、一九八三・二）との発言が一応妥当だろうと思う。

もう一つは社会的意識としての文明批判という主題である。作品の後半になると、人生と社会を批判する意識がより鮮明になっていき、大人への批判と重ね合わせ、現代文明批判ともなっているのである。

> お爺さんのくには何日も汽車に乗つて行く、遠い〳〵野原のかなたの方にありました。もつとも昔は野原であつたくにの村も、今ではたいへんにぎやかな町になつてゐると聞いてをりました。しかし、いよ〳〵樂しみにして來たくにの町へついて見ますと、もうどこもかしこも變つてしまつて、お爺さんの家どころか、村のあつたところさへ分かりません。そこら一面が大きな〳〵工場と、たくさんの人や自動車が、道を横ぎる暇もないほど往來してゐる大きな町になつてしまつてゐました。
>
> それでも、せつかく來たのだからと、お爺さんは町の役場に行つて、昔の家をさがしてもらひました。ところがどうでせう。あの樫の樹のあつた家のところには大きな〳〵紡績の工場が出來てゐました。それは何千人といふたくさんの職工のゐる會社で、コンクリート造りの工場は何町四方ともいふやうな大きなものでした。

その中ではガチヤぐ〳〵と話聲も聞えないほど、たくさんの機械の音がしてをりました。それに空にそびへて、突き立つてゐる大煙突からは黒雲のやうな恐ろしい煙が吐き出されてをりました。このとき、

「お爺さん――」

と、正太が心細さうな顔をしました。すると、お爺さんは、

「いゝや、これはところがちがつてるんだ、どこかに、きつとあの樫の樹はあるにちがひないんだ。」

と、言ひました。けれども、とう〳〵分らなくて、二人はまた自分の家に歸つて來ました。

（「樹の下の寶」、前掲）

大正八、九年（一九一九〜一九二〇）頃、人道主義的社会主義の影響を受けて、譲治は社会的システムへの反撥反感を吐露し、「絶対自由」を手に入れようとする一筋の赤い糸のライン上の作品を書いていた。小説「森の中へ」（『黒煙』一巻一号、大八・三）では、早稲田大学図書館勤務時代の憂鬱な心情をモチーフに、常に気張っていなければならなく、たいへんなストレスを感じて、〈みな冷酷で神経質〉の社会的システムや息の詰まる日常を突き破ろうと努める心の叫びを発した。小説「崖」（『地上の子』二号、大九・二）では、〈ただ煩はしく、たゞ悩ましい〉毎日に追い詰められ人生の崖ぶちに立たされた数学教師Ｋが、〈絶対自由の世界〉を手に入れようとする「自意識」覚醒への欲求を吐露した。そして小説「何を砕かむ」（『地上の子』五号、大九・月未詳）では、破壊衝動に駆られた「私」が、脳病院の窓ガラスを叩きこわし、その束縛から逃れたいというふうな息苦しさを手紙で綴ってい

た。これらの作品は、社会の不条理に苦しみ、怒りを抱える譲治の叫びが大きなエネルギーとなって生み出されたものであり、その不条理な社会への「怒り」「不満」「絶望」などといった「病的な神経」が根底に流れている。

こうした衝動的で破滅的な言動とは違って、「樹の下の寶」では、きわめてバランスの取れた、冷静な感覚で機械文明への批判を処理しており、譲治文学が成熟することを示している。資本主義文明の自然と人間に及ぼした影響を象徴的に写すが、ふたたび戻（帰）れない自然と故郷への喪失感が作品の基底となっていると思われる。

皮肉なことに、近代的自覚を持っていちはやく石井村にランプ芯工場を建設し、〈小さな《日本資本主義発達史》〉（坪田理基男著『坪田譲治作品の背景―ランプ芯会社にまつわる話―』理論社、一九八四・四）を始めたのが、ほかの誰でもなく、譲治の父平太郎であった。

この二つの小説（「お化けの世界」と「風の中の子供」＝劉注）や、私の他の作品の背景になっている島田製織所という工場は、私が生まれる十年ほど前の明治十三年に、父平太郎が興したものです。ランプやローソクの芯を織る会社ですが、その時代は、行燈やタイマツの江戸のくらしから、文明開化のランプの時代が始まろうとしていたのですから、事業は大変栄えました。父はいかにも明治の人らしい、進取の気性に富んだ人間であったのです。明治三十年、父がわずか四十二歳でなくなるころは、郷里の村には織機三十台ばかりに、従業員百人近くの蒸気動力を持つ工場があり、大阪にも支店を持ち、もう動かざる基礎ができていました。父がなくなると、十八歳の兄が学業をやめて事業に加わりました。

（「あとがき」『坪田譲治全集巻三』〈一二巻本〉新潮社、昭五二・九）

ランプ芯工場は最盛期に百人余りの従業員を有し、その製品が日本国内のみならず、広く中国や東南アジアなど海外にまで販路を拡げていったというほど大きな発展を遂げたが、平太郎がなくなると、状況が一変してしまった。〈父の死と共に烽火一時にあがり、九軒の親族は二つに分かれ三つに分かれ、互にあさましいしのぎを削つたのであります。〉（「家」『精神分析』二巻三号、昭九・三）とあるように、家業をめぐる親族間の骨肉相食む争いに巻き込まれて、心身とも疲れきった譲治は、「現実の故郷」を捨てて「心の故郷」を求めて生きていくと決心したのであった。そういう痛々しいほどの「過ぎ去りした日々の記憶」が、譲治の精神史にターニング・ポイントをもたらしたことは疑いないであろうし、黒霧のように譲治文学を覆っているのである。

五．内田百閒「お爺さんの玩具」との比較

「樹の下の寶」は発表当時、文壇においてどのように評価されたかについて、内田百閒の短篇「お爺さんの玩具」を手がかりにいささか考察してみたい。

夏目漱石門下の内田百閒（一八八九～一九七一）は、岡山市出身で、第六高等学校を経て東京大学独文科へと進み、いわゆるエリートコースを辿った。大正三年（一九一四）卒業後、陸軍士官学校、法政大学などでドイツ語教授を歴任するが、そのかたわら創作に励み、大正一一年（一九二二）二月、漱石の『夢十夜』やE・T・A・ホフマンの作品を発展させた幻想的な小説集『冥途』で文壇デビュー

を果たした。昭和八年（一九三三）頃から文筆業に入り、『旅順入城式』（一九三四・二）、『地獄の門』（一九四〇・五）、『東京焼盡』（一九五五・四）などを刊行する一方、『百鬼園随筆』（一九三三・一〇）、『續百鬼園随筆』（一九三四・五）、『無絃琴』（一九三四・一〇）、『阿房列車』（一九五二・六）などの随筆でユーモアと俳味に富む唯美主義的な独特の味わいを発揮した。

百閒が児童文学での仕事はそんなに多くはないが、同門の鈴木三重吉の誘いで童話「キツネカネツキ」（昭三・四）と「紅玉の墓」（昭三・五〜六）の二篇を『赤い鳥』に発表したし、また、『コドモノクニ』、『金の星』などの児童誌にも数編の童話を書いた。さらに昭和九年（一九三四）二月に、絵入りのお伽噺集『王様の背中』を楽浪書院より、昭和一三年（一九三八）一二月に、ゲーテの傑作を翻案した童話『狐の裁判』（少年少女世界文庫一四）を小山書店より出版した。

譲治が文壇デビューした昭和一〇年（一九三五）ころには、百閒はすでに随筆の大家として文名を馳せることになった。譲治にとって、百閒は尊敬されるべき同郷の先輩だっただろうと想像に難くない。

百閒と譲治とのつながりは、ともするとあまり深くないようにも思えそうであるが、実は二人には共通するところが多く、同じく岡山出身のほか、人柄や性情、そして文学的思考までもよく似ているのである。百閒は譲治より一つ年上で、造酒業の長男として岡山市東の古京町に生まれ育った。一方、島田製作所（ランプ芯工場）の次男として生まれた譲治は、西の御野郡石井村島田（今の岡山市）で幼少年時代を送った。ちょうど岡山市街を真ん中に挟んでいることから、二人は「東の百閒、西の譲治」と呼ばれ、岡山の近代文学を代表する双璧だと言われている。ちなみに一九八四年に岡山市より「坪田譲治文学賞」が発足され、一九九〇年に岡山県が「内田百閒賞」を設立した。

また、二人とも「故郷ぎらい」で周知の通りであるが、それぞれ事情が異なる。百閒の場合は、「嫌い」というほどのものではないが、東京に出た後、岡山への帰省は二〜三度しかなかった。めったに岡山へ帰ろうとしない理由について、彼はこう釈明している。

なぜ僕が、岡山に歸らぬかとおつしやるけど、それは歸るわけにはいかないんだ。僕は岡山が、大切で大切でしやうがないのです。そこへいま歸れば、いまの言葉でいふイメージですか、それが全部くづれちやふでせう。それをくづさないため、岡山には近づかないやうにしてるんですわ。……新しい岡山を見るのもいいが、見たとたんに古い故郷がなくなつてしまふから。……（記者に向かつて）だから、岡山には僕は行かないよ、といつといて下さい。

（「故郷を語る／高橋義孝氏との対談」『山陽新聞』、昭四一・一・九）

「古い故郷」のイメージを念じて心に思い留まらせるため、わざわざと「今の故郷」を敬遠してしまっているというのである。なお、譲治の故郷への思いについては、「第一部第一章　坪田文学における漢詩文受容の諸相」の中で詳述しているので、ここで省くこととする。動機が違うものの、岡山をあとにした二人の胸の裡に去来したのは、〝心の故郷〟の四文字ではなかったろうか。つまり、百閒の望郷の念の奥にあるものは、〈今の現實の岡山よりも、記憶に殘る古里の方が大事である〉（「列車寝臺の猿」『新輯内田百間全集巻一五』福武書店、昭六二・三）という考えであって、これは、〈實在でない故郷、觀念の故郷、いはゆる永遠の故郷〉（「野尻雑筆」『中外商業新報』、昭一五・六・九〜一〇）を求めてやまないという譲治の姿勢と一致するのである。

二人の文学での最初の接点は、『赤い鳥』誌上においてだっただろうと思われる。実は「樹の下の寶」が載った『赤い鳥』二〇巻六号（昭三・六）に、百閒の「紅玉の墓」も掲載されていた。おそらくそこで「樹の下の寶」を目にした百閒は、その着想に同感をおぼえ、のちに同じ趣旨の「お爺さんの玩具」を作っただろうと考えられる。この作品を含む九つの短篇を収めたお伽噺集『王様の背中』（谷中安規画、楽浪書院、昭九・四）の「序」に、百閒はこう書いている。

この本のお話には、教訓はなんにも含まれて居りませんから、皆さんは安心して讀んで下さい。どのお話も、ただ讀んだ通りに受け取つて下さればよろしいのです。それがまた文章の正しい讀み方なのです。

作家の平山三郎は、〈百閒童話は、その随筆文章と同様、オリジナルなのである〉としたうえで、〈いづれの掌編にも、まことにのんびりとした童話世界が現出する〉（「王様の背中」『名著複刻日本児童文学館第二集　解説』ほるぷ出版、昭四九・一二）と評価したが、しかし、九篇の初出については、私の調べたところ、うち八篇は幼年童話雑誌「コドモノクニ」掲載の確認ができているのに、この「お爺さんの玩具」一篇だけが、掲載誌は不明で初出が分からないままである。もしかしたらどこにも公表せずに作品集に収録されているのかもしれない。

「お爺さんの玩具」の前半は次のようである。

お爺さんは日向ぼつこをすると、いつでも居眠りをしました。

するときまつて夢を見ました。お爺さんのうしろに、大きな銀杏の樹があつて、その根もののところを一人の子供が、一生懸命に掘つてをりました。

あくる日もお天氣がいいと、お爺さんは、おんなじ場所で日向ぼつこをしました。すると間もなく眠くなつて、居眠りを始めるのです。さうして、又おんなじやうな夢を見ました。

いつもいつも、始めの方はおんなじ夢でした。しかし何度も見てゐるうちに、子供の掘る穴が段段深くなつて、しまひには、その中から、いろいろの玩具が出て來ました。

お爺さんは、その玩具に見覺えがあるやうな氣がして、夢の中で一生懸命に眺めてをりました。そのうちに、やつと解りました。それはもう何十年も昔のお爺さんの子供の時の、玩具でした。

ここだけを読んでも譲治の文章を敷衍したことがすぐ分かるが、その後の展開も「樹の下の寶」そっくりである。最後に、孫の声で目を覚めたお爺さんは、〈夢の中で、いつも銀杏の樹の根もとを掘つてゐた子供は、お爺さんの子供の姿なのであります〉と悟ったところで話が終わる。これにより、「お爺さんの玩具」が「樹の下の寶」における夢の部分だけを切り取って出来たものだったことは明らかであり、また、文字数はその半分程度しかないのだから、あたかも「樹の下の寶」のシンプルバージョンかのようなものである。

「樫の樹」を「銀杏の樹」と取り換え、掘り出されたいろいろな玩具を「獨樂」の一つに絞ったなどといった改変は認められるものの、両作品の決定的な違いは、作者それぞれの創作態度や思想によるものだと思う。

百閒は、何の教訓も、感動もなく、しかしそこはかとないおかしみを感ずるとことわっているようであるが、明確な主題は提出されておらず、創作意図があいまいなため、新味はなく類型的な傾向が見られる。特に人物像について言えば、お爺さんも子どもも平面的に描かれていて、表現の密度は起伏に乏しく、細部の描写に具象性の足りない感がある。これに対し、譲治は、思想性が高く、独自の人生解釈を展開することによって、童心を「自然の摂理」と捉えるという不滅で「永遠なる童心」の視点を獲得したのである。「樹の下の寶」のエンディングはこう締めくくられている。

それから幾年か後のこと、正太は樫の樹の下を掘つて居りました。正太もそこへ色々のものを埋めて置かうといふのであります。が、正太がお爺さんになる頃には、この正太の家もどんなところと變つてゐることでありませう。何分お爺さんの小さい頃は紡績さへもなかつたのですが、正太がお爺さんになる頃には、飛行機の工場でも出來るでせうか。けれども、そんなこともなくて、正太がその埋めたものを、また掘り出して、

「何だ、こんなもので遊んでゐたのか。」と、自分の小さい頃を面白がつて思ひ出すことが出來るやうでしたら、正太もどんなに幸福なことでありませう。

けれども、世の中といふものは變りやすいものですから、ほんとうにどうなるか、それは分つたものではありません。

（「樹の下の寶」、前掲）

祖父から子へ、孫へと、承けつがれてほろびることのない童心を象徴的に語っているが、純真なる童心を持ち続けることこそ、人生の最高の幸せだとしている。さらに機械文明による田園自然の喪失

への郷愁を感じながらも、老人から少年へという世代間の伝承構図の設定、「金輪」→「竹トンボ」→「弓や矢」→「竹馬」と、埋めて掘り出す記憶の回路による暗示的表現などは、すべて自然の摂理に基づいたもので、その根底には「自然と人生」という哲学的把握があっただろうと思われる。

かくして譲治は、「自然と人生」に感応する不滅で「永遠なる童心」を文学の原点と考えて、それを信念に近いものにまで昇華させることに至るのであった。これにより、「お爺さんの玩具」と「樹の下の寶」との因果関係が一目瞭然であるし、また、譲治の考えが当時、児童文学界はもちろんのこと、一般文壇においても共有されていたという何よりの証拠になるのである。

六．おわりに

おしなべて、「夢」は作家坪田譲治の円熟とともに成熟し且つ深化をつづけ、その生涯を貫く重要なモチーフとして、また思想として常に譲治のなかにあり、坪田文学の大きなテーマであったことは間違いないが、それは決して瀬田らの言われたような〈痛覚ともつかず、不気味な皮膚感触だけの文学〉（「坪田譲治論」『子どもと文学』、前掲）ではない。譲治にとって、夢はただの夢ではなく、非常にリアリティックなものである。

その作品にあって、夢は記憶が整理されるプロセスで生まれるものであるが、その記憶は過去の経験に留まることなく、現在の生活、そして未来への希望などの要素も含意されていて、「過去―現在―未来」が三位一体となって脳の中でストーリーとして作られていき、総合的に表れてくるものである。つまり、内的な世界を外的な世界同様に大事にしたいという譲治の気持ちが十分に反映される、いわば「夢は第二の人生である」というのである。夢は現実とは等価であり、現実も重いのであるが、夢も重いのである。譲治は自分の夢を生きていると思う。

参考文献
（1）「特集／坪田譲治の世界」『日本児童文学』二九巻二号、日本児童文学者協会、昭五八・二
（2）「特集／坪田譲治・久保喬の世界」『国文学　解釈と鑑賞』六三巻四号、至文堂、一九九八・四
（3）「特集／〈赤い鳥〉から80年」『日本児童文学』四四巻四号、日本児童文学者協会、平一〇・八
（4）「特集／『赤い鳥』創刊100年」『日本児童文学』六四巻二号、日本児童文学者協会、平三〇・四
（5）『坪田譲治童話全集巻一四・坪田譲治童話研究』岩崎書店、一九八六・一〇
（6）善太と三平の会編『坪田譲治の世界』岡山文庫一五〇改定版、日本文教出版、平二二・二
（7）坪田理基男『坪田譲治作品の背景―ランプ芯会社にまつわる話―』理論社、一九八四・四
（8）リリアン・H・スミス著、石井桃子ほか訳『児童文学論』岩波書店、一九六四・四
（9）石井桃子ほか『子どもと文学』中央公論社、一九六〇・四
（10）根本正義『鈴木三重吉と「赤い鳥」』鳩の森書房、一九七三・一
（11）桑原三郎『「赤い鳥」の時代―大正の児童文学―』慶応通信、昭五〇・一〇
（12）続橋達雄著『未明童話の世界』明治書房、昭五二・一
（13）畠山兆子・竹内オサム『小川未明　浜田広介』日本児童文学史上の7作家2、大日本図書、一九八六・一〇
（14）河原和枝『子ども観の近代―「赤い鳥」と「童心」の理想―』中央新書一四〇三、中央公論社、一九九八・二
（15）日本児童文学学会編『児童文学の思想史・社会史』研究＝日本の児童文学2、東京書籍、一九九七・四
（16）『名著複刻日本児童文学館第二集　解説』ほるぷ出版、昭四九・一二
（17）真杉秀樹『内田百閒の世界』以文選書、教育出版センター、一九九三・一一
（18）庄司肇『内田百閒―ひとりぼっちのピエロ―』沖積舎、平五・一〇
（19）大谷哲『内田百閒論―他者と認識の原画―』新典社研究叢書二二四、新典社、平二四・一
（20）関英雄『新編児童文学論』新評論、一九六八・七

第三章　童話「王春の話」論

―「作品の中に生きる」ということ―

一．はじめに

かつて私は、「坪田譲治とロシア文学―トルストイを中心に―」という小論で、大正期の作品を通して見た譲治の人生に対する態度を「生死一如」と把握し、この視点から、次のように述べた。

譲治は唯心的に自然と人間の位置を見て、神秘的自然観から、人間も鳥獣草木の生命も平等で、自然から生まれ、死んだ後また自然へ復帰するという譲治特有の死生観―神秘的な「生死一如」の人生哲学を身につけるに至る。小田嶽夫との対談の中で、〈人生というのは生きている間だけが人生ではなく、死ぬということがあってこそ人生というものがあり、子供が死ぬということは人生の一つであり、子供の死を描くことによって子供を愛惜し、その可愛さを強調するのだ。〉（「対談Ⅰ（小田嶽夫×坪田譲治）」『坪田譲治童話全集巻一四・坪田譲治童話研究』岩崎書店、一九八六・一〇）といったように、彼の作品において、子どもの死は避けて通れない「基本的人生」の一つであり、自然に帰ることであり、ただ精神的・象徴的なものだけである。それはまるで神隠しのような印象を与え、子供は、姿を消しては不死鳥のように蘇り、生命の輝かしさを煥発しているのである。

（『「正太」の誕生―坪田讓治文学の原風景をさぐる―』吉備人出版、二〇一四・一二）

こうした死生観は人間の本能的な自然の感情を重視することによるものであって、その背景には、日本人固有の倫理的要求があったろうが、大正期に起こった「無垢で純真な子ども像」を理想とする「童心主義」運動からの投影も十分に看取されよう。そして「コマ」（『文藝日本』一巻三号、大一四・六）、「正太樹をめぐる」（『新小説』三一年八巻、大一五・八）』、「枝にかゝつた金輪」（『新小説』三一年九巻、大一五・九）などの作品に見られるように、子どもの賛美と、子どもへの憧憬に基づいた成長停止の子ども概念が、必然的にイノセンスの永遠化の願望につながり、永遠不滅の子ども像を作り出すことになる。

昭和期に入ると、讓治の生命への願望が、これまでの「生死一如」という消極的な死生観から、「作品の中に生きる」という積極的な人生観へと一変して行動し、永遠なる生命へのあこがれという形で表現されていることが注目される。これは、讓治がその普遍的な無常観を、自己の個性に合わせて、さらに激しく迸出させたものだったに違いない。

本章の目的は、「作品の中に生きる」という讓治の積極的な人生観を分析することにあるが、「生」を底流とした坪田文学の形成過程にかかわる若干の素因を整理したうえで、「子孫継嗣」（子孫一族が続く）という儒学の理念を披歴した貴重な作品としてきわめて重要な位置にあると思われる短篇「王春の話」を手がかりに、坪田文学における「永生」の思想的生成と展開を探ってみることとする。

二、作品成立の周辺

短篇「王春の話」は、昭和一二年（一九三七）一月、雑誌『家の光』一三巻一号の附録「こども家の光」に発表された童話である。全集を除く単行本の収録は、『魔法の庭』（香柏書房、昭二一・一〇）と『かりうどの話』（銀の鈴文庫、広島図書、一九四九・一二）の二冊のみなので、「河童の話」（『赤い鳥』一八巻六号、昭二・六）、「魔法」（『赤い鳥』復刊九巻一号、昭一〇・一）、「善太と三平」（『正太の馬』少年文庫一一九、春陽堂、昭一一・七）など譲治の短篇名作に比べ、その存在感がうすく看過されがちであるが、題名からも分かるように、中国の伝説から直接に材を取った唯一の作品であるし、また「永生」思想の端緒を見る好例の作として記念すべきであろう。

この作品を創作・発表した昭和一一、一二年（一九三六〜一九三七）頃の譲治の身辺を全集の年譜を参考に探ってみると、次のようなことが分かる。

昭和十一年（一九三六）　四十六歳

二月、童話集『おどる魚』を湯川弘文社より刊行。四月、「お化けの世界」が劇団東童により上演される。五月、「最後の総会」を『文芸』に発表。「お化けの世界」により日本大学芸術科賞を受賞。六月、鈴木三重吉歿。『赤い鳥』終刊。「これでもう私を叱ってくれる人がこの世に一人もなくなりました」と通夜の寄せ書に書く。九月より十一月まで、「風の中の子供」を『東京朝日新聞』夕刊に連載、好評を博す。十月、最初の随筆集『班馬鳴く』を主張社より刊行。十一月、「青山一族」を『文芸春秋』に発表。十二月、『風の中の子供』を竹村書房より刊行。

昭和十二年（一九三七）　四十七歳

四月、日本大学芸術科講師に就任。六月、「村は晩春」を『文芸春秋』に発表。同月、短編集『青山一族』を版画荘より刊行。九月、「村は夏雲」を『文芸』に発表。十一月、松竹映画（清水宏監督）により「風の中の子供」が上映される。

（水藤春夫「坪田譲治年譜」『坪田譲治全集巻一二』〈一二巻本〉新潮社、昭五三・五）

この年譜からすると、この頃の譲治はすでに文壇での地歩を確立し、順風満帆で大いに活躍することになる。昭和八年（一九三三）七月、〈郷里の家と絶家して、生きて再び生家の門をくぐら〉ず、〈郷土を捨てゝ、初めて獨立の確信あり〉（「故園の情」『都新聞』、昭九、月日未詳）と決心して東京に戻ってきた譲治は、「窮鼠猫を嚙む」（「死不再生、窮鼠齧貍」『塩鉄論・詔聖』）のような覚悟で創作に励み、昭和一〇年（一九三五）三月に、短篇「お化けの世界」（『改造』一七巻三号）で大成功を収めて、ふたたび文壇で脚光を浴びるようになった。続いて中篇「風の中の子供」（『東京朝日新聞夕刊』、昭一一・九・五～一一・六）と長篇「子供の四季」（『都新聞』、昭一三・一・一～五・一六）も大好評を博し、〈我々の「詩文の世界」でもつと今日以上に好遇されていいだけの素質に恵まれ手腕をも練つて來た人〉（佐藤春夫「その他一讀に堪へる諸作の事ども（文藝ザツクバラン⑤）」『文藝春秋』一三年五号、昭一〇・五）とか〈その子供の世界を視る目の深さ、鋭さ、まさに世界文学に類を見ざる傑作中の傑作〉（「新潮社刊『子供の四季』広告」『大阪朝日新聞』、昭一四・七・九）などと評価されたことで、譲治は創作の最盛期を迎えるのである。その時の心情を、後年譲治はこう振り返っている。

「お化けの世界」と「風の中の子供」の好評で、永いあいだ暗雲に閉ざされていた私の文学の道の前途に一条の光明がかがやきはじめ、苦闘の時代もよう報いられて来た。

（「あとがき」『坪田譲治全集巻三』〈一二巻本〉新潮社、昭五二・九）

「お化けの世界」「風の中の子供」と「子供の世界」は、いずれも譲治の体験した家業の島田製織所をめぐる親族間の骨肉相食む争いを土台に、健康的でバイタリティに富んだ善太・三平兄弟の天真爛漫さが描かれたもので、のちに坪田文学を代表する児童小説の三部作と呼ばれるが、文壇的に〈好評で〉温かく迎えられた理由について、浅見淵は、作品におけるコントラスト（明暗差）の変化に着目して次のように分析している。

「お化けの世界」には、大人の世界のペシミズムが子供の世界にも暗いものを投げかけていて、つまり、水の流れるように影響を及ぼしていて、その結果、暗い現実が子供の世界にいわゆるお化けの世界を現出しており、純乎たる作品ながら、後味として陰鬱なものが残る。……「風の中の子供」は、同じような暗い現実を描きながら、その暗い現実に打ち負かされないで、のみならず、それに打ち負かされようとしている大人をかえって無意識的に勇気づけている。そういう子供たちが描かれていて明るくなってきている。すなわち、無垢で天真爛漫な子供の野生が、現実を跳ね返しているのである。ところで、「子供の四季」になると、それがいっそう強調されて、どういうことにぶつかっても恐れというものを知らぬ子供の天真爛漫さが、大人の世界に逆に活力素を注入している。そして、大人の世界の上に子供が完全にオーバーラップし、子供というものがいかに未来と永遠とを孕んでいるかということや、大人の阻喪した生活力にとって子供との接触ということが、いかに生きる力を蘇らすものであるかということを痛感させる。

（「『子供の四季』論」『坪田譲治童話全集巻一四・坪田譲治童話研究』岩崎書店、一九八六・一〇）

確かにこれまでの坪田文学における憂うつな雰囲気とは違って、作品全体がしだいに明るくなってきているし、厳しい現実を生きる子どもたちのたくましい姿も紙面に躍動しているということから、この指摘が一応妥当だろうと思われるが、しかし、譲治がこういうふうに作風を変えたのは何故なのか、そしてそこに込めた狙いはどんなものだっただろうかについての説明は明確にされていない。私は、譲治の狙いはその「明るさ」であり、それをもたらしてくれたのがほかでもなく彼の人生に対する態度の転換によるものだと考えている。というのはつまり、譲治はこれまでの消極的な死生観から積極的な人生観へと変わっていったということである。

坪田文学は本来「生」の問題に源を発したものであるが、時代に応じてその表現方法が実にさまざまである。この間の軌跡をたどってみると、大正期頃には、キリスト教神学や小川未明のネオ・ロマンチシズムなどの影響を受けた譲治は、〈生死一如〉という死生観に基づき、「コマ」（『文藝日本』一巻三号、大一四・六）、「正太樹をめぐる」（『新小説』三一年八巻、大一五・八）、「枝にかゝつた金輪」（『新小説』三一年九巻、大一五・九）などといった一連の作品に見られるように、あっけなく逝ってしまった愛児をしのぶ親の心を描くことによって、「死」を通して「生」を見つめてきた。「子どもの死」を書いたことで世間からの厳しい批判に対し、譲治は、〈草の葉が散り、木の葉が枯れるやうに、子供が自然の中に再び返つて行く姿を書きたかつた〉(「童心馬鹿」『月刊文章』二巻二号、昭一〇・二)と必死に弁明したのだが、受け入れられることはなかった。昭和期に入ると、新しいモットーである「児童の個性尊重」や「童心の解放」に基づく近代的な子ども観からの影響もあり、譲治は、「生」への方向転換をせざるを得なくなった。昭和初期は、童話「引越し」(『赤い鳥』復刊八巻四号、昭九・一〇)と小説「笛」(『兒童』一巻四号、昭九・九)、童話「魔法」(『赤い鳥』復刊九巻一号、昭一〇・一)と小説「けしの花」(『經濟往來』九巻一二号、昭九・一二)などのように、同一モチーフを用いた「童話」と「小説」が多く書かれ、「童話」の「生」と「小説」の「死」というような結び方を取っており、小説が童話を補足・改作して作り上げられたものである。こうした譲治の人生観による「生」と「死」の描き分けは、童話「でんぐ虫」(『赤い鳥』復刊九巻二号、昭一〇・二)と小説「カタツムリ」(『作品』六巻四号、昭一〇・四)が最後となるが、人生問題に苦悩した譲治の心情の複雑さを如実に表しているのである。

昭和一〇年(一九三五)以降の譲治作品には、「生」の表現、もしくはそれに類似したものが、実に多くちりばめられている。「お化けの世界」「風の中の子供」と「子供の世界」といった三部作はもちろんのこと、「三平の夏」(『少女の友』三〇巻九号、昭一二・八)や「子供のともしび」(『新潮』三五巻一号、昭一三・一)や「家に子供あり」(『東京朝日新聞』、昭一三・九・二〇~一二・二二)など多くの作品でも、善太・三平兄弟が大活躍し、本然の姿の生成溌剌ぶりを発揮して、大人を力づける「生」の原動力といったものがいっそう強くなってきている。

さらに「生を求める」という意識が、譲治の作家としての職業観や倫理観にも投影されていて、自分のすがたを文章にしようとする、いわゆる「作品の中に生きる」ということに帰結するのである。短篇「王春の話」は、こうした「永生」思想を吐露したと思われる最初のもので、生を求めようとする譲治の姿を浮び上がらせている。

三、「生」という主題

短篇「王春の話」のあらすじは次のとおりである。

子どもを授からなくて困っていた王春夫婦は、洛陽の占師から〈あんた達の仕事が、つまり子供が、泰山といふところで待つてゐる。〉と教われたため、何日もかかって泰山にたどり着いたが、その山頂には大小の岩ばかりでどこにも子どもの姿は見つからなかった。すると、岩の中から〈お父さん〳〵〉と呼ぶ子どもらしい声が聞こえた王春は、あちこちの岩を鑿で割り始めた。それから何年も経った時、王春は立派な石屋になり、占師の言われた〈仕事を子供と思ひなさい〉の本当の意味もなんとなく分かったようであった。〈この泰山の大きな岩の上に、洛陽の都の偉い人の字が掘りつけられ〉、王春の刻んだ字は、〈今の人がそれを泰山の石刷と言つて、紙に版のやうにおして珍重し、習字の手本にする〉ようになったという。

この作品は、いかにも中国の昔話らしい構成やストーリーを取っている。原話の出どころは定かではないが、泰山信仰をモチーフにして作られており、その「碧霞元君（天仙娘々）」の話が中心となっているのである。

泰山は、中国の山東省泰安市に位置する中国五大霊山（五岳）の一つで、標高一五四五メートルの山頂からの眺めはまさに神秘的な絶景で、尖った岩山や山を這うように霧が立ち込め、眼下に広がる黄河や東海を一望できる。「孔子泰山に登って天下を小とす」（「孔子登泰山而小天下」『孟子・盡心上』）というのが登山哲学の平凡なる極意である。また、東方絶海の中にあって仙人が住むとされた蓬莱・方丈・瀛州といった架空の三神山にもっとも近いところから、泰山は中国随一の聖なる山と考えられ、古くから中国の思想的・文化的基盤となってきた「道教」の聖地となっている。紀元前の秦の始皇帝以来、漢の武帝、後漢の光武帝・章帝、唐の高宗・玄宗、宋の真宗、清の康熙帝など国土を平定した皇帝によって、天につながるとされるこの泰山の頂上で、天から天命を受け、地には豊穣を願う「封禅」の儀が執り行われてきた。権力者たちが自らの権威を示すために、登った証として石に書を刻んだ石刻や祠や廟などを建てたものがあるが、多くの文化人たちが泰山をモチーフにして優れた作品（石刻）を数多く残していることでも知られている。司馬遷の「封禅書」、李白の「泰山吟」や杜甫の「望嶽」などが有名であるが、特に一五〇〇年以上前に修行僧がたった一人で川底の一枚岩に彫り上げたと言われる一〇〇〇文字を超す金剛経文（経石峪）と、一八世紀の清の時代の乾隆帝の書であると伝えられている、断崖絶壁の岩肌に掘られた一文字の大きさが一メートルにも及ぶ詩文には圧倒される。なお、文化と自然の両面において優れていると考えられており、文化遺産の登録基準をすべて満たしているということから、泰山は、一九八七年に文化遺産（石碑や宮殿などの遺跡部分）と自然遺産からなる世界複合遺産として登録されている。

泰山信仰にまつわる伝説が数多く存在し、道教と仏教と混ざり合うが、泰山諸神の中でも「泰山府君」と「碧霞元君」が特別格として流布されていた。天下第一の名山とされた泰山は、道教では「人の魂を召すことをつかさどる」とか、「死者の魂神は泰山に帰する」などと言われて冥府（地獄）のように見做され、この山の神の「泰山府君」は、人々の生死、寿命、官位および死後の審判をつかさどり、生前に罪を犯した者はその魂を拘引し、地底の獄に投じて懲罰すると信じられた。「泰山府君」は「東岳大帝」とも呼ばれ、天帝の孫と伝えられ、泰山の冥府を管理する行政長官にあたる最高神であるが、時代とともに分離され、「泰山府君」が「閻魔大王」のような存在になり、「東岳大帝」は天帝に近い大きな権威を持つようになった。このため、「泰山府君」は「東岳大帝」配下の冥府の裁判官の一人といわれることもあった。

「碧霞元君」は「泰山府君」（東岳大帝）の娘で、玉女とされる。天仙聖母碧霞玄君などの別名があるが、俗称天仙娘々で、その人気は父を凌ぎ、子授けの女神としてはもっとも信仰を集めており、泰山繁昌の中心となっている。旧暦三月二八日には、「碧霞元君」の降誕日というので、特に盛大な会式が行われる。この進香のために泰山に山東一円のみならず、江蘇・浙江や湖南・湖北などからも参詣者が殺到し、そのすさまじさは、〈爆竹の音凄まじく、紙銭を焼く煙は、曉天を焦がし、燒香の香りが鼻をつく。〉（橘撲『中国の民間信仰―道教と神話伝説―』、中野江漢編註、改造選書、改造社、昭二三・一）というほどであった。その人気は現在も変わらず、毎年、出産や商売繁盛などの現世利益を求めて「碧霞元君」のいる泰山を訪れる人は跡を絶たない。

「碧霞元君」の由来は、宋の時代にまで遡ることができる。『文獻通考』（元・馬端臨撰、一三〇七年）によれば、一〇〇八年、北宋の真宗皇帝が泰山に封禅したとき、山頂の古池で手を滌いだところ、池中から破損した石像が発見された。それが玉女像だったので、新しく大理石像を作り、立派な廟（碧霞祠）を建設してそこに納めた。と同時に「碧霞元君」という称号も与えたという。

「碧霞元君」が祀られている「碧霞祠」は、泰山の頂上玉皇峰に位置して、最初は「昭亭観」と呼ばれていたが、清の時代の一七七〇年に今の名の「碧霞祠」となった。一二の独立した建物からなる雄大な建築群は、建物のレイアウトがコンパクトで、中央軸に合わせて左右対称に並ぶ設計や銅の瓦で出来た屋根、高低さを意識した作りのすべてにおいて緻密に計算されたのである。その宮殿と庭は山々に隠れ雲に囲まれていてあたかも仙宮の図画を見る感がある。道教建築の中の傑作とも呼ばれ、中国高山古代建築史上で最も美しいとされている。

泰山信仰は平安時代から日本にも伝来するが、「泰山府君」は陰陽道に取り入れられ、日本の地獄思想に大きな影響を与えたほか、記紀神話や『今鏡』などの古典文学にも出てくる。一方、「碧霞元君」はおもに庶民の間で言い伝えられてきたが、明治期以降は、例えば、柴野民三「娘娘廟」(『満洲童話集』世界童話叢書、金蘭社、昭一五・六）や石森延男「娘々祭」（『ひろがる雲』三省堂、昭一五・一〇)などのように、子ども向けの作品として翻訳されたり改作されたりすることが多かった。近年では、話題となっているYA作家の小野不由美によるハイ・ファンタジー「十二国記」シリーズの一冊『風の海　迷宮の岸』(講談社X文庫、講談社、一九九三・三)にも華々しく登場し、人界と天界を繋ぐ窓口の役目をする天仙玉女碧霞玄君・玉葉として西王母の代理人という重責を任されて活躍している。碧霞玄君・玉葉の正体は、謎に包まれて明らかにされていないものの、蓬山に住まう女仙長であり、人間的な慈愛にあふれているし、また柳眉、涼やかな眼差しやたおやかな腕などで民の間では美女扱いされているということである。こうした人物像やキャラクター的性格は、漢の『玉女巻』(著者不詳)にある〈容貌端正で、性質は穎敏、三歳で人倫を解し、七歳で法を聴き、曾て西王母に禮した。十四歳、王母の教に感ずるところがあつて、天花山に入り黄花洞で三年修業し、丹精によつて、仙的効果を得た〉との記述には似つかわしいもののように思われる。ちなみに日本が誇る最高のファンタジー小説と呼ばれる小野不由美の「十二国記」シリーズ(現在は一〇巻まで)は、中国風異世界を舞台にした壮大な物語で、一九九一年からスタートを切ったが、二〇年も経った今でも完結しておらず、シリーズは継続している。

短篇「王春の話」は、基本的には「碧霞元君」の話を踏まえつつ展開されている。この時期に記されたと思われる彼の創作ノート（吉備路文学館所蔵）に、『山海経』や「西王母」など作品に関わる下書きがあったということを考えると、この作品の創作は実に用意周到だと言えよう。

譲治が「碧霞元君」を作品のモチーフに選んだ理由は、おそらく子宝に恵まれるとして信仰をあつめた「碧霞元君」に人々の「生」の欲求にこたえる性格が強いためだったであろう。彼はその「生」を活かして独自の解釈で最大限に表現しようとする姿勢がうかがわれる。

周知の通り、中国人の倫理観・死生観の基本となる「孝」の根底には、「子孫継嗣」〈子孫一族が続く〉という儒学の観念が流れている。〈不孝有三、無後為大〉（「不孝に三有り、後無きを大と為す」『孟子・離婁上』）とあるように、中国人にとって最大の不安は、子孫が途絶えてしまうことである。後継ぎがないのは親だけにとどまらない、先祖への不孝である。祖先は過去であり、子孫は未来である。その過去と未来をつなぐ中間に現在があり、その現在とは現実の親子によって表される。親は将来の祖先であり、子は将来の子孫の出発点である。したがって子の親に対する関係は、子孫の祖先に対する関係でもある。祖先があるということは、祖先から自分に至るまで確実に生命が続いてきたということになる。また、自分という個体は死によってやむをえず消滅するにしても、もし子孫があれば、自分の生命は存続していくことになる。すなわち、「子孫継嗣」は現在の言葉にすれば、「生命連続の自覚」ということである。このことは、短篇「王春の話」の中で、〈人間の幸福はよい子供をもつことである。子は親をつぎ、子の子はその祖父をつぐ。それで、人は死んでも死なないことになる。〉という占師の言葉によって明確に示されているのである。

むろん、短篇「王春の話」には、「子孫継嗣」の要素を取り入れているものの、それほど深い宗教的理解や哲学的把握はしていない。一篇の方法は自分の心のなかにある思いをいかに読者に感じさせるかというほうに重点を置いており、「生きることの意味」や「強い信念」を問いかけるものであるから、譲治がある種の意志表明を示したと考えても差し支えないであろう。

四．究極の「生」を求めて

これまで譲治は、人生を意味づけるものは何なのか、人間は何のために生きているのか、それを生き延びるにはどうすればいいか、といった問題がさまざまなレベルで問われてきたが、しかるべき答えを見いだせずに苦悩していた。この時期に、彼は老荘思想に親近し、その「死而不亡者寿」（死して亡びざる者は寿し＝『老子』道経・弁徳三三）という無為自然の死生観に感銘を覚え、ようやく辿りついたのが「作品の中に生きる」という究極の「生」である。

人がいつまでも死なないでをるのは、子供によつてばかりではない。仕事によつてもさうなれる。仕事によつての方がかへつて立派である。わかりましたかね。子供がなければ仕事を子供と思ひなさい。（中略）大急ぎで行つて、それを仕上げてやりなさい。……

（「王春の話」、前掲）

というように、この作品を通して譲治が意志表明として示したメッセージは、ほかならぬ二つあるように思う。一つは「生命連続の自覚としての仕事」であり、もう一つは「それを末永く後世に残す」ということであろう。その中心に据えたのは、「子供＝仕事＝永生」という考え方であり、それが作品全体を水脈のように一貫している。

〈人間はみな死ぬる。解り切つたことである。〉（「せみと蓮の花」『新潮』四九巻一〇号、昭三七・一〇）というように、譲治は「死」を避けて通れない「基本的人生」の一つと考え、〈自然の中に再び返つていく姿〉（「童心馬鹿」『月刊文章』二巻二号、昭一一・二）、いわゆる「生死一如」という人生哲学を主張するが、「どうすれば長生きできるか、死なないで生き続けられるか」ということに腐心して、自らの存在を通して何らかの形で歴史に位置づけたいという強い願望を持ち、作品と一体化、同一化することで「死」を克服しようとしたのである。

作品を書くということは、作家が作品の中にもう一度生きることだということを解りやすい形で描き出されているのが小説「キャラメルの祝祭」（『若草』一〇巻五号、昭九・五）である。譲治らしい随筆風の小説であるが、その中にこんな一節が見られる。

考へて見れば、人間の凡ての努力は生命を未來へ殘さうとして居るのです。肉體の中にある生命は必然に失はれる時が來るので、それを事業と製作の中にそそぎ入れて殘さうとして、そのためには現在の生命も忘れるといふ有様です。例へば、私の小さな貧しい作品にした處で、その中に微かながらも感情や意志の生命の姿が、文字の組合せの中にひそまり包まれ、幾年か後もし讀む人があれば、その人の心に生きた力として働きかけて行きはしませんでせうか。つまり美しいもの、高いもの、良きもの、深いもの、凡て生命の姿です。生命こそ尊むべきかなです。
（『坪田譲治全集巻一』〈一二巻本〉、新潮社、昭五三・一）

医学生の甥に連れられて医科大学の「屍室」で〈最も恐ろしい光景に接し〉た譲治は、死体との対面を通して、「人とは何か」、「生死とは何か」という切実な問題を改めて考えさせられるようになり、そこから「命の尊さ」を感得したことによって、新しい「生」の道を開いたのではないかと思われる。

このようにして明確化された「作品の中に生きる」という主題は、のちに譲治の創作の指針となり、坪田文学の世界の底に流れる人生観や職業観をも大きく左右することとなる。

晩年、八三歳の譲治は、「作品の中に生きる」という主題を総括したと思われる童話集『ねずみのいびき』（講談社、昭四八・七）を出版した。童話集『かっぱとドンコツ』（講談社、昭四四・一〇）の姉妹編として作られたこの本に収めた一四編の話は、譲治が〈石にかじりついてでも、この世にとどまる〉というつもりで、〈生きろ、生きろ、生きろ。もう十七年。（中略）百にならなければ、あの世へ行かない〉と決意しつつ、〈生命をこめて〉〈自分のすがたを文章にしてきた〉ものである。そこに込められた彼の思いは、

「自分が死んでも、自分が百年近く生きてきたこの世界をえがき、これをいつまでも生きたすがたでつたえたい。それは自分が百年生きたいという、その心でもあるわけです。」

どうでしょうか。これが作家というものの気持ちなのです。生きた人生を、生きた世界を、生きたすがたでのこしたい。

（「あとがき」『ねずみのいびき』、前掲）

ということであるが、至福の少年時代を過ごした故郷岡山島田石井村が底流していて、大切な母や家族、友だちも、〈この八人も九人もの人と、その人たちが生きていた、その土地、その村、その家、つまり、そこの天地と人物を〉言葉で記録した自分の童話や小説を、〈そっくり、そのまま、生きたすがたで百年も二百年も保存〉して、記憶として残していきたいということなのである。

五．おわりに

与えられた肉体寿命を超えて創造寿命の時間の中で永遠に生きるという願望を、児童文学作家の新美南吉（一九一三〜一九四三）も持っていた。彼は自分の文学的抱負をこう書いている。

余の作品は、余の天性、性質と大きな理想を含んでゐる。だから、これから多くの歴史が展開されて行つて、今から何百年何千年後でも、若し余の作品が、認められるなら、余は、其處に再び生きる事が出來る。此の點に於て、余は實に幸福と云へる。

（『校訂新美南吉全集巻一〇（日記・ノート一）』大日本図書、一九八一・二）

病弱のため、早くも死を意識した南吉は、「作品の中に生きる」ことを理想とし、死の世界から自分の生を逆に見つめ直し、生の最も重要な価値を見定めようとした。彼は、「ごん狐」、「百姓の足、坊さんの足」、「花を埋める」など「死」をテーマにした作品を数多く創作したが、〈その構想の根底にあるのは、死が生を意味づける絶対的、究極的な世界だという死生観であろう。〉(「死に方の美学―『なめとこの山の熊』と『ごん狐』―」『徹底比較 賢治VS南吉』、日本児童文学者協会編、文渓堂、一九九四・六)と、赤座憲久は指摘している。

描かれ方が異なるものの、自分の生涯の内面の真実を美しく描き、生と死のメルヘン化に努めてきた二人であるが、戦後になって南吉の成功と譲治の敗退という明暗二様の結末になった。「北は賢治、南は南吉」と言われるほど、宮沢賢治と並んで近代日本児童文学を代表する作家になった南吉とは対照的に、激しい批判を受け、小川未明らとともに文壇の「神座」から引き下ろされた譲治は長い間、児童文学界から等閑視されてしまった。

昭和期における坪田文学は「死」を通して「生」を見つめるものであり、自然の生成と消滅に人生の流転を重ね、自身の影を自作の中に宿してフィクション化しようとしたものだと、私は考えているが、それを空間的なイメージにうつし変えると、「死」は「生」の終点ではなく、むしろ、その延長線上にも「生きがい」があって、いわゆる「死後の生=永生」というもので、その到達点が「作品の中に生きる」という考えであろう。したがって、坪田文学を復活させるためには、まずは「人生」の大切さを説いた譲治の「死生観」の回復がなされなければならない。そして、その「死生観」について理解を深めることこそ、坪田文学を読み解く上で欠かせないのは言うまでもない。

参考文献

(1) 劉迎『「正太」の誕生―坪田譲治文学の原風景をさぐる―』吉備人出版、二〇一四・一二

（2）「特集／坪田譲治の世界」『日本児童文学』一七巻二号、昭五八・二
（3）「特集／坪田譲治―生誕百年―」『日本児童文学』三六巻六号、平二・六
（4）『坪田譲治童話全集巻一四・坪田譲治童話研究』岩崎書店、一九八六・一〇
（5）橘樸著、中野江漢編註『中国の民間信仰―道教と神話伝説―』改造選書、改造社、昭二三・一
（6）藤田元春『支那研究―西湖より包頭まで―』博多成象堂、大一五・八
（7）渋川玄耳『岱崂雑記』玄耳叢書刊行会、大一四・四
（8）後藤朝太郎『支那の文物』科外教育叢書三一、科外教育叢書刊行会、
（9）沢村幸夫『支那民間の神々』象山閣、昭一六・一二
（10）E．シャヴァンヌ著、菊地章太訳『泰山―中国人の信仰―』東洋文庫八九五、平凡社、二〇一九・六
（11）呂継祥『泰山娘娘信仰』中華民俗文叢、学苑出版社、一九九四・一〇
（12）村山修一『日本陰陽道史総説』塙書房、一九八一・四
（13）山下克明『平安時代の宗教文化と陰陽道』岩田書院、一九九六・一一
（14）編集部編『日本文化にみる道教的要素』アジア遊学七三、勉誠出版、二〇〇五・三
（15）ピーター・カヴニー『子どものイメージ―文学における「無垢」の変遷』紀伊國屋書店、一九七九・一一
（16）『校定美南吉全集』全一二巻＋別巻二巻、大日本図書、一九八〇・八～一九八三・九
（17）鳥越信他編『鑑賞日本現代文学巻三五　児童文学』角川書店、昭五七・七
（18）河原和枝『子ども観の近代―「赤い鳥」と「童心」の理想―』中公新書一四〇三、中央公論社、一九九八・二
（19）岡田純也『近代日本児童文学史』大阪教育図書、昭四七・八
（20）日本児童文学学会編『児童文学の思想史・社会史』研究・日本の児童文学二、東京書籍、一九九七・四

論文初出一覧

第一部

第一章

○「坪田譲治と中国文学—漢詩文受容の諸相—」『岡山大学大学院文化科学研究科紀要』第一二号、二〇〇一・一一

第二章

○「坪田譲治文学の絵画性について」『岡大国文論稿』第三〇号、岡山大学言語国語国文学会、二〇〇二・三

第三章

○書下ろし

第二部

第一章

○「坪田譲治と陶淵明—小説『蟹と遊ぶ』論—」『岡大国文論稿』第四三号、岡山大学言語国語国文学会、二〇一五・三

第二章

○「坪田譲治『樹の下の寶』論—〈夢〉というファクター—」『岡大国文論稿』第五〇号、岡山大学

言語国語国文学会、二〇二二・三

第三章

○「坪田譲治『王春の話』論―〈作品の中に生きる〉ということ―」『岡大国文論稿』第五一号、岡山大学言語国語国文学会、二〇二三・三

附録／坪田譲治作品初出目録Ⅲ（1946年—1983年）

凡例

1. 本目録は、吉備路文学館に所蔵する坪田譲治の「創作ノート」の中の「執筆目録」をもとに、日本国内の図書館・文学館・資料館および個人所蔵の資料を調査して発表年月順に作成したものである。
2. 旧字体や仮名遣いは原本のままとした。
3. 作品名は、掲載時の目次を基準とした。ただし、本文の表記と違う場合は、その都度訂正しておくこととした。
4. 作品の分類（類別）に関しては、作成者が作品の内容に基づいて判断した。
5. 掲載紙（誌）・巻号・発表月日は、掲載時に表示されているものをそのまま使用したが、初出は判明していないものについては、備考欄に「未見」を付記した。
6. なお、補足情報を最小限にとどめて備考欄に記載した。

＊本初出目録の無断転載を禁ず。

昭和二一年（一九四六）

作品名	類別	掲載紙・誌	巻号	発表月日	備考
遠山先生	小説	人間	1巻1号	1月1日	
わが師・わが友	随筆	新潮	43巻4号	4月1日	
正太復員	随筆	新世代	1巻1号	4月1日	
兒童文學の回想	随筆	童話（日本童話會編）	1巻1号〜1巻5号	5月1日〜9月1日	5回連載
天狗の隠れ蓑	童話	少國民の友	23巻2号	5月1日	絵／清水崑

作品名	類別	掲載紙・誌	巻号	発表月日	備考
新國語教材とその教育（海後宗臣・田中豊太郎・坂本越郎・坪田譲治・中村忠雄）	座談会	日本教育	6巻2号	5月5日	
沖縄の子供たち	随筆	早稲田文学	13巻4輯	6月1日	
父兄の方々へ		『小川の葦』［ともだち文庫4］中央公論社	三刷	6月15日	
鶯のほけきょう	童話	少國民世界	1巻1号	7月1日	絵／富樫寅平
玉葱の芽	小説	信濃路	1巻2号〜1巻3号	7月1日〜8月1日	2回連載 特輯／水と農業
頭の中の小説	随筆	主婦と生活	1巻3号	7月1日	
手紙について	随筆	素直	1号	7月10日	
生きてゐることの不思議	随筆	東京新聞		7月14日〜15日	
あとがき		『お化けの世界』［現代文学選15　坪田譲治篇］鎌倉文庫	初版	7月15日	
キツネトブダウ	童話	フタバ（幼年絵雑誌）	1巻4号	7月1日	
故郷のともしび	童話	家庭文化	2巻4号	8月1日	
枝の上のからす	童話	フレンド	1巻4号	8月1日	夏休み号
三枚の生活	随筆	日本児童文学	第1次1巻1号	9月1日	
わが師・わが友	随筆	新潮	43巻9号	9月1日	
汽車の中の子供	小説	小説と讀物	1巻6号	9月1日	

作品名	類別	掲載紙・誌	巻号	発表月日	備考
桃の實	童話	少國民世界	1巻2号	9月1日	
ごんべいとカモ	童話	こくみん三年生	1巻2号	9月1日	
國語の改革について	随筆	日本教育	6巻4号	9月5日	
角のある獸	童話	週刊少國民	6巻11号～12号	9月15日	
灰縄千束	童話	少國民世界	1巻3号	10月1日	
昔ゑばなし	童話	『昔ゑばなし』光書房	初版	11月25日	
中勘助『鶯とほととぎすの話』	書評	人間	1巻12号	12月1日	
水と火	童話	こどものまど	1巻2号	12月1日	絵／中尾彰
あとがき		鈴木三重吉訳『アンデルセン童話集 赤いお馬』香柏書房	初版	12月25日	

昭和二二年（一九四七）

作品名	類別	掲載紙・誌	巻号	発表月日	備考
サバクの虹	童話	少國民世界	2巻1号	1月1日	絵／斎藤長三
作品解説―三つの童話について	書評	童話教室	1巻1号	1月1日	
編集後記		童話教室	1巻1号	1月1日	
山の中では	童話	少年少女の広場	2巻1号	1月1日	
一人の子供	小説	新女苑	11巻2号	2月1日	

作品名	類別	掲載紙・誌	巻号	発表月日	備考
あとがき		『丘の家　三重吉童話選集1』昭和出版	初版	2月15日	
まへがき		『湖水の鐘 鈴木三重吉選集1』［新日本少國民文庫］國民圖書刊行會	初版	2月20日	署名／坪田譲二
鈴木先生書簡より	随筆	『改訂兒童文學論』西部圖書株式会社	初版	3月5日	
あとがき		『善太と三平』童話春秋社	初版	3月20日	
アマヨノモリ	童話	『アマヨノモリ』瑤林社	初版	4月30日	絵／中尾彰
記念碑	小説	新潮	44巻5号	5月1日	
かきのみ	童話	えほんのくに	1巻1号	5月1日	絵／茂田井武
まへがき		『救護隊　鈴木三重吉選集2』［新日本少國民文庫］國民圖書刊行會	初版	5月20日	
日本昔話	童話	童話教室	1巻2号	6月1日	
童話童謡解説	書評	童話教室	1巻2号	6月1日	
テンニンノハナシ	童話	『テンニンノハナシ』瑤林社	初版	6月10日	絵／中尾彰
昭和の子供	綴方	兒童	1巻1号	7月1日	
蛙とハガキ	童話	少國民世界	2巻6号	7月1日	絵／黒崎義介
妻の挿話	小説	明日（日本人民文学会編）	1巻2号	9月1日	
新しい時代の文章について（波多野完治・宮崎寛・坪田譲治・小林英夫ほか）	座談会	藝苑	4巻6号（8月～9月合併号）	9月1日	

作品名	類別	掲載紙・誌	巻号	発表月日	備考
犬と友達	童話	季刊・新兒童文化	第2冊	9月5日	特集／現代アメリカ兒童文化 絵／栗木幸次郎
何を待つか子供たち	随筆	毎日新聞		9月15日	
山ばとこぞう	童話	子どもの村	1巻4号	10月1日	
よっちゃんとリンゴ	童話	こどものはた	2巻4号	10月1日	
まえがき		小川未明著『兄弟の山鳩』［日本童話選上級］東西社	初版	10月20日	
あとがき		〃	初版	10月20日	
まへがき		『火の中へ 鈴木三重吉選集3』［新日本少國民文庫］國民圖書刊行會	初版	10月25日	
解説		尾崎士郎著『人生劇場・青春篇』［新潮文庫］新潮社	初版	10月25日	
まえがき		濱田廣介著『日本童話集初級　こぶたのとことこ』東西社	初版	10月25日	
あとがき		濱田廣介著『日本童話集初級　こぶたのとことこ』東西社	初版	10月25日	
鈴木三重吉の童話について	評論	童話教室	1巻6号	11月1日	
街の子供	随筆	夕刊新大阪		11月3日～4日	2回連載

作品名	類別	掲載紙・誌	巻号	発表月日	備考
序		百田宗治著『子供の世界と大人の世界』小峰書店	初版	11月15日	
まえがき		『桃の実』［学年別日本童話選・中級］東西社	初版	11月25日	
きつねとぶとう	童話	〃	初版	11月25日	
貝の話	童話	〃	初版	11月25日	
ふしぎな森	童話	〃	初版	11月25日	
雀のそうしき	童話	〃	初版	11月25日	
あとがき		『正太の故郷』御影文庫	初版	12月20日	
解説		鈴木三重吉著『千代紙』［日本文學選29］光文社	初版	12月15日	
この本を讀まれた方々に		宮沢賢治著『風の又三郎』羽田書店	初版	12月20日	

昭和二三年（一九四八）

作品名	類別	掲載紙・誌	巻号	発表月日	備考
ラクガキ	小説	文明	3巻1号	1月1日	
序		奈良島知堂著『お話の仕方』小峰書店	初版	1月1日	
野尻湖にて	小説	『一人の子供』小峰書店	初版	1月10日	
山湖風物	小説	〃	初版	1月10日	
あとがき		坪田譲治編『三重吉童話讀本一』明日香書房	初版	1月25日	
としの初めに	随筆	兒童劇場	復刊2号	2月1日	

作品名	類別	掲載紙・誌	巻号	発表月日	備考
ゆめ	小説	銀河	3巻2号	2月1日	
三びきのアリ	童話	子どもの村	2巻2号	2月1日	
琴・三味線	随筆	婦人	2巻2号	2月1日	
パンのおもひで	随筆	社會思潮	2巻2号	2月1日	
石のはなし	小説	諷刺文学	7号	2月1日	
母と先生に訴える（坂西志保×坪田譲治）	対談	女性ライフ	3巻2号	2月1日	教育特集／小学校の民主教育
御無沙汰のおわび	随筆	小説新潮	2巻3号	3月1日	
少年の友　武南倉造君	童話	童話教室	2巻3号	3月1日	
ナスビと氷山	童話	童話教室	2巻3号	3月1日	
青少年の不良化防止（久布白落實ほか）	座談會	婦女界	36巻3号	3月1日	
たこをとばす	小説	婦女界	36巻3号	3月1日	
ぬま池のつり	童話	新しい教育と文化	2巻3号	3月1日	
まえがき		坪田譲治・平間孝三編『犯罪少年の手記』鎌倉文庫	初版	3月25日	
思い出の文學（楠山正雄・周郷博・中野好夫・坪田譲治ほか）	座談会	童話教室	2巻4号	4月1日	
がまのげいとう	童話	小学四年生	27巻4号	4月1日	
子供の為の文學	評論	讀賣新聞		4月12日	
エンピツ	童話	童話教室	2巻5号	5月1日	
柿の木と少年	小説	明日	2巻4号	5月1日	小説特輯
ねこのしばい	童話	こどものはた	3巻5号	5月1日	

作品名	類別	掲載紙・誌	巻号	発表月日	備考
子供の家（わたくしの思出話）	随筆	こどもの青空	3巻4号	5月1日	
おじいさんおばあさん	童話	こどもきょうしつ	1巻1号	5月1日	
問題の童話	随筆	東京新聞		5月12日	
あとがき		『三重吉童話選集2　ねずみのお馬』昭和出版	初版	5月15日	
こどもじぞう	童話	こどもの青空	3巻5号	6月1日	
夜	小説	銀河	3巻6号	6月1日	
セキさんの約束	童話	童話教室	2巻6号	6月1日	
不良少年とは	評論	厚生時報	3巻2号	6月1日	
綴方特集	綴方	光の子供	2巻6号	6月1日	
解説		『蜘蛛の糸 芥川・有島童話集』［家の光少年少女文庫］家の光協會	初版	6月15日	
まえがき		『ひるの夢よるの夢』［こどもかい文庫］櫻井書店	初版	6月15日	
うさぎ	童話	〃	初版	6月15日	
「赤い鳥」の童話について	評論	『赤い鳥童話名作集　初級』小峰書店	初版	6月27日	初級・中級・上級の合冊
中級／まえがき		『赤い鳥童話名作集　中級』小峰書店	初版	6月27日	〃
序		鈴木三重吉著『少年少女歴史物語　日本を　ペリー艦隊來航記』桐書房	初版	6月27日	

作品名	類別	掲載紙・誌	巻号	発表月日	備考
うし	童話	こどもペン	2巻7号	7月1日	
あとがき		『三重吉童話讀本2　七人の兄弟 他七篇』明日香書房	初版	7月5日	
ひとつぶのたね	童話	『きつねとぶどう』［えばなし文庫］雁書房	初版	7月7日	
おじいさんとうさぎ	童話	〃	初版	7月7日	
けんかタロウとけんかジロウ	童話	〃	初版	7月7日	
うさぎとてんぐ	童話	〃	初版	7月7日	
母より學びしこと	随筆	東京都教職員組合編『夏の子どもクラブ』七星社	初版	7月10日	
笑顔のお地蔵様	童話	苦樂	3巻7号	8月1日	7・8月合併号
平七昔ばなし	童話	こども朝日	10巻3号	8月1日	
ビワの実	童話	こどもの青空	3巻6号	8月1日	
ふしぎな話	童話	『ふしぎな話』旅行文化社	初版	8月1日	
あとがき		『三重吉童話讀本3　ある羊かいの話 他六篇』明日香書房	初版	8月10日	
あとがき		『三重吉童話讀本4　黄金鳥 他八篇』明日香書房	初版	8月30日	
山湖風物記	小説	明日	2巻8号	9月1日	小説特集
たきぎ船	小説	暖流	3号	9月1日	

作品名	類別	掲載紙・誌	巻号	発表月日	備考
未明・廣介・譲治鼎談 兒童文學の展望と諸問題（小川未明・濱田廣介・坪田譲治・船木枳郎・後藤楢根ほか）	対談	童話	3巻4号	9月1日	
あとがき		『三重吉童話讀本1　三匹の小豚』明日香書房	初版	9月15日	
夏の夢冬の夢	小説	童話教室 ＊昭和24年1月から「少年オール」と改題	2巻9号〜3巻2号	10月1日〜翌年2月1日	6回連載
野尻湖のほとりにて	随筆	東京新聞		10月3日	
こわいもの	随筆	銀河	3巻10号	10月1日	
タコをとばす	童話	季刊・新兒童文化	第3冊	10月15日	特集／民主主義と兒童観 絵／さわいいちさぶろう
あとがき		『三重吉童話讀本5　銀の泉 他六篇』明日香書房	初版	10月15日	
ねことままごと	童話	こどものはた	3巻11号	11月1日	
あとがき		『三重吉童話讀本7　黑いさばく 他五篇』明日香書房	初版	11月15日	
あとがき		『子供の朝 日本少年少女作文集』海住書店	初版	11月15日	

作品名	類別	掲載紙・誌	巻号	発表月日	備考
あとがき		『三重吉童話讀本6 石の王子 他七篇』明日香書房	初版	11月30日	
三人の大力男	童話	少年讀賣別冊	5巻4号	12月1日	
あとがき		『三重吉童話讀本8 バラの王女 他四篇』明日香書房	初版	12月15日	
あとがき		『三重吉童話讀本9 魔法の魚 他六篇』明日香書房	初版	12月15日	

昭和二四年（一九四九）

作品名	類別	掲載紙・誌	巻号	発表月日	備考
こんにちは	インタビュー	銀河	4巻1号	1月1日	
かりうどのはなし	小説	銀河	4巻1号	1月1日	
ごんべいとカモ	童話	子どもの村	3巻1号	1月1日	
たにしときつね	童話	日本ノコドモ	13巻1号	1月1日	
山の中では	童話	少年少女の広場	4巻1号	1月1日	
あとがき		『三重吉童話讀本10 たかの騎士 他七篇』明日香書房	初版	1月15日	
旅の子アダム「固い翻訳」	随筆	東京新聞		1月26日	
春の夢　秋の夢	小説	『春の夢　秋の夢』新潮社	初版	2月28日	
石橋	童話	銀河	4巻3号	3月1日	
おべんとうのはなし	童話	なかよしブック	2巻3号	3月1日	
美しい暮しについて	随筆	美しい暮しの手帖	3号	4月1日	
子供のための音樂に就て	随筆	新音樂教育	2号	4月1日	

作品名	類別	掲載紙・誌	巻号	発表月日	備考
まえがき		磯部忠雄著『少年小説と童話集　ぼくのうらない』アテネ出版社	初版	4月20日	
私の釣り	随筆	小説新潮	3巻6号	5月1日	
子供の幸福とは（坪田譲治・周郷博・吉見静江）	鼎談	厚生時報	4巻5号	5月1日	
惡事の思出	随筆	月刊眞珠	1巻1号	5月1日	
うしのともだち	童話	『ガマのげいとう』海住書店	初版	5月1日	
はちろうとこい	童話	〃	初版	5月1日	
リスとかしのみ	童話	〃	初版	5月1日	
にじとかに	童話	〃	初版	5月1日	
かきのみ	童話	〃	初版	5月1日	
あとがき		〃	初版	5月1日	
文壇太公望		文藝往來	1巻5号	5月1日	
昔の五月	随筆	文藝往來	1巻5号	5月1日	
まえがき		『柿の木と少年』「児童文学選」アテネ出版社	初版	5月20日	
山の神のうつぼ	童話	〃	初版	5月20日	
灰なわ千たば	童話	〃	初版	5月20日	
狐の話	コント	中学時代	1巻2号	6月1日	
あとがき		『小川未明・坪田譲治集』「新日本文學選集1」新日本文學會	初版	6月1日	

作品名	類別	掲載紙・誌	巻号	発表月日	備考
あとがき		小川未明著『野ねずみから起った話・一匹のふな』〔新児童文学選集1〕新日本文学会	初版	6月1日	
ふく子と杉平	小説	銀河	4巻7号	7月1日	
ほんのはじめに		『ひらがなどうわねことままごと』アテネ出版社	初版	7月1日	
あとがき		小川未明著『おはなしのまち』アテネ出版社	初版	8月1日	
序		小山内薫著『ヨコナン先生』〔赤い鳥名作童話読本3〕明日香書房	初版	8月15日	
序		木内高音著『スフィンクス物語』〔赤い鳥名作童話讀本1〕明日香書房	初版	9月1日	
序		楠山正雄著『いちごの國』〔赤い鳥名作童話読本二〕明日香書房	初版	9月1日	
序		宇野浩二著『春をつげる鳥』〔赤い鳥名作童話読本四〕明日香書房	初版	9月3日	
四羽の小鳥	小説	『四羽の小鳥』新潮社	初版	9月10日	
本のはじめに		兒童文學者協會編『小学五年生文學度讀本』河出書房	初版	9月15日	

昭和二五年（一九五〇）

作品名	類別	掲載紙・誌	巻号	発表月日	備考
戦後の児童文学を語る（猪野省三、坪田譲治・百田宗治・吉田甲子太郎ほか）	座談会	季刊・新児童文化	第四冊	9月25日	特集／日本社会と児童文化
あとがき		『ベニー川のほとり』〔日本童話名作選集〕三十書房	初版	9月30日	
本の思い出	随筆	小学五年生	2巻7号	10月1日	
おばけの世界	脚本	眞船豊・阿貴良一編『少年少女劇名作選　日本編』新潮社	初版	10月25日	脚色／青沼三朗
二人の姉	小説	女性線	4巻10号	11月1日	
選集によせて		日本文藝家協会編『少年文學代表選集1』光文社	初版	11月10日	
ゆめ	童話	日本文芸家協会編『少年文学代表選集1』光文社	初版	11月	
おばけとゆうれい	童話	白象	1巻1号	11月30日	
アプレゲール児童文学と、その将來（坪田譲治・波多野完治・藤田圭雄ほか）	座談会	白象	1巻1号	11月30日	
友達について	随筆	文藝公論	1巻6号	12月1日	
絵の思出	随筆	美術手帖	24号	12月1日	
あとがき		菊池寛著『三人兄弟』〔日本童話名作選集〕三十書房	初版	12月22日	

作品名	類別	掲載紙・誌	巻号	発表月日	備考
通りにくい道	小説	再建評論	4号	1月1日	
うさぎのきょうだい	童話	小學二年	5巻1号〜3号	1月1日〜3月1日	3回連載 絵／中尾彰
母と柿の種	小説	新女苑	14巻1号〜10号	1月1日〜10月1日	10回連載
メガネの中に	随筆	讀賣新聞夕刊		1月22日	
森の湖水	小説	教育手帖	1号	2月1日	
ゆきとことり	童話	ふたば	5巻2号	2月1日	
東京へいく道	童話	銀の鈴 4年生	5巻2号	2月1日	
あとがき		宮沢賢治著『銀河鉄道の夜』［日本童話名作選集］三十書房	初版	2月5日	
解説		鈴木三重吉著『千鳥』［新潮文庫］新潮社	初版	2月28日	
弱気地獄	随筆	新潮	47巻3号	3月1日	
まえがき		『三年生のための坪田譲治童話集』［学年別童話集 三年生］三十書房	初版	3月15日	
まえがき		『谷間の池』［日本童話小説文庫8］小峰書店	初版	3月15日	
うさぎのきょうだい	童話	小學三年	5巻4号〜8号	4月1日〜8月1日	5回連載
あとがき		浜田広介著『雪のふる國 廣介童話代表作集』［日本童話小説文庫9］小峰書店	初版	4月25日	

作品名	類別	掲載紙・誌	巻号	発表月日	備考
あとがき		『善太と三平』童話春秋社	初版	5月31日	
新潮社「文學賞」選後評	批評	小説新潮	4巻6号	6月1日	
推奨		童園	1号	6月1日	
先生と御父兄へ		小学二年の学習	4巻3号	6月1日	
序		司法保護協會編『不良少年はよくなる―脱線少年の處方箋』［少年保護叢書］衆望社	初版	6月5日	
二十四年の児童文学（概観一二）	評論	日本文藝家協會編『文藝年鑑一九五〇』新潮社	初版	6月15日	
故郷のともしび	随筆	与田準一編『幼年 第二集』西荻書店	初版	6月20日	
演説（小川未明先生のお祝の日に）		少年少女	5巻7号	7月1日	
鮒	随筆	小説公園	1巻4号	7月1日	
先生と御父兄へ		小学二年の学習	4巻4号	7月1日	
廣津さんの思出	随筆	日本近代文學研究會編『現代日本小説大系33巻』［月報21号］河出書房	初版	7月10日	
児童図書紹介批評	評論	ニューエイジ	2巻8号	8月1日	
子供の頃	随筆	臨床心理と教育相談	1巻3号	8月1日	
序		日本綴方の会編『模範小学生作文集 上級編』第一出版	初版	9月15日	
十月のことば	随筆	小学六年生	3巻7号	10月1日	

作品名	類別	掲載紙・誌	巻号	発表月日	備考
あとがき		相馬御風著『良寛さまのお話』小峰書店	初版	10月10日	
社會の健全さ―ウイリアム・サローヤン著『人間喜劇』（小野稔訳）	書評	日本讀書新聞		10月25日	
わが家の本棚	アンケート	日本讀書新聞		11月1日	
自序		『古里のともしび』泰光堂	初版	11月10日	
序		日本綴方の会編『模範中学生作文集』第一出版	初版	11月15日	
解説		山本有三著『路傍の石』［新潮文庫］新潮社	初版	11月30日	
鈴木先生のこと		『鈴木三重吉文庫（小学二年の巻）』実業之日本社	初版	11月30日	
鈴木先生のこと		『鈴木三重吉文庫（小学三年の巻）』実業之日本社	初版	11月30日	
苦境時代	随筆	小説新潮	4巻13号	12月1日	
童苑七号のはじめに		童苑	7号	12月1日	
私の中学時代	随筆	中学時代	2巻12号	12月1日	
少年文学歳末感	随筆	東京新聞夕刊		12月14日〜15日	2回連載
収穫と期待	アンケート	日本讀書新聞		12月20日	

昭和二六年（一九五一）

作品名	類別	掲載紙・誌	巻号	発表月日	備考
書き初めの話	随筆	郵政	3巻1号	1月1日	
文学お国自慢	随筆	小説新潮	5巻1号	1月1日	
すいせんの言葉		岩下彪著『北鮮脱出日記 中学生の記録』十字屋書店	初版	1月1日	
監修のことば		關英雄他編『小學文藝讀本 一―六年生』泰光堂	初版	1月15日～2月15日	
きつぷの事	随筆	歴史	1巻3号	3月1日	
すいせんの言葉		無着成恭編『山びこ学校―山形県山元中学校の生活記録』青銅社	初版	3月5日	
藤村童話覚書	評論	『島崎藤村全集・藤村研究』［月報16］新潮社	初版	3月	未見
老年礼讃	小説	新潮	48巻5号	4月1日	
かにと日の丸	童話	よいこ	2巻1号	4月1日	
カバー袖紹介文		石井桃子著『ノンちゃん雲に乗る』光文社	初版	4月20日	
ふるさと	小説	婦人之友	45巻5号～6号	5月1日～6月1日	2回連載
「こどもの日」に寄せて	随筆	夕刊新大阪		5月6日	
小川未明論―少年よみもの研究	評論	新しい学校	3巻7号	7月1日	
わたしの処女作	随筆	びわの実学校	76号	7月7日	
三つの母の本	随筆	讀賣新聞		7月16日	
序		鈴木三重吉著『風車場の秘密』ポプラ社	初版	9月10日	

作品名	類別	掲載紙・誌	巻号	発表月日	備考
選評		『おかあさん　全国児童綴方集』講談社	初版	9月15日	
「果樹園」の小鳥たち	児童劇	内村直也他編『日本童話劇　下』誠文堂新光社	初版	11月10日	脚色／青沼三朗
解説		『小川未明童話集』［新潮文庫］新潮社	初版	11月10日	
解説		壺井栄著『母のない子と子のない母と』光文社	初版	11月10日	
解説		『家に子供あり』［物語名作選］泰光堂	初版	12月10日	

昭和二七年（一九五二）

作品名	類別	掲載紙・誌	巻号	発表月日	備考
入選批評―読売新聞社主催全国小中学校綴方コンクール（坪田譲治・波多野完治・藤田圭雄ほか）	座談会	実践国語	13巻140号	1月1日	特集／これからの国語教育
小説と童話の文章	評論	言語生活	4号	1月1日	
序		岡本良雄著『うさぎのおみまい』［ひらがなぶんこ］泰光堂	初版	1月15日	
青少年への讀書のすすめ	随筆	ニューエイジ	4巻2号	2月1日	
山から来たお爺さん	童話	よいこ二年生	2巻11号	2月1日	
湖上の春	童話	讀賣新聞		5月3日	
文学精神ということなど（私の創作手帖）	随筆	日本児童文学	復刊2号	5月10日	

作品名	類別	掲載紙・誌	巻号	発表月日	備考
動物映画（波多野完治・古賀忠道・坪田譲治ほか）	座談会	映画の友	20巻5号	5月1日	
うしのこども	童話	キンダーブック 観察絵本	7巻2号	5月5日	
日本の昔ばなしについて	評論	『鶴の恩がえし―日本昔ばなし集』［新潮文庫］新潮社	初版	5月17日	
落第といふこと	随筆	小川誠一郎編『私の人生訓』誠文堂新光社	初版	6月1日	
こぶとり	童話	『こぶとり』［講談社の一年文庫16］講談社	初版	6月5日	
「こぶとり」について		『こぶとり』［講談社の一年文庫16］講談社	初版	6月5日	
ピノキオを見て（石井桃子・坪田譲治・相良和子・藤井鶴子ほか）	座談会	スタア	7巻7号	7月1日	
カラスの礼儀	童話	文学教育	第2集	7月5日	
後書き		『源平盛衰記』［少年讀物文庫］同和春秋社	初版	7月10日	
解説		鈴木三重吉著『湖水の鐘 金のへび 他十三編』［岩波文庫］岩波書店	初版	7月25日	
ある老人の死	小説	小説朝日	2巻9号	8月1日	
あとがき		『風の中の子ども』東洋書館	初版	8月4日	
三年生のみなさんに		『坪田譲治童話』金子書房	初版	9月10日	
序		鈴木三重吉著『風車場の秘密』	初版	9月10日	

作品名	類別	掲載紙・誌	巻号	発表月日	備考
せみと蓮の花	小説	新潮	49巻10号	10月1日	
東京への道	童話	『年刊日本児童文学代表作集5』	初版	10月	未見
清水崑作『かっぱつり太郎』	書評	日本讀書新聞		10月13日	
『千鳥』のこと	感想	文芸	9号	11月1日	臨時増刊
解説		壺井栄著『二十四の瞳』	初版	12月25日	

昭和二八年（一九五三）

作品名	類別	掲載紙・誌	巻号	発表月日	備考
幸福の味	随筆	新潮	50巻1号	1月1日	
夢の元日	随筆	毎日新聞		1月1日	
お正月とお節句	随筆	ニューエイジ	5巻1号	1月1日	
夢のクジラ	童話	西日本新聞		1月2日	
遠くにいる日本人	童話	読売新聞夕刊		1月3日	
キミは誰ですか	童話	日本経済新聞		1月11日	絵／和田脇
まえがき		『ひらかな日本むかしばなし1』「ジャケット・ひらかな文庫」金の星社	初版	1月15日	
解説		浜田広介著『浜田広介童話集』「新潮文庫」新潮社	初版	1月20日	
夢を見させた『独歩集』（私の読書遍歴）		日本読書新聞		2月9日	

作品名	類別	掲載紙・誌	巻号	発表月日	備考
まえがき		『三年生のための坪田譲治童話集』〔学年別童話集〕三十書房	初版	2月20日	
青春回顧	随筆	全日本社会教育連合会編『わが青年時代』〔青年双書12〕大蔵省印刷局	初版	2月	未見
作者のことば		『宮沢賢治・浜田広介・坪田譲治集』〔日本児童文学全集4（童話篇4）〕河出書房	初版	4月1日	
座談会創元社世界少年少女全集（坪田譲治・阿部知二ほか）	座談会	新刊ニュース	3巻10号	4月1日	書店版
好きな史上の人—福澤諭吉	感想	朝日新聞		4月3日	
今日の時勢と私の希望	アンケート	世界	89号	5月1日	
巻頭のことば		愛育	18巻5号	5月1日	
ことばの生活、ことばの教育	随筆	婦人之友	47巻5号	5月1日	署名／坪田譲二
「子供の日」に思う	随筆	毎日新聞		5月5日	
善太と三平のこと	随筆	朝日新聞		5月14日	
文士に於ける自信の問題	随筆	新潮	50巻6号	6月1日	
作家の言葉		小説新潮	7巻8号	6月1日	
かえるのお月さま	童話	こどものせかい	6巻1号	6月1日	
私の顔・童話作家		家庭よみうり	347号	6月1日	
ぴいぷる（芸術家通信十八氏）	手紙	芸術新潮	4巻7号	7月1日	

作品名	類別	掲載紙・誌	巻号	発表月日	備考
あかずきんちゃん	童話	チャイルドブック	17巻7号	7月1日	
友達と梅の実	童話	日本経済新聞		7月26日	絵／和田脇
童話について（創作断想）	随筆	新潮	50巻9号	9月1日	
友愛學舎の思ひ出	随筆	ニューエイジ	5巻9号	9月1日	
解説		『文芸童話集』［世界少年少女文学全集30　日本編3］創元社	初版	9月1日	
あとがき		『ベニー川のほとり』［日本童話名作選集（特製版）］三十書房	初版	9月30日	
私のあゆんで来た道（先生方の中学時代）	随筆	中学生の友	30巻7号	10月1日	
おじいさんの話	童話	こどものせかい	6巻6号	11月1日	
大正四年のころ	随筆	財政	18巻13号	11月1日	
方言、綴方、新仮名	評論	図書	50号	11月1日	
カニとカキのタネ	童話	読売新聞・夕刊		11月7日	
いろりばた	童話	キンダーブック　観察絵本	8巻8号	11月1日	
杉平帰らず	小説	小説新潮	7巻15号	12月1日	
むかしのおはなし　とびたんご	童話	チャイルドブック	17巻12号	12月1日	

昭和二九年（一九五四）

作品名	類別	掲載紙・誌	巻号	発表月日	備考
山の中の花	童話	毎日新聞		1月4日	

作品名	類別	掲載紙・誌	巻号	発表月日	備考
ガマのゆめ	童話	小学生朝日新聞		1月3日／1月7日	2回連載
解説		『尾崎士郎集』［昭和文学全集28］角川書店	初版	1月15日	
本のはじめに		『児童文学入門―童話と人生』［朝日文化手帖14］朝日新聞社	初版	1月30日	
杉平の影	小説	小説新潮	8巻3号	2月1日	絵／須田寿
子供について	随筆	教育音楽	9巻2号	2月1日	
童話をつくる心・与える心―世界の童話めぐり	随筆	小三教育技術	7号	3月1日	
童話と作文	評論	朝日新聞		3月5日	
「小川未明の童話」について	評論	小川未明著『赤いろうそくと人魚』［世界名作童話全集44］講談社	初版	3月15日	
杉平帰る	小説	小説新潮	8巻5号	4月1日	
文學的な思出	随筆	東京だより	57号	4月	未見
「子どもたちは見ている」感想	感想	日本児童文学	復刊10号	4月5日	
随筆		労働文化	5巻5号	5月1日	
あとがき		『坪田譲治全集2　子供の四季』新潮社	初版	5月30日	
四十銭	随筆	暮しの手帖	24号	6月1日	
岡山風土記	随筆	小説新潮	8巻8号	6月1日	

作品名	類別	掲載紙・誌	巻号	発表月日	備考
あとがき		『森の中の塔』［特選・学年別童話 三年生］金の星社	初版	6月5日	
あとがき		小川未明著『うずめられた鏡』［現代児童文学名作選Ⅰ］金の星社	初版	6月5日	
あとがき		『少年の日』［少年長編小説2］新潮社	初版	6月30日	
お庄さん	童話	朝日放送編『小さな自画像〝わが幼き日〟101人集』［朝日文化手帖29］朝日新聞社	初版	6月30日	
あとがき		『坪田譲治全集1　風の中の子供他』新潮社	初版	6月30日	
児童文学論争よ 起これ（上・下）	評論	東京新聞夕刊		7月22日～23日	2回連載
あとがき		『坪田譲治全集5　童話集Ⅰ』新潮社	初版	7月30日	
終戦の日	随筆	世界	104号	8月1日	
人間の心の美しさを尊重しよう（私の教育観）	随筆	カリキュラム	68号	8月1日	
雲と正太のこと	随筆	幼児の教育	53巻8号	8月1日	
書評・壺井栄著『柿の木のある家』	書評	時事通信	2640号	8月	時事解説版
解説		『日本童話集』［世界少年少女文学全集28］創元社	初版	8月15日	

作品名	類別	掲載紙・誌	巻号	発表月日	備考
あとがき		『坪田譲治全集6　童話集Ⅱ』新潮社	初版	8月30日	
本のはじめに		坪田譲治編『タカの子』〔小学生全集55〕筑摩書房	初版	9月5日	
童話作法	評論	川端康成等編『文章講座4　創作方法』河出書房	初版	9月30日	
あとがき		『坪田譲治全集7　童話集Ⅲ』新潮社	初版	9月30日	
作家の日記	随筆	小説新潮	8巻13号	10月1日	
子供ギャング	随筆	文藝春秋	32巻15号	10月1日	
三重吉断章	随筆	新潮	51巻10号	10月1日	絵／牧野醇
あとがき		『坪田譲治全集3　虎彦竜彦』新潮社	初版	10月30日	
かめにまけたうさぎ	童話	家の光	30巻12号	11月1日	附録／子ども家の光　絵／安泰
「働く少年の作文」を読んで	感想	婦人と年少者	2巻11号	11月1日	
あとがき		『善太三平物語』光文社	初版	11月20日	
あとがき		『坪田譲治全集4　短篇集』新潮社	初版	11月30日	
街	随筆	新潮	51巻12号	12月1日	絵／土井栄
正直	随筆	青い鳥	1号（季刊）	12月1日	
老人	随筆	風報	1巻6号	12月1日	

作品名	類別	掲載紙・誌	巻号	発表月日	備考
あとがき		『坪田譲治全集8　昔ばなし・幼年童話集』新潮社	初版	12月25日	
まえがき		坪田譲治・浜田広介編『読んで聞かせる 幼児つづき話集1』実業之日本社	初版	12月	

昭和三〇年（一九五五）

作品名	類別	掲載紙・誌	巻号	発表月日	備考
作品のねらいがはっきりしない―文芸サークル	随想	小三教育技術	8号（通11号）	1月1日	
わたくしたちのおへや	随筆	一年の学習	8巻9号	1月1日	
影絵童話台本 にじとかに	脚本	絵本木馬	9号	1月1日	
わたくしたちの作品誌上がくげい大会 入選者発表		こども家の光	31巻1号	1月1日	
はしがき		坪田譲治等編『1年生の少女童話』金の星社	初版	1月10日	
はしがき		坪田譲治等編『2年生の少女童話』金の星社	初版	1月10日	
解説		鈴木三重吉著『古事記物語』［角川文庫］角川書店	初版	1月20日	
つるのおんがえし	童話	家の光	31巻2号	2月1日	附録／こども家の光 絵／鈴木寿雄
兵隊の頃	随想	婦人之友	49巻2号	2月1日	

作品名	類別	掲載紙・誌	巻号	発表月日	備考
はしがき		坪田譲治等編『3年生の少女童話』金の星社	初版	2月15日	
はしがき		坪田譲治等編『4年生の少女童話』金の星社	初版	2月15日	
赤い鳥の綴方について	評論	鈴木珊吉等編『六年生の赤い鳥』小峰書店	初版	2月15日	
信濃たらふく會	随筆	小説新潮	9巻4号	3月1日	
二十歳の春	小説	新潮	52巻4号	4月1日	創作三十人集
まえがき		坪田譲治編『日本児童文学選2』［日本児童文庫46］アルス	初版	4月18日	
あとがき		〃	初版	4月18日	
私の愛する文章	随筆	文藝	12巻6号	5月1日	
勇気のあるやさしい子―坪田おじさんにきく（クオレの話）	インタビュー	日本経済新聞		5月5日	
私の童話観	評論	太郎花子編集委員会『文学と国語教育 童話と劇』	初版	5月	未見
私の仕事	随筆	世界	114号	6月1日	
私の歩んだ道	随筆	蛍雪時代	25巻6号	6月1日	
おじいさんときつね	童話	よみうり少年少女新聞		6月2日	
水鳥のいる夕景	随筆	辰野隆編『落第読本』鱒書房	初版	6月10日	

作品名	類別	掲載紙・誌	巻号	発表月日	備考
小川未明ベスト・スリー（「赤いろうそくと人魚」「野ばら」「もの言はぬ顔」）	随筆	毎日新聞		6月20日	
「赤い鳥」の童話について	随筆	『赤い鳥傑作集』［新潮文庫］新潮社	初版	6月25日	
おおきなへちま	童話	こども家の光	31巻8号	7月1日	家の光ふろく
鈴木先生を思出して	随筆	『現代日本文学全集34』［月報44］筑摩書房	初版	7月25日	
中学生の読書	評論	亀井勝一郎等編『青年期の読書指導』［読書指導講座7］牧書店	初版	7月	
雑司ヶ谷今昔（南沢サロン）（坪田譲治・羽仁吉一・羽仁もと子）	対談	婦人之友	49巻8号	8月1日	
母	小説	新潮	52巻8号	8月1日	終戦十年記念号
子どもの作文をどう見るか	評論	小三教育技術	9巻6号	8月1日	
こんなに生きるのなら	随筆	亀井勝一郎編『わが青春記』［三笠新書］三笠書房	初版	8月10日	
釣の思出	随筆	朝倉文夫等著『釣り天狗』中央公論社	初版	8月15日	
思出す人々	随筆	風報	2巻9号	9月1日	
「動物聚落」を読んで	感想	水甕	42巻9号	9月1日	
私とアンデルセン	アンケート	日本児童文学	1巻2号	9月10日	

作品名	類別	掲載紙・誌	巻号	発表月日	備考
古城にうたう 岡山城跡	随筆	週刊読売	14巻39号	10月1日	
思い出の人たち	随筆	文芸首都	24巻8号	10月1日	署名／坪田譲二
古い伝承から今日の民話へ（坪田譲治・冨山博之・岡本良雄ほか）	座談会	日本児童文学	1巻3号	11月1日	
本のはじめに		水藤春夫等編『日本のこころ6年生』小峰書店	初版	11月5日	
鬼界ガ島の俊寛（源平盛衰記）	童話	〃	初版	11月5日	
まえがき		『かぐや姫』［世界名作童話全集60］講談社	初版	11月15日	
あとがき		〃	初版	11月15日	
安田君	随筆	文藝首都	24巻10号	12月1日	
柿の実とアマンジャク	童話	小学生上級編	1号	12月6日	
こうして批判の機会をつくってくれることはうれしい	発言	岩崎書店編集部編『日本共産党の方針：第六回全国協議会決議 文化人から党への言葉』［岩崎新書］岩崎書店	初版	12月15日	
気がよわかったこども	随筆	今井誉次郎・壺井栄編『えらい人の子どものころ 二年生』鶴書房	初版	12月25日	
選集によせて		日本文芸家協会編『少年文学代表選集［第4集］1955年版』光文社	初版	12月15日	

昭和三一年（一九五六）

作品名	類別	掲載紙・誌	巻号	発表月日	備考
わたしの童話特別募集入選作	選評座談	婦人朝日	10巻1号	1月1日	特集／あれから10年
井伏さんの思出	随筆	文庫	52号	1月1日	
解説		鈴木三重吉著『古事記物語』角川書店	初版	1月20日	
あとがき		『坪田譲治　一年生の童話』「坪田譲治学年別童話集1」金の星社	初版	1月25日	
桃の実とアマンジャク	童話	小学生上級版	1巻1号	1月1日	創刊号／新年号
遠い昔のこと	随筆	新潮	53巻3号	3月1日	絵／南大路一
文學賞の思出—藝術院賞（昭和二十九年度）	随筆	新潮	53巻3号	3月1日	
童話について小さい感想	感想	日本児童文学	2巻3号	3月1日	
あとがき		『坪田譲治　二年生の童話』「坪田譲治学年別童話集2」金の星社	初版	3月25日	
小豆島のこと	随筆	『壺井栄作品集全15巻内容見本』筑摩書房		3月	

作品名	類別	掲載紙・誌	巻号	発表月日	備考
小説について小さい感想	感想	日本児童文学	2巻4号	4月1日	
子どもにきかせる一日一話		母の友	31号	4月1日	
この本のお話を思いだしてみましょう		坪田譲治編『泣いた赤おに日本童話集』「講談社の三年生文庫7」講談社	初版	4月30日	
愛妻随筆	随筆	小説新潮	10巻7号	5月1日	
小さな感想	感想	日本児童文学	2巻5号	5月1日	
あとがき		鈴木三重吉著『石の馬』金の星社	初版	5月28日	
小さい感想	感想	日本児童文学	2巻6号	6月1日	
二人は年をとりました	小説	別冊文芸春秋	52号	6月28日	短篇小説30人集
縫いかけの羽織（母の像）	童話	子どものしあわせ	3号	7月1日	
今日の随筆	随筆	日本児童文学	2巻7号	7月1日	7・8月合併号
題簽		中村地平編『卓上の虹』「中村地平全集3」皆美社	初版	7月7日	
あとがき		『坪田譲治 三年生の童話』「坪田譲治学年別童話集3」金の星社	初版	7月15日	
こどもの遊び（教育随想）	随筆	初等教育資料	75号	8月1日	
寸感		小説新潮	10巻11号	8月15日	
童話と人生	随筆	馬車	19号	8月20日	
関西講演旅行	報告	日本児童文学	2巻8号	9月1日	

作品名	類別	掲載紙・誌	巻号	発表月日	備考
魔性のもの	小説	新潮	53巻9号	9月1日	絵／鷹山宇一
きつねのさいばん	童話	たのしい一年生	1巻1号	9月1日	
あとがき		『坪田譲治 四年生の童話』［坪田譲治学年別童話集4］金の星社	初版	9月15日	
三重吉と「赤い鳥」	評論	日本児童文芸家協会編『児童文学2 児童文学の展望』［角川新書］講談社	初版	9月20日	
てんぐのうちわ	童話	たのしい一年生	1巻2号	10月1日	絵／川島はるよ
はじめに		坪田譲治編『児童文学名作集』［少年少女日本文学選集26］あかね書房	初版	10月15日	
児童文学について	評論	〃	初版	10月15日	
ほんのはじめに		水藤春夫等編『日本のこころ2年生』小峰書店	初版	10月15日	
おむすびころりん	童話	たのしい一年生	1巻3号	11月1日	
北海道の講演旅行	報告	日本児童文学	2巻10号	11月1日	
ゆたかな人間性を―第四回子どもを守る文化会議のために（羽仁説子との対談）	対談	子どものしあわせ	7号	11月1日	
あとがき		松谷みよ子著『ぞうとりんご1年生文庫』金の星社	初版	11月5日	

作品名	類別	掲載紙・誌	巻号	発表月日	備考
あとがき		『平家物語』［日本少年少女古典文学全集7］弘文堂	初版	11月10日	
しいのみひろい	童話	たのしい一年生	1巻4号	12月1日	
あとがき		鈴木三重吉著『湖水の鐘 三年生世界童話』［学年別世界童話］金の星社	初版	12月1日	

昭和三二年（一九五七）

作品名	類別	掲載紙・誌	巻号	発表月日	備考
女のこと	小説	新潮	54巻1号	1月1日	
文学賞委員会	随想	日本児童文学	3巻1号	1月1日	
風の中の頃のこと（私の創作を語る）	随筆	日本児童文学	3巻1号	1月1日	
三どよめなかった字	随筆	母の友	40号	1月1日	
ねずみのすもう	童話	たのしい一年生	2巻1号	1月1日	
まんじゅひめ	童話	たのしい三年生	1巻1号	1月1日	
お正月の目白	随筆	福井新聞		1月1日	
あとがき		島崎藤村著『青い柿』［日本童話名作選集］三十書房	初版	1月31日	
戸締り合戦	小説	小説新潮	11巻3号	2月1日	
ウグイスのほけきょう	童話	子どものしあわせ	10号	2月1日	
おにをぱくり	童話	たのしい一年生	2巻2号	2月1日	
序		尾崎士郎著『看板大関』寶文館	初版	2月5日	

作品名	類別	掲載紙・誌	巻号	発表月日	備考
本のはじめに		『つるのおんがえし』「坪田譲治日本むかしばなし1」金の星社	初版	2月20日	
悪口屋ザンゲ	随筆	新潮	54巻3号	3月1日	
だんご浄土	童話	子どものしあわせ	11号	3月1日	
ちからくらべ	童話	たのしい一年生	2巻3号	3月1日	
おかあさまのページ		たのしい二年生	1巻3号	3月1日	
先生や、ご両親の皆さまへ		坪田譲治他編『日本の名作どうわ1年生　日本童話名作選』「学年別・幼年文庫1年8」偕成社	初版	3月1日	
あとがき		鈴木三重吉著『まほうのふえ　二年生世界童話』「学年別世界童話」金の星社	初版	3月10日	
正直とウソ	随筆	東京新聞夕刊		3月19日	
吉田甲子太郎氏を悼む	弔辞	日本児童文学	3巻3号	4月1日	
おむすびころりん	童話	たのしい一年生	2巻4号	4月1日	
ぜんたとおじいさん	童話	小学二年生	13巻1号～11号	4月1日～12月1日	9回連載
いたずらきつね	童話	たのしい二年生	1巻4号	4月1日	「進級お祝」号
本のはじめに		『ネズミのくに』「坪田譲治日本むかしばなし2」金の星社	初版	4月30日	
天狗の酒	童話	日本児童文学	3巻4号	5月1日	

作品名	類別	掲載紙・誌	巻号	発表月日	備考
ぶんぶくちゃがま	童話	たのしい一年生	2巻5号	5月1日	絵／新井五郎
さるのひょうたん	童話	たのしい二年生	1巻5号	5月1日	
20世紀を子どもの世界に	座談会	子どものしあわせ	13号	5月1日	特集／日本子どもを守る会五周年記念
この本を読まれるみなさんのために		『きんのうめぎんのうめ』［こどものための日本名作教室・三年生］現代社	初版	5月10日	
あとがき（先生とご両親のかたがたへ）		〃	初版	5月10日	
あとがき		鈴木三重吉著『くろいとり 一年生世界童話』［学年別世界童話］金の星社	初版	5月15日	
あとがき		『せみと蓮の花』筑摩書房	初版	5月20日	
作品発表覚え		『せみと蓮の花』筑摩書房	初版	5月20日	
自分の影	随筆	文藝首都	26巻6号	6月1日	
セキさんの約束	童話	童話教室		6月1日	
さるとおじぞうさま	童話	たのしい二年生	1巻7号	6月1日	
金のかぶと	童話	日本児童文学	3巻6号	7月1日	
現代のロマンチシズム（坪田譲治・平塚武二・関英雄ほか）	座談会	日本児童文学	3巻6号	7月1日	
童話について	随筆	群像	12巻7号	7月1日	

作品名	類別	掲載紙・誌	巻号	発表月日	備考
げんごろうさんのたいこ	童話	たのしい二年生	1巻8号	7月1日	
太郎ともんきちょう	童話	こどもクラブ	10号	7月1日	
本のはじめに		桜田佐著『こどもの朝』緑地社	初版	7月30日	
『ミノスケのスキー帽』によせて		宮口しづえ著『ミノスケのスキー帽』［新版小学生全集35］筑摩書房	初版	7月31日	
木戸と屋根	小説	小説新潮	11巻11号	8月1日	
児童文学と愛国心	アンケート	日本児童文学	3巻7号	8月1日	
こびとのうす	童話	たのしい一年生	2巻8号	8月1日	
おあしとお金	童話	たのしい二年生	1巻9号	8月1日	
生活綴方の問題	随筆	産経時事		8月15日	
本のはじめに		『新百選 日本むかしばなし』新潮社	初版	8月30日	
竹の子童子	童話	〃	初版	8月30日	
うりひめこ	童話	〃	初版	8月30日	
はなたれ小僧さま	童話	〃	初版	8月30日	
竜宮のおよめさん	童話	〃	初版	8月30日	
竜宮の馬	童話	〃	初版	8月30日	
大きなカニ	童話	〃	初版	8月30日	
沼神の手紙	童話	〃	初版	8月30日	
かくれ里のはなし	童話	〃	初版	8月30日	
鬼六のはなし	童話	〃	初版	8月30日	
鬼の子小綱	童話	〃	初版	8月30日	
山の神と子ども	童話	〃	初版	8月30日	

作品名	類別	掲載紙・誌	巻号	発表月日	備考
松の木の下の老人	童話	〃	初版	8月30日	
千びきオオカミ	童話	〃	初版	8月30日	
仁王とが王	童話	〃	初版	8月30日	
アラキ王とシドケ王の話	童話	〃	初版	8月30日	
馬になった男の話	童話	〃	初版	8月30日	
こぶとりじいさん	童話	〃	初版	8月30日	
金をうむカメ	童話	〃	初版	8月30日	
灰まきじいさん	童話	〃	初版	8月30日	
天福地福	童話	〃	初版	8月30日	
お手伝いさん	随筆	文藝春秋	35巻9号	9月1日	
三つのねがい	童話	たのしい二年生	1巻10号	9月1日	
ぜんたとおじいさん	童話	小学二年生	13巻8号	9月1日	
老年も愉し（橋本寛敏・山川菊栄・坪田譲治・沢崎梅子）	座談会	婦人之友	51巻10号	10月1日	
雲煙四十年	小説	新潮	54巻10号	10月1日	
ひこいちどんとかっぱ	童話	たのしい二年生	1巻11号	10月1日	
「母と子」についての感想	随想	社会教育	12巻10号	10月1日	
本のはじめに		『瓜ひめこ』［坪田譲治 日本むかしばなし3］金の星社	初版	10月5日	
まえがき		与田凖一他編『赤い鳥代表作集1』［日本児童文学集成第1期］小峰書店	初版	10月15日	

作品名	類別	掲載紙・誌	巻号	発表月日	備考
児童文・児童詩と文学	評論	国分一太郎ほか編『児童文学とはどんなものか　文学教育基礎講座1』明治図書	初版	10月	
はじめに		高久めぐみ著『あしたはえんそく　はじめてかいたさくぶんしゅう』東西文明社	初版	10月29日	
子どもへのことば（朝お笛11）	随筆	朝の笛	2巻9号	11月1日	
落第ということ	随筆	旭の友	11巻11号	11月1日	
いえになったわら	童話	たのしい二年生	1巻12号	11月1日	
まえがき		与田準一他編『赤い鳥代表作集2』［日本児童文学集成第1期］小峰書店	初版	11月15日	
三重吉と「赤い鳥」の童話	評論	〃	初版	11月15日	
まえがき		与田準一ほか編『赤い鳥代表作集3』［日本児童文学集成第1期］小峰書店	初版	11月25日	
この意気で	随筆	日本児童文学	3巻11号	12月1日	
さわよむどんのうなぎつり	童話	たのしい一年生	2巻15号	12月1日	
佐渡の子供たちへ	随筆	作文	1号	12月7日	

昭和三三年（一九五八）

作品名	類別	掲載紙・誌	巻号	発表月日	備考
老いては	小説	小説新潮	12巻1号	1月1日	

作品名	類別	掲載紙・誌	巻号	発表月日	備考
かさじぞうさま	童話	たのしい二年生	1巻14号	1月1日	
お正月の思い出	随筆	小学五年生	10巻12号	1月1日	
日本むかしばなし ふるやのもり	童話	たのしい一年生	2巻16日	1月1日	
まえがき		日本文藝家協會編『少年文學代表選集5 1958年版』光文社	初版	1月25日	
道徳教育について（社会時評）	随筆	日本児童文学	4巻1・2号	2月1日	1・2月合併号
一九五八年・私のプラン	感想	日本児童文学	4巻1・2号	2月1日	1・2月合併号
おしょうさんととらねこ	童話	たのしい二年生	1巻15号	2月1日	
ねずみとこい	童話	たのしい三年生	2巻3号	3月1日	
老人独白	小説	小説新潮	12巻4号	3月1日	
三人のちからもち	童話	たのしい二年生	1巻16号	3月1日	
孫のはなし	随筆	風報	5巻3号	3月1日	
ねずみとこい	童話	たのしい三年生	1巻16号	3月1日	
Translations THE BOGEYMAN WORLD.（お化けの世界）Translated from the Japanese by William L.Clark	随筆	時事英語研究＝The Study of current English	13巻3号	3月1日	署名／Joji Tsubota
おむすびころりん	童話	たのしい幼稚園	14巻1号	4月1日	絵／武井武雄
さるになった長者のはなし	童話	子どものしあわせ	24号	4月1日	

作品名	類別	掲載紙・誌	巻号	発表月日	備考
ふしぎなたいこ	童話	たのしい二年生	2巻1号	4月1日	
むかしばなし　きんたろう	童話	小学二年生	14巻2号	5月1日	
〈私の言葉〉		週刊新潮	3巻19号	5月12日	
私と朝日新聞	随筆	週刊朝日		5月14日	奉仕版
本のはじめに		坪田譲治編『子どものためのまごころ動物記』光文社	初版	5月25日	
白鳥がまたやってきた	童話	〃	初版	5月25日	
随筆	随筆	食生活	52巻6号	6月1日	
きつねのしっぽい	童話	たのしい一年生	3巻3号	6月1日	
てんぐのかくれみの	童話	たのしい二年生	2巻3号	6月1日	
まえがき		『坪田譲治集』［新日本少年少女文学全集22］ポプラ社	初版	6月10日	
あとがき		『サバクの虹』［岩波少年文庫第1期168］岩波書店	初版	6月10日	
岡山（おもいでの町15）	随筆	暮しの手帖	第1世紀45号	7月5日	写真／松本正利
新しいメルヘンの誕生	評論	佐々木たづ著『白い帽子の丘童話集』三十書房	二刷	7月30日	
こわがり屋	小説	新潮	55巻8号	8月1日	
某月某日	随筆	小説新潮	12巻11号	8月1日	
宮沢賢治の童話について	評論	草野心平編『宮澤賢治研究』筑摩書房	初版	8月15日	
蛙（絵と随想）	感想	小説新潮	12巻13号	10月1日	
姉	小説	小説新潮	12巻13号	10月1日	
てんぐのかくれみの	童話	たのしい三年生	2巻7号	10月1日	

作品名	類別	掲載紙・誌	巻号	発表月日	備考
きしゃ犬（名作童話シリーズ）	童話	2年の学習	12巻7号	10月1日	
まえがき		坪田譲治他編『赤い鳥代表作集1初期』［日本児童文学集成第1期］小峰書店	初版	10月15日	
不振の創作童話を救うもの	随筆	週刊読書人		10月27日	
はじめに		『日本民話物語』［日本少年少女古典文学全集22］弘文堂	初版	10月30日	
あとがき		『日本民話物語』［日本少年少女古典文学全集22］弘文堂	初版	10月30日	
母のこと（わが母を語る）	随筆	婦人倶楽部	39巻11号	11月1日	
スズメの作文	童話	小学三年生	13巻9号	11月1日	
「せっちゃん」推選		高久めぐみ著『せっちゃん』隆文館	初版	11月7日	
まえがき		坪田譲治他編『赤い鳥代表作集2中期』小峰書店	初版	11月15日	
三重吉と「赤い鳥」の童話	評論	〃	初版	11月15日	
野尻湖にて	随筆	酒井朝彦編『ふるさとを訪ねて 長野』［少年少女文学風土記1］泰光堂	初版	11月15日	
まえがき		坪田譲治他編『赤い鳥代表作集3後期』小峰書店	初版	11月25日	

作品名	類別	掲載紙・誌	巻号	発表月日	備考
解説		鈴木三重吉著『世界童話集　4年生』［学年別世界童話集］金の星社	初版	12月10日	

昭和三四年（一九五九）

作品名	類別	掲載紙・誌	巻号	発表月日	備考
友達をさがす	童話	労働文化	10巻1号	1月1日	
老年の歌	小説	小説新潮	13巻3号	2月1日	
後楽園	随筆	坪田譲治編『ふるさとを訪ねて―岡山』［少年少女文学風土記2］泰光堂	初版	2月5日	
故里のともしび―岡山市・上石井	随筆	坪田譲治編『ふるさとを訪ねて―岡山』［少年少女文学風土記2］泰光堂	初版	2月5日	
はじめに		『善太の四季』［世界児童文学全集 第二期27］あかね書房	初版	2月25日	
兒童文學研究會の眞相	随筆	新潮	56巻4号	4月1日	
ひっこし	童話	四年の学習	14巻1号	4月1日	
『童話教室』創刊のことば	随筆	『新選日本児童文学3　現代編』小峰書店	初版	4月10日	
総会「運動方針」についての議事―古田足日氏におくる手紙	手紙	日本児童文学	5巻5号	5月1日	

作品名	類別	掲載紙・誌	巻号	発表月日	備考
本のはじめに		日本児童文学者協会・日本児童文学者協会北海道支部編『原っぱ 1959』日本児童文学者協会北海道支部	初版	6月20日	
昨日の恥	小説	新潮	56巻8号	8月1日	
はじめに		『日本むかし話集』［児童世界文学全集13］偕成社	初版	9月5日	
「日本のむかし話」について	解説	〃	初版	9月5日	
はじめに		坪田譲治他編『日本神話』［世界児童文学全集14］あかね書房	初版	9月15日	
日本神話について	解説	〃	初版	9月15日	
季節の話題「どんぐり」		郵政	11巻10号	10月1日	

昭和三五年（一九六〇）

作品名	類別	掲載紙・誌	巻号	発表月日	備考
前立腺肥大	小説	新潮	57巻1号	1月1日	のちに「手術」と改題
借金について	小説	小説新潮	14巻1号	1月1日	
少年少女のみなさんへ—一九六〇年のことば	感想	日本児童文学	6巻1号	1月1日	
塔についた血のはなし（宇治拾遺より）	童話	日本児童文学	6巻1号	1月1日	絵／池田仙三郎
忘れ得ぬ正月	随筆	別冊小説新潮	14巻2号	1月15日	

作品名	類別	掲載紙・誌	巻号	発表月日	備考
日本神話	古典	『日本神話 日本童話集』〔世界童話文学全集15〕講談社	初版	2月10日	
壺井さんのこと	随筆	『新選現代日本文学全集5 壺井栄集』〔月報24〕筑摩書房	初版	2月20日	
童話作家小川未明	評論	小川未明著『赤いろうそくと人魚』〔世界児童文学全集28〕あかね書房	初版	3月15日	
春の窓	随筆	小説新潮	14巻6号	4月1日	
道則 妖術を習うこと	小説	小説新潮	14巻7号	5月1日	
老境	随筆	風報	7巻5号	5月1日	
はじめに		『日本のむかし話1』〔日本童話全集6〕あかね書房	初版	5月5日	
あとがき		〃	初版	5月5日	
面白い童話と面白くない童話	随筆	日本読書新聞		5月9日	
南吉童話解説	解説	『新美南吉童話全集2 おじいさんのランプ』大日本図書	初版	5月31日	
あとがき		松谷みよ子著『ひらかな童話集』金の星社	初版	6月5日	
あとがき		『ふるさとの伝説―東日本編』〔日本童話全集9〕あかね書房	初版	6月15日	
太郎ともんきちょう	童話	こどもクラブ		6月	未見

作品名	類別	掲載紙・誌	巻号	発表月日	備考
みみずくと蓮の花	小説	小説新潮	14巻10号	7月15日	
はじめに		『今は昔の物語1』〔日本古典童話全集2〕あかね書房	初版	7月15日	
解説「今は昔の物語1」について		〃	初版	7月15日	
宮沢賢治の童話について	評論	草野心平編『宮沢賢治研究』筑摩書房	初版	8月15日	
源平盛衰記	古典	『日本古典 源平盛衰記』〔少年少女世界名作全集29〕講談社	初版	8月	
蜂とどろぼう	童話	大きなタネ	2号	9月1日	
だいじな記録	序	北村謙次郎著『北辺慕情記』大学書房	初版	9月1日	
きく童謡・みる童話	随筆	朝日新聞		9月21日	
はじめに		『日本のむかし話2』〔日本童話全集7〕あかね書房	初版	9月30日	
あとがき		〃	初版	9月30日	
はじめに		『源氏と平家の物語』〔日本童話全集4〕あかね書房	初版	10月30日	
解説「源氏と平氏の時代」		〃	初版	10月30日	
はじめに		『ふるさとの伝説・西日本編』〔日本童話全集10〕あかね書房	初版	11月20日	
あとがき		〃	初版	11月20日	

作品名	類別	掲載紙・誌	巻号	発表月日	備考
童話今日の問題	評論	保育の手帖	5巻12号〜6巻2号	12月1日〜翌年2月1日	3回連載
解説		『日本むかし話集』［幼年世界文学全集11］偕成社	初版	12月10日	
はじめに		『ふるさとの伝説・東日本編』［日本童話全集9］あかね書房	初版	12月15日	
あとがき		〃	初版	12月15日	

昭和三六年（一九六一）

作品名	類別	掲載紙・誌	巻号	発表月日	備考
まずお爺さんの話	小説	新潮	58巻1号	1月1日	
息子シカル	小説	小説新潮	15巻1号	1月1日	
ころは万寿	童話	日本児童文学	7巻1号〜5号	1月1日〜6月1日	5回連載
はじめに		『ふるさとの伝説・南日本編』［日本童話全集11］あかね書房	初版	1月20日	
あとがき		〃	初版	1月20日	
解説「神代の物語」について		『神代の物語』［日本童話全集1］あかね書房	初版	2月15日	
はじめに		『日本おとぎ物語』［日本童話全集5］あかね書房	初版	2月15日	

作品名	類別	掲載紙・誌	巻号	発表月日	備考
解説「おとぎ物語」について		〃	初版	2月15日	
はじめに		『日本のむかし話3』［日本童話全集8］あかね書房	初版	3月15日	
あとがき		〃	初版	3月15日	
あとがき		『昨日の恥 今日の恥』新潮社	初版	3月21日	
はじめに		『今は昔の物語2』［日本童話全集3］あかね書房	初版	4月15日	
解説「今は昔の物語」について		〃	初版	4月15日	
雑誌『赤い鳥』の思い出（ドキュメント・きりひらいて来た道）	随筆	坪田譲治等編『親と教師のための児童文化講座2（子どもの芸術と文学 その伝統と創造）』弘文堂	初版	5月10日	
小川先生をいたむ	随筆	産経新聞		5月12日	
小川未明の死	随筆	高知新聞		5月13日	
小川先生の思い出	随筆	小川未明著『赤いろうそくと人魚』［世界児童文学全集28］月報、あかね書房	初版	5月	
お医者さん（生活随想）	随想	婦人之友	55巻6号	6月1日	
児童文学者協会の十五年（坪田譲治・関英雄・酒井朝彦・猪野省三・鳥越信・与田準一ほか）	座談会	日本児童文学	7巻5号	6月1日	

作品名	類別	掲載紙・誌	巻号	発表月日	備考
はじめに		坪田譲治編『だいだいいろの童話集』［日本新童話全集1］創元社	初版	6月15日	
はじめのことば		『金のかぶと』［坪田譲治・童話教室1］小峰書店	初版	6月18日	
はじめのことば		『ガマのゆめ』［坪田譲治・童話教室2］小峰書店	初版	6月18日	
兄弟仲よく	小説	新潮	58巻7号	7月1日	
あいうえお	小説	小説新潮	15巻7号	7月1日	
東京創元社版日本新童話全集刊行にあたって	感想	Books	135号	7月5日	
はじめに		坪田譲治編『ぶどういろの童話集』［日本新童話全集2］創元社	初版	7月20日	
児童文学時事	随筆	東京新聞夕刊		7月28日〜29日	2回連載
リンゴの話	童話	あまカラ	120号	8月1日	
はじめに		坪田譲治編『ももいろの童話集』［日本新童話全集3］創元社	初版	8月15日	
無為無策	随筆	新潮	58巻9号	9月1日	
孝行について（巻頭随想）	随筆	小六教育技術	14巻8号	9月1日	
近代童話の父 小川未明（伝記物語）	伝記	中学時代二年生	6巻6号	9月1日	

作品名	類別	掲載紙・誌	巻号	発表月日	備考
文学のひろば	随筆	文学	29巻10号	10月1日	特集／小川未明
ゲンと不動明王	映画評	婦人之友	55巻10号	10月1日	
野尻湖	紀行	川端康成編『湖』有紀書房	初版	10月10日	
五十年の思い出	随筆	日本児童文学	7巻8号	11月1日	特集／小川未明追悼号
小川未明の人と文学（塚原健二郎・坪田譲治・波多野完治ほか）	座談会	日本児童文学	7巻8号	11月1日	〃
なまずと水晶の話	童話	おおきなタネ	5号	11月1日	
はじめの言葉		稗田宰子著『童話 ちらちらちらちら雪』小峰書店	初版	11月20日	
天気男と雨男	随筆	『佐藤春夫集』［日本文学全集25、月報］新潮社	初版	11月20日	
岡一太様（クーリエ）	手紙	日本児童文学	7巻9号	12月1日	
老人	小説	小説新潮	15巻12号	12月15日	

昭和三七年（一九六二）

作品名	類別	掲載紙・誌	巻号	発表月日	備考
さるじぞうさま	童話	たのしい二年生	5巻10号	1月1日	
はしがき		坪田譲治等著『東洋のことわざ 少年少女世界ことわざ百科2』弘文堂	初版	1月30日	

作品名	類別	掲載紙・誌	巻号	発表月日	備考
児童文学界のルーキーたち（坪田譲治・松井荘也・砂田弘ほか）	座談会	図書新聞		2月17日／24日	2回連載
片隅の交遊録①小穴隆一さん	随筆	新潮	59巻3号	3月1日	
私の高校時代―青春の思出	随筆	子どものしあわせ	11号	3月1日	
片隅の交遊録②佐藤春夫先生	随筆	新潮	59巻4号	4月1日	
文芸首都三十周年記念アンケート	アンケート	文藝首都	31巻4号	4月1日	
あまんじゃく	童話	たのしい二年生	6巻1号	4月1日	
うちきもの	小説	小説新潮	16巻4号	4月15日	
序		石川宏作『巣』東都書房	初版	4月20日	
片隅の交遊録③尾崎士郎氏	随筆	新潮	59巻5号	5月1日	
しおふきうす	童話	たのしい二年生	6巻2号	5月1日	
虚虚実実	小説	小説新潮	16巻5号	5月15日	絵／三田康
片隅の交遊録④女の附合い	随筆	新潮	59巻6号	6月1日	
昔の学校	童話	大きなタネ	6号	6月1日	主宰／塚原健二郎
あとがき		『三年生の童話』金の星社	初版	6月25日	
片隅の交遊録⑤若い頃の友達	随筆	新潮	59巻7号	7月1日	
むかし色々（作家の緑蔭随想）	随想	随筆サンケイ	9巻7号	7月1日	特集／作家の緑陰随想
いたずらきつね	童話	たのしい二年生	6巻4号	7月1日	

作品名	類別	掲載紙・誌	巻号	発表月日	備考
解説		尾崎士郎著『人生劇場 青春篇 下』［新潮文庫］新潮社	初版	7月	未見
片隅の交遊録⑥小田嶽夫と	随筆	新潮	59巻8号	8月1日	
虹とカニ	童話	幼児の教育	61巻8号	8月1日	
老境	随筆	更生保護	13巻8号	8月1日	
さるのひょうたん	童話	たのしい二年生	6巻5号	8月1日	絵／鈴木寿雄
片隅の交遊録⑦中村地平	随筆	新潮	59巻9号	9月1日	
国際アンデルセン賞と「龍の子太郎」（松谷みよ子作）	書評	新刊展望	6巻19号	9月1日	
ひこいちどんとかっぱ	童話	たのしい二年生	6巻6号	9月1日	
片隅の交遊録⑧	随筆	新潮	59巻10号	10月1日	
いえになったわら	童話	たのしい二年生	6巻7号	10月1日	絵／鈴木寿雄
片隅の交遊録⑨終回	随筆	新潮	59巻11号	11月1日	
ナンセンス・テールについて	評論	日本児童文学	8巻9号	11月1日	
現代児童文学の課題―坪田さんを囲んで（坪田譲治・鳥越信・滑川道夫ほか）	座談会	国文学 解釈と鑑賞	27巻13号	11月1日	臨時増刊号「現代児童文学事典」
ふしぎなたいこ	童話	たのしい二年生	6巻8号	11月1日	
ものを捨てる	小説	文芸朝日	1巻8号	12月1日	絵／中尾彰
3人の力もち	童話	たのしい二年生	6巻9号	12月1日	

昭和三八年（一九六三）

作品名	類別	掲載紙・誌	巻号	発表月日	備考
もののはずみ	小説	新潮	60巻1号	1月1日	
隠居の食事	随筆	食生活	57巻1号	1月1日	
片隅の交遊録①平塚武二氏	随筆	日本児童文学	9巻1号	1月1日	
ねずみのすもう（日本昔話）	童話	たのしい二年生	6巻10号	1月1日	絵／鈴木寿雄
日記について	随筆	中学時代二年生	7巻10号	1月1日	
昔のお正月	童話	ディズニーの国	4巻1号	1月1日	
さるとかわうそ	童話	キンダーブック観察絵本	17巻10号	1月1日	
かさじぞう	童話	キンダーブック観察絵本	17巻10号	1月1日	〃
わかがえりのいずみ	童話	キンダーブック観察絵本	17巻10号	1月1日	〃
片隅の交遊録②宮脇紀雄氏	随筆	日本児童文学	9巻2号	2月1日	
山うばと小ぞう（日本昔話）	童話	たのしい二年生	6巻11号	2月1日	
選者のことば	批評	『生活をえがく子ら　鈴木三重吉賞特選集』広島・中国新聞社企画調査部	初版	2月15日	「Living sheet」別冊
片隅の交遊録③小林純一氏	随筆	日本児童文学	9巻3号	3月1日	3・4合併号
ごんべえとかも（日本昔話）	童話	たのしい二年生	6巻12号	3月1日	
「黒煙」の思い出	随筆	『黒煙 復刻版別冊』近代文学資料保存会	初版	3月1日	
尾崎さんと私	随筆	『尾崎士郎集』「日本文学全集45月報」新潮社	初版	3月20日	
七十の風景	小説	小説新潮	17巻4号	4月1日	絵／須田寿

作品名	類別	掲載紙・誌	巻号	発表月日	備考
片隅の交遊録④巽聖歌氏	随筆	日本児童文学	9巻4号	5月1日	
本のはじめに		『つぼたじょうじ ぜんたとさんぺい』「わたしのはじめてのほん3」童心社	初版	5月25日	
はじめのことば		坪田譲治・大川悦生著『子どもに聞かせる日本の民話』実業之日本社	初版	6月10日	
本のはじめに		『むかしばなし』「わたしのはじめてのほん」童心社	初版	6月20日	
むかしの学校	童話	大きなタネ	8号	7月1日	
ほんのはじめに		『ことばのほん』童心社	初版	7月1日	
私の広告		文芸朝日	2巻7号	7月1日	
みなさんへ		『善太と三平』「日本児童文学全集8」偕成社	初版	7月10日	
賢い孫と愚かな老人	小説	新潮	60巻8号	8月1日	
えだのうえのからす	童話	キンダーブック	18巻5号	8月1日	
児童文学と商業主義	評論	読売新聞夕刊		8月17日	
ぼけた老人とぼけぬ老人	小説	小説新潮	17巻10号	10月1日	
雑誌を思いたった話	随筆	びわの実学校	1号	10月10日	
金川中学の思い出	随筆	八十周年記念誌編集委員会編『臥龍―八十周年記念誌』岡山県立金川高等学校	初版	10月18日	
秋の夜ながに	小説	新潮	60巻11号	11月1日	
おじいちゃんにもおちちがある	童話	太陽	1巻6号	11月1日	

作品名	類別	掲載紙・誌	巻号	発表月日	備考
児童文化財を大切に—雑誌「びわの実学校」で思う	随筆	東京新聞夕刊		11月24日	
公私ともに	随筆	新潮	60巻12号	12月1日	
ふたりの友だち	随筆	びわの実学校	2号	12月1日	
子どもの味方（五人の椅子）	随筆	太陽	1巻6号	12月1日	
むかしの学校（四）	童話	大きなタネ	9号	12月1日	
赤馬物語選評		週刊ぺがさす	記載なし	12月9日	
「びわの実学校」創刊まで	随想	朝日新聞		12月15日	

昭和三九年（一九六四）

作品名	類別	掲載紙・誌	巻号	発表月日	備考
新しい年のプランと抱負	アンケート	日本児童文学	10巻1号	1月1日	
金と名誉と作品	随筆	新潮	61巻2号	2月1日	
日比というところ	随筆	翼の王国　全日空機内誌	2巻2号	2月1日	
むかしむかし	随筆	銀座百点	No.110	2月1日	
女の美しさ	随筆	朝日新聞		2月9日	
岡本良雄のおもいで	随筆	びわの実学校	3号	2月15日	特集／岡本良雄
孫のはなし	随筆	朝日新聞		2月15日〜16日	2回連載
早かった四十年—尾崎士郎を悼む	随筆	北国新聞		2月20日	
明治の母	随筆	朝日新聞		2月23日	

作品名	類別	掲載紙・誌	巻号	発表月日	備考
はじめのことば	序	岡野薫子著『銀色ラッコのなみだ　北の海の物語』実業之日本社	初版	2月28日	
片隅の交遊録⑤長野瀬正夫氏	随筆	日本児童文学	10巻3号	3月1日	
學生の頃の廣津さん	随筆	『廣津和郎・葛西善藏集』［日本文學全集28付録］新潮社	初版	3月20日	
少年の日	小説	日本児童文学	10巻4号～9号	4月1日～9月1日	5回連載
人間尾崎士郎	小説	新潮	61巻4号	4月1日	
真紀という孫のはなし	随筆	婦人倶楽部	45巻4号	4月1日	
ほえろバック（名作劇場）	小説	小学五年生	17巻1号	4月1日	
音声の思い出	随筆	随筆サンケイ	11巻4号	4月1日	特集／幼なじみ
孫のケガ	随筆	朝日新聞		4月3日	
孫のものまね	随筆	日本経済新聞		4月5日	
『ロシヤパン』について	批評	びわの実学校	4号	4月10日	
推薦のことば		『赤馬物語　モービル石油株式会社の七十周年を記念して公募した創作童話の入選作品』モービル石油株式会社	初版	4月	非売品
ベニスの商人（名作劇場）	小説	小学五年生	17巻2号	5月1日	原作／シェイクスピア

作品名	類別	掲載紙・誌	巻号	発表月日	備考
ごめんね かわいくん	童話	小学二年生	20巻2号	5月1日	絵／石田英助
壺井さん	随筆	『佐多稲子・壺井栄集』「日本現代文学全集83月報」講談社	初版	5月19日	
子どものころはどんなものを	アンケート	食生活	58巻6号	6月1日	
とくいの三輪車	随筆	婦人之友	58巻6号	6月1日	
岡本良雄の思い出	随筆	『岡本良雄童話文学全集1』講談社	初版	6月10日	
「しらかばの女王」について	批評	びわの実学校	5号	6月20日	
昔のお節句（季節の言葉）	随筆	小説新潮	18巻7号	7月1日	
岡本良雄おもいで	弔辞	日本児童文学	10巻7号	7月1日	特集／岡本良雄
佐藤先生の思い出	弔辞	群像	19巻7号	7月1日	佐藤春夫追悼特集
名作劇場 ビルマのたてごと（石川茂・石田武雄・坪田譲治・竹山道雄）	座談会	小学五年生	17巻4号	7月1日	
兵隊の思い出	随筆	小説新潮	18巻8号	8月1日	
後悔先にたたず	小説	日本	7巻8号	8月1日	
壺井栄の作品の秘密	評論	『壺井栄児童文学全集全4巻内容見本』講談社	初版	8月	

作品名	類別	掲載紙・誌	巻号	発表月日	備考
はじめに		『ひらがな日本むかしばなし2』［ひらがな文庫］金の星社	初版	8月20日	
マスコット	小説	新潮	61巻9号	9月1日	
一日一分（童話サロン）	随筆	びわの実学校	6号	9月10日	
母の書いた童話─壺井栄児童文学全集について	評論	『壺井栄児童文学全集3』講談社	初版	9月20日	
アンケート		児童文学評論	6号	10月1日	
涙を流す	小説	別冊小説新潮	16巻4号	10月15日	
童話の考え方（童話サロン）	評論	びわの実学校	7号〜14号	11月20日〜翌年12月8日	6回連載 絵／中尾彰ほか
雑誌「びわの実学校」で思う	随筆	東京新聞夕刊		11月13日／24日	2回連載
はじめに		『坪田譲治幼年童話文学全集1』集英社	初版	11月25日	
解説		〃	初版	11月25日	
びわの実学校繁盛記	随筆	産経新聞・夕刊		12月23日	

昭和四〇年（一九六五）

作品名	類別	掲載紙・誌	巻号	発表月日	備考
ボクはまきです（初笑い）	随筆	婦人之友	59巻1号	1月1日	
文壇（びわの實學校祝賀會）		新潮	62巻1号	1月1日	新年小說特集

作品名	類別	掲載紙・誌	巻号	発表月日	備考
上げ潮の児童文学	評論	毎日新聞夕刊		1月8日	
はじめに		『坪田譲治幼年童話文学全集2』集英社	初版	1月25日	
解説		〃	初版	1月25日	
あとがき		『賢い孫と愚かな老人』新潮社	初版	1月30日	
はじめに		『坪田譲治幼年童話文学全集8』集英社	初版	2月25日	
解説		〃	初版	2月25日	
悪妻のはなし	随筆	新潮	62巻3号	3月1日	
不安な季節	小説	小説新潮	19巻3号	3月1日	
賢い孫と愚かな老人		出版ニュース	652号	3月1日	
「ミヨの夢」について	批評	びわの実学校	9号	3月10日	
はじめに		『坪田譲治幼年童話文学全集3』集英社	初版	3月25日	
解説		〃	初版	3月25日	
わたしの外国観	随筆	児童問題研究	2号	4月1日	
「童話教室」の作品について	随筆	びわの実学校	10号	4月10日	
はじめに		『坪田譲治幼年童話文学全集7』集英社	初版	4月25日	
解説		〃	初版	4月25日	
はじめに		『坪田譲治幼年童話文学全集4』集英社	初版	5月25日	
解説		〃	初版	5月25日	

作品名	類別	掲載紙・誌	巻号	発表月日	備考
はじめに		『坪田譲治幼年童話文学全集5』集英社	初版	5月25日	
解説		〃	初版	5月25日	
父のおもいで（心のおくりもの）	随筆	こどもの光	2巻6号	6月1日	特集／水と人の生活
童話の考へ方	随筆	日本児童文学	11巻7号	7月1日	
昔ばなし	童話	汎岡山	40巻7号	7月10日	
その昔	随筆	印刷界	140号	7月1日	署名／坪田譲二
幼い記憶	随筆	丹羽文雄監修『おふくろ』［サンデー新書］秋田書店	初版	7月5日	
親友妹尾正男	小説	小説新潮	19巻8号	8月1日	
まえがき		小川未明著『赤いガラスの宮殿』［日本童話名作選集5］あかね書房	初版	8月	
小川未明について―人と作品	評論	小川未明著『赤いガラスの宮殿』［日本童話名作選集5］あかね書房	初版	8月	
わんぱく兄弟と愛情おやじ	随筆	週刊読売	24巻39号	9月5日	
解説　小川未明先生と創作		『小川未明幼年童話文学全集1』集英社	初版	10月1日	
インタビュー・坪田譲治、滑川道夫		北国新聞		10月28日	

作品名	類別	掲載紙・誌	巻号	発表月日	備考
解説		壺井栄著『柿の木のある家』［壺井栄名作集2］ポプラ社	初版	10月30日	
島崎藤村について―人と作品	解説	島崎藤村著『ふるさと』［日本童話名作選集3］あかね書房	初版	10月	
孫の病氣（作家の眼）	随筆	新潮	62巻11号	11月1日	
ふるさとの道	随筆	潮	65号	11月1日	
文学者の成立―ききがき	対談	日本文学	14巻11号	11月1日	
解説＝小川未明先生と創作		『小川未明幼年童話文学全集2』集英社	初版	11月1日	
壺井家を訪ねて	随筆	壺井栄著『二十四の瞳・他二編』［旺文社文庫］旺文社	初版	11月10日	
あとがき		『子ども聖書』実業之日本社	初版	12月15日	
はじめに		『坪田譲治幼年童話文学全集6』集英社	初版	12月25日	
解説		〃	初版	12月25日	

昭和四一年（一九六六）

作品名	類別	掲載紙・誌	巻号	発表月日	備考
童話の考え方	評論	中学生文庫		1月1日	未見
私の生きてきた道（修行時代のこと・先生のこと）	随筆	目白児童文学	4号	1月1日	

作品名	類別	掲載紙・誌	巻号	発表月日	備考
塚原さん追想（塚原健二郎追悼）	弔辞	日本児童文学	12巻2号	2月1日	
童話の本を読んで—平塚武二氏の「ながれぼし」（童話サロン）	評論	びわの実学校	15号	2月10日	絵／須田寿
編集室から		びわの実学校	15号	2月10日	
塚原健二郎回顧（追想）	随筆	とうげの旗	第1次47号	2月25日	塚原健二郎追悼号
解説		『日本のむかし話1』〔日本古典童話全集1〕あかね書房	初版	2月25日	
気がよわかったこども	随筆	今井誉次郎・壺井栄編『えらい人のこどものころ　二年生』盛光社	初版	3月5日	
昭和五年四十歳	小説	別冊小説新潮	18巻2号	4月15日	四月陽春号
家庭と子ども	評論	子どもと家庭	2巻5号	5月1日	特集／親不在家庭の児童
橋	小説	新潮	63巻5号	5月1日	短篇小説特集
『クミの絵のてんらん会』（童話サロン）	評論	びわの実学校	16号	5月10日	絵／小林和子
後記		びわの実学校	16号	5月10日	
脳腫瘍でなくなった孫 望のこと	随筆	婦人之友	60巻6号	6月1日	

作品名	類別	掲載紙・誌	巻号	発表月日	備考
『肥後の石工』（童話サロン）	評論	びわの実学校	17号	6月30日	絵／小林和子
編集後記		びわの実学校	17号	6月30日	
すいせんのことば		神沢利子『こどもの民話 うぐいすひめ』盛光社	初版	6月	
『肥後の石工』（協会賞選評）	選評	日本児童文学	12巻7号	7月1日	
童話の考え方	評論	山陽新聞		7月1日～5日	のちに「民話論」と改題。
『王さまの子どもになってあげる』を読む（童話サロン）	評論	びわの実学校	18号	8月10日	絵／小林和子
後記		びわの実学校	18号	8月10日	
生きている作品		波頭夕子著『うち海物語』雄文社	初版	10月	
小説尾崎士郎	小説	別冊小説新潮	18巻4号	10月15日	十月新秋号
松谷みよ子作『ちいさいモモちゃん』（童話の考え方）	評論	びわの実学校	19号	10月20日	のちに「材料と料理」と改題 絵／小林和子
後記		びわの実学校	19号	10月20日	
解説		『尾崎士郎全集11』講談社	初版	10月25日	
回想の詩	随筆	新潮	63巻11号	11月1日	特集／わが詩歌

作品名	類別	掲載紙・誌	巻号	発表月日	備考
トルストイと私	随筆	『トルストイ展』朝日新聞社	初版	11月11月	主催／朝日新聞社
作家の日記	随筆	小説新潮	20巻12号	12月1日	
私の生きてきた道	随筆	目白児童文学	4号	12月8日	
あとがき		びわの実学校	20号	12月15日	
推薦のことば（『与田準一全集』全六巻、大日本図書）		びわの実学校	20号	12月15日	
村祭りとお経	随筆	讀賣新聞		12月25日	

昭和四二年（一九六七）

作品名	類別	掲載紙・誌	巻号	発表月日	備考
まえがき		『新修児童文学論』共文社	初版	1月10日	
わが著書を語る	随筆	出版ニュース	718号	2月1日	
童話のつくり方1～3	童話	びわの実学校	21号／28号～29号	2月15日／翌年4月25～6月25日	3回連載 絵／岡林茂生
後記		びわの実学校	21号	2月15日	
私の交友録（4）尾崎士郎追憶	随筆	小説新潮	21巻4号	4月1日	
いけのくじら	童話	ホームキンダー	2巻1号（第1集11編）	4月1日	
解説		『与田準一全集4 幼年童話集2 おばけトンボ』大日本図書	初版	4月25日	

作品名	類別	掲載紙・誌	巻号	発表月日	備考
後記		びわの実学校	22号	4月25日	
トンボと飛行機（旅の童話）	童話	旅	41巻5号	5月1日	
母親の肌ざわりを読む	評論	壺井栄著『母のない子と子の母と』〔旺文社文庫〕旺文社	初版	5月10日	
壺井栄さんを悼む	弔辞	朝日新聞夕刊		6月23日	
後記		びわの実学校	23号	6月25日	
解説		塚田公正著『明治文化をきずいた五人』〔新少年少女教養文庫1〕牧書店	初版	7月14日	
このほんのどうわ		今江祥智他編『学年別シリーズ あたらしい日本の童話1年生』実業之日本社	初版	7月15日	
このほんのどうわ		今江祥智他編『学年別シリーズ あたらしい日本の童話2年生』実業之日本社	初版	7月15日	
後記		びわの実学校	24号	8月25日	
壺井さんを悼む（壺井栄・その人と思い出）	弔辞	日本児童文学	13巻9号	9月1日	壺井栄追悼号
母の像―今度はあんたの番	随筆	子どものしあわせ	136号	9月1日	
「蜂の巣とり」のこと	随筆	大きなタネ	16号	9月1日	
壺井家を訪ねて	評論	壺井栄著『二十四の瞳 ピアノ・極楽横丁』〔旺文社文庫〕旺文社	初版	9月1日	特製版

作品名	類別	掲載紙・誌	巻号	発表月日	備考
母たちの夢から生まれた子ども文庫―坪田譲治氏を囲んで（坪田譲治・松岡享子ほか）	座談会	婦人之友	61巻10号	10月1日	
三年三日の酒（10月のずいひつ）	随筆	日本児童文学	13巻10号	10月1日	
あとがき		びわの実学校	25号	10月25日	
きつねとぶどう（母と子の名作文学（3））	童話	幼稚園	20巻8号	11月1日	
ごんべえとかも	童話	キンダーブック観察絵本（5・6才用）	22巻9号	12月1日	絵／武井武雄
はじめに		壺井栄著『二十四の瞳』［少年少女日本の文学22］あかね書房	初版	12月15日	
壺井栄―人と作品	解説	〃	初版	12月15日	
あとがき		びわの実学校	26号	12月25日	

昭和四三年（一九六八）

作品名	類別	掲載紙・誌	巻号	発表月日	備考
食べものの思い出	随筆	食生活	62巻2号	2月1日	
ふるさとの子ら	随筆	こども部屋	10巻3号	3月1日	
今月のことば		こどもの光	5巻3号	3月1日	
日本の昔話	随筆	びわの実学校	27号	3月15日	
あとがき		びわの実学校	27号	3月15日	

昭和四四年（一九六九）

作品名	類別	掲載紙・誌	巻号	発表月日	備考
あとがき		びわの実学校	28号	4月25日	
『二十四の瞳』について」	解説	壺井栄著『二十四の瞳』［新学社文庫］新学社	初版	5月1日	
幼児に与える童話	随筆	幼児の世界		5月1日	未見
あとがき		びわの実学校	29号	6月25日	
近代文学としての童話	評論	自由	10巻7号	7月1日	
昔のはなし	随筆	『壺井栄全集巻四』［月報4］筑摩書房	初版	8月10日	
イワンのばか	解説	トルストイ作・宮川やすえ訳『イワンのばか』［旺文社ジュニア図書館9］旺文社	初版	8月10日	
あとがき		びわの実学校	30号	8月25日	
ナマケモノの長生き	随筆	婦人之友	62巻9号	9月1日	
ふるさとの味・くだもの王国	随筆	食生活	62巻9号	9月1日	
うらしまたろう	童話	『うらしまたろう』［絵本むかしばなし3］国土社	初版	9月20日	
私の健康法	随筆	教育じほう	250号	10月1日	
あとがき		びわの実学校	31号	10月20日	
よっちゃんとリンゴ	童話	キンダーブック 観察絵本（4・5才用）	5巻9号	12月1日	
あとがき		びわの実学校	32号	12月20日	
自分のこと	随筆	毎日新聞・夕刊		12月27日	

作品名	類別	掲載紙・誌	巻号	発表月日	備考
四十五年ぶりの長崎・後年の児童文学者がまだ行商の旅をしていた頃の記録（特別企画／創刊当時の旅路を再訪する）	随筆	旅	43巻1号	1月1日	現代旅行百科特集
旅行小品（旧作復刻・特別綴込）	小品	旅	43巻1号	1月1日	〃
小峰書店社長 小峰広恵氏 人をつくった母性社長（今日の出版人（2））	随筆	出版ニュース	786号	1月	
佐藤義美さんをいたむ	弔辞	びわの実学校	33号	2月10日	
あとがき		びわの実学校	33号	2月10日	
晩酌一升	随筆	小田切進編『「赤い鳥」複刻版別冊解説2』日本近代文学館	初版	2月15日	
宮口さんの人と作品	解説	『宮口しづえ児童文学集1』小峰書店	初版	4月10日	
まえがき		坪田譲治編『びわの実学校名作選（幼年版）』東都書房	初版	4月20日	
あとがき		びわの実学校	34号	4月30日	
あとがき		びわの実学校	35号	6月25日	
夢中になった八犬伝	随筆	毎日新聞		7月18日	
前言		びわの実学校	36号	8月25日	
あとがき		びわの実学校	36号	8月25日	

作品名	類別	掲載紙・誌	巻号	発表月日	備考
児童文学について	評論	『児童文学の百年展』東京都近代文学博物館	初版	10月1日	主催／東京都教育委員会
きつねとぶどう（母と子の名作文学3）	童話	小学館の幼稚園	22巻8号	10月1日	
あとがき		びわの実学校	37号	10月25日	
あとがき		『かっぱとドンコツ』［少年少女現代日本創作文学9］講談社	初版	10月28日	
朝子ちゃんの結婚	随筆	学校経営	14巻13号	12月1日	
子どもと童話、よい童話の条件、童話の指導（理論編・童話）	評論	坪田譲治他編『子どもの本の事典』第一法規	初版	12月10日	
一ばん有難いこと	随筆	名著複刻全集　近代文学館出版ニュース	21号	12月20日	最終号
あとがき		びわの実学校	38号	12月20日	

昭和四五年（一九七〇）

作品名	類別	掲載紙・誌	巻号	発表月日	備考
美しい顔	随筆	月刊ペン	3巻2号	2月1日	
あとがき		びわの実学校	39号	2月25日	
きつねとくま	童話	キンダーおはなしえほん	4巻4号	4月1日	絵／黒崎義介

作品名	類別	掲載紙・誌	巻号	発表月日	備考
あとがき		びわの実学校	40号	4月29日	40号記念増大号
中尾さんのこと	随筆	母のひろば	73号	6月1日	
佐藤先生回想	随筆	ポリタイヤ	3巻1号	6月15日	佐藤春夫特集
あとがき		びわの実学校	41号	6月25日	
いいたい放題—いわれ放題	随筆	食生活	64巻8号	8月1日	
あとがき		びわの実学校	42号	8月15日	
わたしの作品 童話解説	随筆	日本児童文学	16巻9号	9月1日	
あとがき		びわの実学校	43号	10月25日	
明治のこども	随筆	婦人之友	64巻11号	11月1日	
石油ランプの芯つくり（わが故郷の家・岡山県）	随筆	太陽	90号	11月15日	特集／ふるさとの民家
馬太郎とゴンベイ	童話	びわの実学校	44号	12月15日	
あとがき		びわの実学校	44号	12月15日	

昭和四六年（一九七一）

作品名	類別	掲載紙・誌	巻号	発表月日	備考
ネズミのすもう	童話	婦人生活	25巻1号	1月1日	
わたしの古典	随筆	『鯉になったお坊さん』［こどもの古典　別巻］童心社	初版	2月10日	
あとがき		びわの実学校	45号	2月28日	
あとがき		びわの実学校	46号	4月25日	

昭和四七年（一九七二）

作品名	類別	掲載紙・誌	巻号	発表月日	備考
私の文の書き方	随筆	日本児童文学	17巻5号	5月1日	特集／児童文学の文体と文章
晩年	小説	文藝春秋	49巻8号	6月1日	
平塚さんのこと	随筆	日本児童文学	17巻6号	6月1日	特集／平塚武二「平塚さんの思い出」
あとがき		びわの実学校	47号	6月25日	
文学賞のこと 未明賞、赤い鳥賞のことなど	随筆	日本近代文学館	2号	7月12日	
魔法	脚本	岡田陽・落合聡三郎編『新版玉川学校劇集1』玉川大学出版部	初版	8月25日	
あとがき		びわの実学校	48号	8月25日	
野尻湖にて	随筆	つり人	1巻3号	9月1日	
松谷童話のこと	解説	『松谷みよ子全集1』講談社	初版	10月3日	
あとがき		びわの実学校	49号	10月20日	
高山君のはなし	随筆	更生保護	22巻11号	11月1日	
あとがき		『坪田譲治自選童話集』実業之日本社	初版	11月15日	
あとがき		びわの実学校	50号	12月25日	

作品名	類別	掲載紙・誌	巻号	発表月日	備考
東クルメに住んで	随筆	広報ひがしくるめ	140号	1月1日	
こぶとりじいさん	童話	婦人生活	26巻1号	1月1日	絵／長新太
あとがき		びわの実学校	51号	2月25日	
孤高の鬼才、平塚武二	推薦	びわの実学校	51号	2月25日	
昔話と童話	随筆	親子読書	2巻3号	3月1日	
あとがき		びわの実学校	52号	4月30日	
済まなかったという記憶のみが	随筆	『母を語る』吉川書房	初版	6月15日	
あとがき		びわの実学校	53号	6月30日	
童話の考え方	評論	山陽新聞		7月1日～7月4日	4回連載
あとがき		びわの実学校	54号	8月20日	
あとがき		びわの実学校	55号	10月20日	
先生と学校の記憶（私の学校時代）	随筆	文部時報	1145号	10月31日	日本の教育百年特集
解説		松谷みよ子著『龍の子太郎・ふたりのイーダ』［講談社文庫］講談社	初版	11月15日	
未明先生の想い出	随筆	高田文化協会編『郷土の小川未明』さ・さ・ら書房	初版	12月1日	
カッパのフン	童話	びわの実学校	56号	12月10日	幼年童話特集
あとがき		びわの実学校	56号	12月10日	〃

昭和四八年（一九七三）

作品名	類別	掲載紙・誌	巻号	発表月日	備考
坪田譲治・ファンタジーを語る（聞き手／大石真）	インタビュー	日本児童文学	19巻3号	2月1日	特集／現代のファンタジー
あとがき		びわの実学校	57号	2月20日	
こどもの本と私	随筆	赤旗		3月11日	
幼少時代の土地	随筆	旅	47巻4号	4月1日	
あとがき		びわの実学校	58号	4月20日	
わたしの教師像 コブ先生と白ぼく	随筆	小四教育技術	26巻3号	5月1日	
あとがき		びわの実学校	59号	6月20日	
壺井さんの思い出	随筆	壺井繁治ほか編『回想の壺井栄』私家版	初版	6月23日	
あとがき		『ねずみのいびき』〔児童文学創作シリーズ〕講談社	初版	7月28日	
巽さんの思い出	随筆	日本児童文学	19巻8号	8月1日	特集／協会賞・新人賞・巽聖歌追悼
よそのお母さん	童話	びわの実学校	60号	9月20日	10周年記念号 絵／小松久子
あとがき		びわの実学校	60号	9月20日	〃

作品名	類別	掲載紙・誌	巻号	発表月日	備考
あとがき		『かっぱとドンコツ』［少年少女現代日本創作文学9］講談社	初版	10月28日	
あとがき		びわの実学校	61号	12月20日	

昭和四九年（一九七四）

作品名	類別	掲載紙・誌	巻号	発表月日	備考
あやとり（お母さんと子どものページ こどものうた）	童話	婦人生活	28巻1号	1月1日	
ある日あるとき	随想	日本児童文学	20巻1号	1月1日	
あとがき		びわの実学校	62号	2月20日	
浜田広介を語る　児童文学の第一人者（対談／坪田譲治×石森延男）	対談	児童文芸	20巻2号	2月1日	
弔辞		日本児童文学	20巻3号	3月1日	特集／浜田広介追悼
山本有三先生	随筆	新潮	71巻3号	3月1日	
井上君のたより	随筆	中央公論	89巻4号	4月1日	
孫の手紙	童話	びわの実学校	63号	4月15日	絵／深沢省三
あとがき		びわの実学校	63号	4月15日	
叱られた記憶（教育随想）	随想	初等教育資料	307号	5月28日	特集／教師の協力的指導

作品名	類別	掲載紙・誌	巻号	発表月日	備考
あとがき		びわの実学校	64号	6月30日	
作家と作品について	解説	坪田譲治編『ガマのげいとう』[本の幼年童話24]岩崎書店	初版	7月4日	
あとがき		びわの実学校	65号	8月30日	
あとがき		びわの実学校	66号	11月7日	
ふるさと	講演稿	季刊　文芸教育	13号	12月10日	第九回文芸研全国研究集会・記念講演
おもいでの遊び―かつてのわんぱくたちの心に熱く残る遊びの数々	随筆	太陽	13巻1号	12月12日	特集／日本こども遊び集
昔の遊戯	随筆	太陽	13巻1号	12月12日	〃

昭和五〇年（一九七五）

作品名	類別	掲載紙・誌	巻号	発表月日	備考
あとがき		びわの実学校	67号	1月7日	
平家物語	小説	『日本古典物語全集10』岩崎書店	初版	2月28日	
日本民話物語	小説	『日本古典物語全集29』岩崎書店	初版	2月28日	
あとがき		びわの実学校	68号	3月7日	

作品名	類別	掲載紙・誌	巻号	発表月日	備考
日本の昔ばなしについて	評論	『日本むかしばなし集1』［新潮文庫］新潮社	初版	3月30日	
昔のあそび	随筆	親子読書	5巻5号	5月1日	
あとがき		びわの実学校	69号	5月7日	
昔の子供	童話	びわの実学校	70号	7月1日	70号記念増ページ号
星の子―短い批評	批評	びわの実学校	70号	7月1日	〃
あとがき		びわの実学校	70号	7月1日	〃
日本民話 うぐいすのほけきょう	童話	学習科学4	1号	8月1日	4年の読み物特集
あとがき		びわの実学校	71号	9月7日	幼年童話特集
推薦短文		『鈴木三重吉童話全集出版案内（内容見本）』文泉堂書店		9月	
きつねとぶどう	童話	幼児と保育	21巻10号	10月1日	
りすとかしのみ	童話	幼児と保育	21巻10号	10月1日	
葛西善蔵論	評論	『葛西善蔵全集』別巻、津軽書房	初版	10月	
浜田さん	随筆	坪田譲治ほか編『浜田広介全集1』［月報1］集英社	初版	10月27日	
あとがき		びわの実学校	72号	11月7日	

昭和五一年（一九七六）

作品名	類別	掲載紙・誌	巻号	発表月日	備考
お正月	随筆	赤旗		1月1日	
はじめてであった本 ロビンソン漂流記	随筆	こどもの本	2巻1号	1月1日	
あとがき		びわの実学校	73号	1月7日	
解説		前川康男著『ヤン』〔講談社文庫〕講談社	初版	1月15日	
あとがき		びわの実学校	74号	3月7日	
八十六です	随筆	びわの実学校	75号	5月7日	絵／中尾彰
あとがき		びわの実学校	75号	5月7日	
ゆめ	随筆	本	1巻3号	6月1日	
作家回想	随筆	日本近代文学館	32号	7月1日	
正太の汽車のころ（私の処女作第4回＝「正太の汽車」・「蛙」）	随筆	びわの実学校	76号	7月7日	
あとがき		びわの実学校	76号	7月7日	
あとがき		びわの実学校	77号	9月7日	
あとがき		びわの実学校	78号	11月7日	
未明先生の思い出	随筆	『定本小川未明童話全集1』〔月報1〕講談社	初版	11月10日	
片隅の交友録・小穴隆一さん	随筆	季刊銀花	28号	12月1日	特集／籠・金津滋とその母ちかこ

昭和五二年（一九七七）

作品名	類別	掲載紙・誌	巻号	発表月日	備考
あとがき		びわの実学校	79号	1月7日	
昔のこと	随筆	びわの実学校	80号	3月7日	絵／中尾彰
あとがき		びわの実学校	80号	3月7日	
あとがき		びわの実学校	81号	5月7日	
跋―「チョコレート戦争」を読んで	解説	大石真著『チョコレート戦争』［講談社文庫］講談社	初版	6月15日	
あとがき		『坪田譲治全集11』新潮社	初版	6月20日	
故郷の春	随筆	新潮	74巻7号	7月1日	
あとがき		びわの実学校	82号	7月7日	
あとがき		『坪田譲治全集2　小説』新潮社	初版	7月20日	
あとがき		『坪田譲治全集7　童話』新潮社	初版	8月20日	
あとがき		びわの実学校	83号	9月7日	
あとがき		『坪田譲治全集3　小説』新潮社	初版	9月20日	
あとがき		『坪田譲治全集5　小説』新潮社	初版	10月20日	
あとがき		びわの実学校	84号	11月7日	
あとがき		『坪田譲治全集9　童話』新潮社	初版	11月20日	
あとがき		『坪田譲治全集4　小説』新潮社	初版	12月20日	

昭和五三年（一九七八）

作品名	類別	掲載紙・誌	巻号	発表月日	備考
あとがき		びわの実学校	85号	1月7日	
あとがき		『坪田譲治全集1　小説』新潮社	初版	1月20日	
門のはなし	随筆	びわの実学校	86号	3月7日	絵／中尾彰
あとがき		びわの実学校	86号	3月7日	
あとがき		『坪田譲治全集6　小説』新潮社	初版	3月20日	
あとがき		『坪田譲治全集8　童話』新潮社	初版	4月20日	
あとがき		びわの実学校	87号	5月7日	
あとがき		『坪田譲治全集12　随筆・評論』新潮社	初版	5月20日	
人と道	随筆	潮	230号	7月1日	
あとがき		びわの実学校	88号	7月7日	
あとがき		びわの実学校	89号	9月7日	

昭和五四年（一九七九）

作品名	類別	掲載紙・誌	巻号	発表月日	備考
文学の里①石井村島田	随筆	びわの実学校	91号	1月7日	再録

作品名	類別	掲載紙・誌	巻号	発表月日	備考
晩酌一升	随筆	『「赤い鳥」復刻版解説・執筆者索引』日本近代文学館	初版	2月10日	
「赤い鳥」のころ	随筆	太陽	17巻3号	2月12日	特集／絵本
文学の里②故郷の山々	随筆	びわの実学校	92号	3月7日	再録
図書館法への期待	随筆	森崎震二編『児童奉仕論』［図書館学教育資料集成6］白石書店	初版	4月28日	
文学の里③橋	随筆	びわの実学校	93号	5月7日	再録
あとがき		びわの実学校	93号	5月7日	
文学の里④読書の思い出	随筆	びわの実学校	94号	7月7日	再録
あとがき		びわの実学校	94号	7月7日	
文学の里⑤緑陰回顧		びわの実学校	95号	9月7日	再録
母の書いた童話（壺井栄児童文学全集について）	評論	『定本壺井栄児童文学全集3』講談社	初版	10月15日	
手紙		大石真著『チョコレート戦争』［フォア文庫］理論社	初版	10月	再録
文学の里⑥童心馬鹿		びわの実学校	96号	11月7日	再録

昭和五五年（一九八〇）

作品名	類別	掲載紙・誌	巻号	発表月日	備考
文学の里⑦与える芸術	随筆	びわの実学校	97号	1月7日	再録
文学の里⑧秋の子供	随筆	びわの実学校	98号	3月20日	再録
文学の里⑨天狗面	随筆	びわの実学校	99号	5月20日	再録
文学の里⑩私の童話観	随筆	びわの実学校	100号	7月20日	再録

作品名	類別	掲載紙・誌	巻号	発表月日	備考
文学の里⑪遠い近い友	随筆	びわの実学校	101号	9月20日	再録
序文		坪田譲治・与田準一編『赤い鳥を追って 鈴木三重吉賞特選抄』文化評論出版	初版	10月30日	
［総評にかえて］すなおな心と美しい目を		〃	初版	10月30日	

昭和五六年（一九八一）

作品名	類別	掲載紙・誌	巻号	発表月日	備考
文学の里⑫湖上の秋	随筆	びわの実学校	103号	1月20日	再録
文学の里⑬班馬いななく	随筆	びわの実学校	104号	3月20日	再録
文学の里⑭夢に釣る魚	随筆	びわの実学校	105号	5月20日	再録
文学の里⑮作品を生ましめるもの	随筆	びわの実学校	106号	7月20日	再録
文学の里⑯川の鮒・池の鮒	随筆	びわの実学校	107号	9月20日	再録

昭和五八年（一九八三）

作品名	類別	掲載紙・誌	巻号	発表月日	備考
狐狩り（鷹の平八）	童話	びわの実学校	116号	3月20日	再録 坪田譲治文学特集

作品名	類別	掲載紙・誌	巻号	発表月日	備考
コルネー・ヴシリエフ	翻訳	びわの実学校	116号	3月20日	再録 原作／トルストイ。坪田譲治文学特集
児童が本を読まないのは困ります（ASSEMBLAGE 31 読書・書物・読者・読むことに関する断片群）	評論	雑季帖	2巻2号（通巻5号）	10月15日	

あとがき

この本は私の坪田譲治文学研究の第三論著であり、中国文学との関わりについて譲治の小説や童話、随筆などから集中的に検討し読み解こうとしたものである。

本書は早い段階から準備が始まっており、着々と執筆を進めていたのだが、昨年七月に他界した母親が病気で入退院を繰り返したことや新型コロナ・ウイルスの感染拡大などによる影響で、執筆は一時中断を余儀なくされた。そして五年も経った昨年から執筆を再開させ、幾多な困難を乗り越えてようやく完成した。皆々様のご期待にお応えするのが遅れてしまったことを申し訳なく思っている。

本書を書くことができたのは、指導教官の岡山大学名誉教授工藤進思郎先生をはじめ岡山大学の先生方、研究や生活などで大変お世話になった甲南女子大学名誉教授の大槻修先生、並びに坪田譲治文学研究会「善太・三平の会」、「坪田譲治・子どもの館」、「劉迎さんを支える会」の皆々様のご指導・ご助言・ご協力によるものと、ここに記して感謝申し上げる。

また、譲治と中国文学に関しては、これまで「坪田譲治に今、光をあてて」（第四五回岡山芸術祭、岡山市主催、平成一九年一一月）、「坪田譲治文学の現在と未来を考える」（第一九回全国生涯学習フェスティバルまなび岡山、連塾主催、平成一九年一一月）、「岡山の児童文学と国際交流」（国際交流ふれあい講演会、岡山市国際交流協会主催、平成二〇年五月）などと数回の講演を行ったが、未熟な話を聞いてくださったばかりか多くの示唆を与えてくださった参加者の皆々様に感謝の意を表したい。

なお、本書の基礎となる「坪田譲治作品初出目録」の構築は、平成一五年度公益財団法人山陽放送学術文化財団研究助成金と平成二四年度公益財団法人福武教育文化財団文化活動助成金を受けたのである。記して深謝申し上げる。

カバーなどに掲載している坪田譲治の写真掲載をご承諾いただいた坪田眞紀様に心より感謝申し上げる。

おわりに、本書の発行の機会を与えて下さった吉備人出版の山川隆之代表と担当の金澤健吾氏に心からの謝意を申し上げる。

二〇二二年一一月一日

中国江蘇師範大学にて

劉　迎

著者紹介

劉　迎（リュウ イン）

一九六二年、中国徐州市に生れる。中国広州外国語学院東方語言系卒。岡山大学大学院文化科学研究科博士後期課程修了。博士（文学）号取得。現在、中国江蘇師範大学外国語学院教授。岡山大学文学部言語国語国文学会員。中国外国文学学会日本文学研究会会員。中国江蘇省外国文学学会会員。日本近現代文学・児童文学を専攻。著書に、『〈正太〉の誕生—坪田譲治文学の原風景をさぐる—』（二〇一四年）、『坪田譲治と日中戦争—一九三九年の中国戦地視察を中心に—』（二〇一六年）、訳書（中国語訳）に、『新美南吉童話』（一九九九年）、『坪田譲治童話』（二〇〇三年）など。また、論文に、「蘇山人句における詠史の意味—蕪村受容を中心に—」（二〇一一）、「北京での坪田譲治—戦時下における中日児童文学交流の一側面—」（二〇一五年）、「山崎豊子『大地の子』にみる一九八〇年代の日中関係」（二〇一七年）、「消せない家族の悪夢—阿部智里『発見』論—」（二〇二二年）など多数。

坪田譲治と中国文学—「詩心《しごころ》・絵心《えごころ》・文心《ぶんごころ》」の世界—

2023年2月25日　初版第1刷発行

著　者——劉 迎
発　行——吉備人出版
〒700-0823　岡山市北区丸の内2丁目11-22
電話 086-235-3456　ファクス 086-234-3210
ウェブサイト www.kibito.co.jp
メール books@kibito.co.jp
印刷所——株式会社三門印刷所
製本所——株式会社岡山みどり製本

ISBN978-4-86069-697-9　C0095